新 潮 文 庫

瑞 穂 の 国 う た

—句歌で味わう十二か月—

大 岡　信 著

目次

芝生の上の木漏れ日

虹の橋はるかに……

おもへば夢の一字かな　長谷川　櫂

瑞穂の国うた

―句歌で味わう十二か月―

芝生の上の木漏れ日

一月——齢《とし》を重ねる

「お正月」ということばは現代でも生きていますが、お正月とはどういうものか、どういう感じかを、いまの子供たちはほとんど知らないのではないでしょうか。「正月」と言わずに「お正月」と言うことじたい、お正月ということばの意味や語感を特殊なものにしています。ほかの月、たとえば五月、七月、九月とかという月を呼ぶのとは違ったある種の〝大切な節目《ふしめ》〟という感覚が、「お正月」という呼び方にはあると思うのです。

ところが、わざわざ「お正月」と言った、その節目の意味が、いまではすっかりと言っていいほど忘れられている、というか、無視されてさえいるようです。

その理由を考えてみますと、一つには年齢の数え方が変わってしまったからです。

私はもうすぐ七十代になりますので、私の子供のころといえば、六十年以上も昔のことになりますが、そのころの子供にとって、お正月が来るということは同時に、〝歳《とし》をとる〟ということでした。歳をとることは、なおざりにはできない、重要な人生の一つの区切りでした。どの人でも必ず一つ、歳をとるという日があって、それがお正月だったのです。

それが、いまでは満年齢で数えるようになりました。満年齢法が施行されたのは昭和二十五年（一九五〇年）ですので、戦後の比較的早い時期で、満年齢はたしかに合理的です。一人の人間の正確な年齢は、それで数えればいちばん確かなことですから。しかしその結果、全国民、どの人もいっせいに一歳、歳をとるという、もう一方の合理性が、まったく価値がないものとして見捨てられたかたちになってしまっているのです。

＊

満年齢は、私のような仕事をしているケース、つまり《折々のうた》とか、その他、詩歌《しいか》人の年齢をカッコにくくってでも入れなければならないようなものを書くことが多い立場の人間としては、非常にやりにくいのです。

というのは、たとえば明治四十三年（一九一〇年）に生まれた人は必ずと言っていいほど数え歳で自分の年齢を言うからです。満年齢では八十八歳何か月であっても、数えで九十歳と言う。そのことによって喜びを感じるような、子供っぽいけれど早々と歳をとって九十の大台に乗りたいと思っていた人が、場合によっては二歳くらい、歳が減ってしまうことで起きる一種の〝不景気な感じ〟。――この、年齢について不景気な感じになるということが、あまり好ましくないのです。もっとも、若くなったと嬉《うれ》しがる人の方が多いのかな、今は……。

満年齢のよさはたくさんあるのでしょうが、私はほとんどよさを感じません。私は二月生まれですから早生まれで、就学年齢からするとドン尻《じり》に近いほうで生まれたわけですが、日本の学校は四月に始まりますから、一年近く歳上の人も同級生にはいたわけです。ですから、引け目を感じることが多かった。いまだに私は身体《からだ》も小さいけれど、全体として発育があまりよくなかった。おまけに、いちばん戦争の激しいときに、十代の前半を過ごしました。食べ物も豊かではなかったから、私の年代はほとんどみんな同じ背丈です。たとえば谷川俊太郎《たにかわしゅんたろう》と私では、私のほうが十か月ほど歳上だけれど、同じ年の生まれで、背丈がほとんど変わらない。ですから、同じ食糧不足の時代に育ったなという実感があります。

昔だったら、私とたとえば谷川とは完全に同い歳ですが、満年齢ですと一歳近く違います。そして、そのことからくる〝味気なさ〟みたいなものがあるわけです。年齢の数え方一つとっても、近ごろの合理主義一点張りみたいなところが人生に対する感覚の膨《ふく》らみを壊してしまった……。これが、お正月にはいっせいに歳をとるという一種の厳粛《げんしゅく》な感覚が失われていった理由の一つだと思います。

＊

お正月にはだれもが歳をとるということ、——「ああ、これで何歳になった」ということをいっせいにみんなが感じるということは、とても大事な感覚だと思います。それが現代では一人一人、あの人は何歳何か月だが、私はまだ何歳だという感覚ですね。自分一個の歳が何歳何か月で、あの人はこうでと、みんなばらばらであることがもたらす一種の「人生をだれの力も借りずにきちんと一人で生きますよ」という感覚、——そういう感じ方で現代人は暮らしているのです。

ですから、お正月になったからといって格別新しく感動することもないし、感動なんかしているのはむしろ古めかしいことであって、正月だ正月だといってうれしがってもいられない、という感じにもなるのでしょう。しかし、そういう合理主義では割り切れない現実が厳然としてあるからこそ、お正月なのです。

その感覚は、お祭りとか七夕といった年中行事のすべてに通じて言えることです。年中行事もいまでは、ある人は「お祭りだ」と喜んでいるし、隣の人は「まったくだらないね」と言うようなものになってしまいました。私も若いころは、お正月だ、お祭りだなんて喜んでいる人を見ると、ばかばかしいと思っていました。私自身の感覚としてはそうなのだけれど、よくよく思い直したときには、いっせいに歳をとるということ、あるいは老若男女がこぞって一つの行事に参加することは、とても大切な「習わし」の一つだと思っているのです。

早い話が、それを俳句の世界に置き換えた場合、いまの年中行事のほとんどは旧暦のときと違って意味を失ってしまうような状態になっているので、そういうものにしがみついて季語というものを昔ながらに担《かつ》ぎ回っているのはばかばかしいということを、ほかならぬ俳人諸氏が言うようになってしまえば、俳句は、しっかりした実態をつかんでいるという感じが薄れてくるのです。季節感覚とか行事の感覚というのは、一方ではある種のフィクションがあって、そのうえに乗っかっているのだけれど、同時にそれで、みんながいっせいに喜んでいるということからもたらされる、ある種のうれしい感じ、喜びの感じが前提としてあるのです。

たとえば七夕も確かに困ります。昔は、七月から秋が始まるので、七月七日は秋の最初のころのとても大切な行事としてありました。しかし、いまの新暦の七月七日の七夕は、目茶苦茶に暑い時期の盛りです。そういうときに空の星を眺めて、ありもしないような恋物語を空想するなんて、ばかばかしくてどうしようもないという感じになるのは当然です。それをなおかつ、いまでも「七夕さん」と言って大切にしようと思っているとしたら、それはもう完全にフィクションの世界で遊ぶほかないのですが、そういうフィクションの世界があることを認めようとしないような精神からすると、こういうのはもうばかばかしいからやめようということになるのです。そうすると、季語の実感というものも当然失われてゆくでしょう。

　しかし私は、季語はフィクションを含むからいい、と思っている人間なのです。たとえば、これは夏の季語だが、実際の季節はまだ春だとか、あるいはもう秋に入っているとかという場合がありますが、そのずれをずれとして認めて、そのずれのなかにも詩を感じることのできる人ならば、実際にも自分の季語として使えるだろう、と思うのです。そうではなくて、これは単なるばかばかしい規制に過ぎないと思ったら、もうおしまいでしょう。ですから、俳句における季語は、そうとう難しい問題を孕《はら》んできているとは思います。

　とくに人生のいちばん大事な時期のさまざまな行事、いまの問題として言えば「正月」ですが、お正月というものの実感がすごく薄れてきてしまったということのなかには、暦の新暦、旧暦の問題もあるけれど、それにプラスして満年齢で数えるということから来る、お正月の実感をどんどん薄れさせるような状況がいろいろあったことが、大きな原因だと思うのです。

＊

「お元日」の名句はたくさんありますが、それらの句をおもしろいと感じることができるかできないかということも、世代によってすごく違ってきました。江戸時代の有名俳人たちのお正月の句をいくつか取り上げてみます。

いざや寝ん元日はまたあすのこと　与謝蕪村《よさぶそん》

出典は、尾形仂《つとむ》編著『蕪村自筆句帳』（昭和四十九年・一九七四年）。有名な句の一つです。この場合の「元日」には特別な感じがあります。一つにはこれは、「お元日」を迎える前日の、大みそかの夜のことです。大みそかはものすごく忙しい。現代では借金取りもそれほど来ないし、忙しくはないのですが、昔は借金取りから逃げるために大みそかに家を留守にした人がたくさんいたわけです。そして、お正月になると知らん顔をして現れるのです。

戦後亡《な》くなられた詩人にもそういう人が大勢いました。金子光晴、草野心平、山之口貘《やまのぐちばく》とか、みんなそうした経験の持ち主です。大みそかに草野心平と金子光晴の「貧乏対談」をＮＨＫ・ラジオで放送したことがあります。彼らの、どのようにして借金取りから逃げるかという話を聞いていると、腹を抱えて笑うほどおもしろい。そのときの二人はもうＮＨＫに出演するくらい生活も楽になっていたから笑い話になるのですが、借金取りが来るのを見越して屋根へ上って見下ろしていると、そのうちにやってくる……。そのときには忘れずに梯子《はしご》もちゃんと隠すとかいう話なんですね。

高浜虚子《きょし》に〈去年今年《こぞことし》貫く棒の如《ごと》きもの〉という句がありますが、これは「去年今年」という季語、つまり昨日が去年で今日は今年という一年の変わりめを最大限に利用し、それも、借金で苦しまなかった人が詠《よ》んだ句です。草野心平さんや金子光晴さんが作るとしたら、そうとう滑稽《こっけい》で、しかし悲痛な句ができることでしょう。たった一日の違いなのに、そのくらい大みそかと元日とでは落差があったのです。

〈いざや寝ん……〉には、必死になって、何とかしてこの一年を飛び越して、あしたから新しい年を迎えようという気持ちがあります。これは、片づけ物や正月用品、あるいは身仕舞いを買い整えるのなどに忙しくしていて、もう真夜中になってしまったけれどまだ追いつかない。「しようがない。もう寝てしまおう。元日はまたあしたのことだ」と思っている句だと読んでも、まったくおかしくないと思います。「いざや寝ん」にはそういう覚悟があるのです。

蕪村と同じ時代、同じ世代の、名古屋の有名俳人・加藤暁台《きようたい》はお正月をこう詠んでいます。

元日やくらきより人あらはる丶　　加藤暁台

元日の明け方です。朝になりきっていないまだ暗いうちに、神社にお参りに行く、いわゆる「初詣《はつもう》で」の人々がそろそろ出かけてくる、あるいはお寺で除夜の鐘をきいたあと、しばらく散策してから家に帰る人たちとか、そういう人々の姿が暗いところからぼーっと見えてくる。——この句にはそういう感覚があります。

正月のうちには、「書き初め」や「初荷」の二日とか「七種粥《ななくさがゆ》」を食べる七日とか、いろいろな日がありますが、元日が過ぎてしまって、それからあとの、連句で言えば平句《ひらく》の日になったら、こういう感覚はなくなります。「くらきより人あらはる丶」は、やはり元日の句です。そういうおもしろさが昔の句にはありました。暗い中から姿を現す彼らは、もちろんそんなことは思わず、自然に、ただそうやっているだけかもしれません。けれども、世間全体がお元日というもののなかにあるから、いいのです。

家並みがはっきり見えてくる、あるいは人やモノが徐々にはっきり見えてくる、そういうときの感覚でも、正月だから、「ああ、これで新しい一年が始まった」という決意をもって眺める人もいたでしょうし、やっと借金取りから逃れられたと思ってホッとしている人もいたでしょう。いずれにしても、元日が大事な日だったという感じがよく出ていますね。

正月の子供に成《なり》て見たき哉《かな》　小林一茶《いっさ》

口をついてぱっと出ただけの句だと思います。昔、正月の子供は、大人から見ればうらやましい存在でした。着飾ったり、「かるた」や「双六《すごろく》」などして遊んだでしょうし、お父さん、お母さんからいっぱいモノももらえたから。もちろん、もらえない子もいたでしょうけれど、ちっぽけな餅《もち》や、ささいなものでもお年玉はうれしかったはずです。ちょっと紙にくるんでクルッと結んであって、それを開いてみるのがうれしかった……。一茶のこの句は、そういう種類の子供のことをうたっているわけです。正月の子供になりたいな、と思うのは、とくに一茶のような人はそうだったと思います。

目出《めで》たくも酒は氷らぬためし哉　　加舎白雄《かやしらお》

元旦といえば「屠蘇《とそ》」ですが、信州上田生まれで、天明《てんめい》俳壇では名実ともに江戸を代表する俳人・白雄は、五十歳過ぎで死ぬまで終生独身でしたが、有名な酒豪でした。これが、そういう酒飲みの句であることは確かです。白雄にはまた〈薄氷《うすごほり》雨ほち〳〵と透《とほ》すなり〉という、降る雨が「ほちほち」と薄氷に穴をうがってゆく観察眼の鋭い句もあります。同じ江戸中期の俳人で、晩年、蕪村と往来した炭太祇《たんたいぎ》も酒豪で、酒を飲み過ぎて脳溢血《のういっけつ》になり、半身不随の身となりましたから、辛《つら》い最晩年を送った人だと思います。それだけ酒好きだったのです。

日の春をさすがに鶴《つる》の歩みかな　榎本其角《えのもときかく》

其角も酒豪として知られた人で、これは有名な句です。元日の朝日のことを指す「日の春」は、其角が造語したのではないかと思います。わざわざ「日の春」というふうにことばをひっくりかえして、すこぶるめでたい感じにしている点に其角らしい大きな技を感じます。これが其角の造語だとすれば、其角という人はさすがに言語感覚の鋭い人だったという気がしますね。「さすがに鶴の歩みかな」だけでもめでたい感じがするのですが、そこに、「日の春を」と言ったことは、とてもぴたっときます。朝日がさんさんと射《さ》していて鶴がたかだかと歩んでいる。――その気高さ、めでたさ、そういうものを詠み切っています。

鐘《かね》ひとつ売れぬ日はなし江戸の春　榎本其角

これは、お正月の句だと限定できないのですが、お正月気分がよく出ていると思います。寺の鐘というものはそんなに売れるわけはないのに、日に一つは必ず売れるということで、江戸の新春のめでたさや繁盛ぶりをたたえているわけです。
芭蕉《ばしょう》の弟子で志太野坡《しだやば》に、はなはだ有名な句があります。

長松《ちやうまつ》が親の名で来る御慶《ぎよけい》かな　　志太野坡

昔、丁稚奉公《でっちぼうこう》している人の呼び名にはよく「長松」があった。その長松という名前で呼ばれていた子が年季《ねんき》が明け、丁稚奉公をひいて実家に帰っていった。去年やめたか一昨年《おととし》やめたか、あるいは少し時間がたってからかもしれませんが、何の太郎兵衛というお父さんの名前を継いだ長松が、かつて奉公していた店に「おめでとうございます」と年始回りの御慶を言いにやってきた、というところにめでたさがあるわけです。長松という名前もめでたい名前です。

正面きって先祖や世話になった人にお礼を述べ、ともどもに新春を祝う気持ち、――人生の節目節目を真っ正面から受け止めて、それを真っ正面から詠むという態度が昔の人にはありえたのですが、いま、正月のことをおめでたいという感じで詠むと、現代の俳人たちはちょっと気恥ずかしくなると思います。それは俳人だけでなく、現代人だれでも、お正月はおめでたいということを真っ正面から言いにくくなっている気分があるからだと思うのです。

私は両方ともわかるけれど、何といっても正月の句はめでたくて晴れやかであったほうがいいでしょう。そういうことを思うと、昔の俳句というものを大事に読んでいくことは大切ではないかという気がするのです。

羽子板や母が贔屓《ひいき》の歌《うた》右衛《え》門《もん》　富安風生《とみやすふうせい》

歌右衛門は、明治の「団・菊・左」没後の歌舞伎《かぶき》界を引っ張った五世中村歌右衛門で、六世と同じように美貌《びぼう》をたたえられた人です。歌右衛門の似顔がかかれた羽子板はいかにも女の子にはうれしいことでしょう。羽子板をもっている女の子がいて、見たら、お母さんが贔屓にしている歌右衛門の似顔だったということで、「母が贔屓の」という言い方に正月というものを自分のほうに近づけて楽しんでいる感じがよく出ています。虚子に師事した富安風生は、こういう句を詠ませると非常にうまかった。めでたいものをめでたく詠むということです。

加留多《かるた》歌《うた》老いて肯《うべな》ふ恋あまた

殿村菟絲子《とのむらとしこ》

作者は明治四十一年（一九〇八年）東京深川の生まれ。「加留多」とは『小倉百人一首』のカルタのこと。『百人一首』の五割近くが恋の歌です。昔はあまりしみじみと感じなかったけれど、老いてからはどの恋歌もそれぞれ自分の気持ちにすっと落ちてくるところがあるという意味の句です。「老いて肯ふ恋あまた」という言い方のなかには、落ち着きと、ある種の距離感があって、それが正月の句をめでたくしています。

お正月は、どうせならめでたくと思っても、実際は、あまりめでたくないというのが昨今の現状でしょうが、せめて俳句ではパッと景気のいいお正月の句を読んでみたいと思うのです。

二月──つぶらかな声

現在の暦でいうと、二月はいちばん寒い季節だと思います。その寒い季節の真ん中である二月十六日が、ぼくの生まれた日です。

それと、もう一つ、これは冗談と思って聞いていただければいいことですが、駅の売店などで「生まれ日占い」などという小冊子が売られています。この日に生まれた有名人ということで二、三人の名前があがっていまして、「二月十六日」を見ると、ぼくの名前も出ていましたが、驚いたことに、隣り合わせで高倉健さんの名前も出ているのです。高倉健さんは、ぼくと完全に同年同月同日の生まれなんです。

いずれにしても、ぼくには二月生まれということからくる一種独特の「二月」に対する感覚があります。そのころに霜柱が立ち、土が浮き上がってくるくらいに寒くなって、氷柱《つらら》もいっぱい下がっているような、そういう季節に生まれたという思いが、ぼくにはあるわけです。

*

島崎藤村の最初の詩集に『若菜集《わかなしゅう》』があります。《若菜集》という題名を彼がつけたのは、自分の書いている詩がまだ堂々たる木にまで育ってなくて、若い菜っ葉が出てきたばかりという感じからでしょう。その詩集が出てみたらたいへんな評判になったから、実際は《若菜集》どころではなかったのですが、彼としてはそういう初々《ういうい》しい感じ、これから世の中に裸で出ていくという感じがあったと思います。《若菜集》はまた、二月の感覚だなと思います。藤村は二月十七日生まれですから、《若菜集》は、生まれた日付けを意識してつけられた題名かもしれない、と感じるくらいです。

木のひかり二月の畦《あぜ》は壊《く》えやすし　　加藤楸邨《しゅうそん》

二月の畑の畦は崩れやすい、それは霜柱が立っているから。この句はまさに、ぼくの二月の季節感そのものです。

霜柱の句では、はなはだ有名な句があります。

霜柱俳句は切字《きれじ》響きけり　石田波郷《はきよう》

考えてみれば、なぜ霜柱が俳句の切字と関係あるのかと言いたくなるくらい、まるで関係のないことを言っています。けれど、「俳句は切字響きけり」という中《なか》と下《しも》の句を受け止める上《かみ》の句の「霜柱」は、ぴったりくるのです。霜柱というものに対する感覚は、鋭く尖《とが》っていて、キラキラッと光っていて、ピーンと緊張しているから、「響く」のがよくわかるのです。

「氷柱」にもそういうところがあります。氷柱の句でいいのが、

何ゆゑに長《なが》みじかある氷柱ぞや　上島鬼貫《うえじまおにつら》

氷柱はどれも同じ長さになっていいはずなのに、長い短いがあるのはおかしいという、ただそれだけの句ですけれど、鬼貫のような俳人だと、そういう実景を見た瞬間、パッと句にするだけの才能があったということです。率直・平明《へいめい》でありながら、自然

の妙をとらえる力……。

霜柱や氷柱のように、光っていて水気があってギュッと締まっているものに対する好みが、人によってはあると思います。楸邨、波郷たちは、冬のそういうものをうまく句に詠《よ》んだと思います。

＊

楸邨にはおもしろい句がいっぱいあります。

霜柱どの一本も目ざめをり　　加藤楸邨

奥さんの知世子《ちよこ》さんが昭和六十一年（一九八六年）の一月に亡《な》くなって、その直後に詠んだ句です。霜柱は一本一本、たくさん生えています。その、どの一本を見ても霜柱が目覚めているという、とても寒い句です。知世子さんを亡くした楸邨の心が、この句には響いています。ことばにできないような思いを「どの一本も目ざめをり」と表現しているのだと思います。

楸邨はどの季節でも、その季節に合った句を作れた俳人でした。俳人のなかには、ある限られた季節だったら、たくさん詠めるし、得意だという人もいます。たとえば、冬のいい句が多い人と春の句がいい人などがいて、一人一人を見ていくと、かなり違いがあるものです。現代の俳人でいえば、飯田龍太《いいだりゅうた》は初期のころは少なくとも春の句が絶対に多く、しかもいい句が多かったと思います。楸邨に戻ると、

牡蠣《かき》の口もし開《あ》かば月さし入らむ　加藤楸邨

という句があります。牡蠣はギューッと口を締めているわけですが、それがちょっとでも口を開けようものなら、そこへ、冬の月がさし入るだろうという想像力は見事なものです。萩原朔太郎《はぎわらさくたろう》の生前最後の詩集『氷島《ひょうとう》』の巻頭に〈冬日暮れぬ思ひ起せや岩に牡蠣〉という句がありますが、その句を楸邨は好きだったようです。〈牡蠣の口……〉は、実際、その朔太郎の句に唱和してもいるのです。

＊

〈牡蠣の口……〉の句を含めて、ぼくはいままで楸邨の句三十句ぐらいに付句《つけく》を付けています。楸邨はひそかに「オレの句は絶対に人が付句など付けられるような句では

ない」と誇りに思っていたのです。ぼくはそれを知っていたから、わざと付けてみたのですが、〈牡蠣の口……〉には〈りんりんと鳴れ舌も潮《うしほ》も〉と付けました。ほかの二十句ぐらいの付句と一緒にこれを楸邨に見せたら、「ハハア、ハハア」といって喜んでくれました。

そして、楸邨が大事にしている筆がたくさんあるのですが、なかでも大事にしている筆を「大岡さん、これ、いいですよ」と言って、わざわざ出して見せてくれました。墨も、ものすごく大事にしている墨が押し入れのなかにごまんとあって、それもほとんどが使ってない古墨でしたが、それも出してくれて、「どれでもいいから、使ってやってください」と言うのです。はじめは恐れおののいていましたが、しまいにはいい気になって、図々しく、かなり磨《す》って、二人で一枚の紙に二句ずつ書きました。そのうちの何枚かが楸邨記念館にも飾ってあると思います。楸邨の句も付合《つけあい》を受け入れる句です。

俳句と連句の問題は、非常に難しい問題がたくさんあると思います。たとえば飯田龍太は、連句自体、認めていないかもしれません。ことに現代俳人が連句をやることは疑わしい、と思っているのではないでしょうか。実際、龍太の句は、連句をやるにはあまりにも切れ味が鋭くて、立ち姿もよすぎるから、だれかがそれに付けることを感覚的に拒否する向きがあるのではないか、とぼくはずっと思っているからです。

一方で、連句をやる人もいます。たとえば高浜虚子《きよし》みたいに「やれ、やれ」とすすめた人もいます。これはその俳人の資質の違いによると思います。

楸邨は茫洋《ぼうよう》としていて、一緒に連句をやっていた奥さんが音《ね》をあげて「私はもうやめて、お茶を淹《い》れてきます」と言って立ち上がってしまうほどでした。楸邨自身はウンウン言いながら連句を作ります。なかなかできないから、安東次男《つぐお》さんが「楸邨、だめじゃないか」などと言って怒る。……あれはおかしかった。

楸邨の句は、ぼくには付けやすい。なぜかというと、あの人の句には必ず、後ろ側に人間がいるからです。ピカピカの俳人たちの句のなかには、人間くさい句を作るのはだめだと言う人もたくさんいると思いますが、ぼくは人間が背後にちゃんといる句は、無条件に認めます。そのうえで上手《うま》い下手がある、と……。

いや、正確にいうと、だれの句にも人間はいるけれど、楸邨の俳句の後ろにいる人間は非常に不器用で、たえずつまずいたり、言い訳がましいことを言いたいけれど言ったらいけないと思って必死になって我慢しているといった姿が、何となく浮かんでくるところがあるのです。

それを全体として言うと、楸邨の句は、ぼくには詩人の柄の大きさ、懐《ふところ》の深さを感じさせる、と言ったらいいでしょうか。ただ単にことばだけのきれいな世界があるだけではなくて、苦しんだり、悩んだりする生きた人間がそこにいるという感じがすごくするという点で、楸邨は懐《なつ》かしい人なのです。

では、付句を付けられない人はだれか？　ふと考えてみると、楸邨の先生であった水原秋桜子《しゅうおうし》の句はきれいな句ですが、付句は付けにくい。

冬菊のまとふはおのがひかりのみ　　水原秋桜子

この句も、秋桜子の高弟・石田波郷が、先生の句を一つだけ挙げるとすれば、といって選んだほど、上品で澄み切ったすがすがしさを感じさせる傑作ですが、他人の入り込む余地がないというか、開かれていないから、付けようがありません。ここにあるのは、ほかの花が失《う》せたあと「ひとり咲く菊」の姿で、彼が自分というものをそういうふうに見ていた、という自画像そのものなのです。楸邨の句は、そこのところが破れています。破れているから、取り付いて何かやろうと思えばできるのです。

楸邨はぼくの付句を見ると、おかしがってゲラゲラと笑い、「ハハア、これにこんなものが付きましたか」などと言っていたけれど、先ほど「芒洋」と形容したように、彼自身には積極的に連句をやろう、という気持ちはありませんでした。他人が付ければいくらでもおもしろがっていたけれど、彼は一句だけの独立した、ピーンと立ったものを作りたかったようです。しかし、そう思いながらも破れているところがあって、しかも、本人は気がついていない……。そこがおもしろい。ですから、俳人の人格としておもしろいなと思った人の一人は、やはり楸邨です。不思議な人です。

＊

生き物の句で見ると、同じ虚子門、といっても楸邨は高弟の水原秋桜子に、飯田蛇《いいだだ》笏《こつ》は本人に師事したわけですが、二人のタイプの違いがわかります。

寒雁《かんがん》のつぶらかな声地におちず　　飯田蛇笏

晩年に近いころの句です。冬の雁が、空の上を鳴きながら飛んでいるのだろうけれど、その声は地面まで落ちてこない、という不思議な感じの句です。彼は雁の声を聞いているはずなのに、その声が落ちてこないとは、どういうことか？　あるいは全然聞こえないけれど飛んでいるのを見たから、こういう句を作ったか？……わかりません。私は、雁の声は蛇笏ひとりが心で聞いた声だと思うのですが、その声を「つぶらかな声」と言ったのも、これもまた独特な感受性です。というのも、雁の声はしゃがれたような変に鋭い声ですから「つぶらか」とは違うと思うのですが、その鋭い声が心の耳に聞こえてくるころには「つぶらか」になっていたのでしょう。……いずれにせよ、声が距離感のなかで変化している。——それは、俳句の醍醐《だいごみ》味そのものではないでしょうか。距離があって、遠くではこうだったけれど、すーっと距離を狭めてやってきて、自分の心に入ってきたときは全然違うものになっていた……。そういうところが俳句のいちばんおもしろいところだと思います。

残念ながら近ごろの俳人たちの句で、そういうゆったりとしてまろやかで、しかもあくまでも声が鋭く響いてくるといった句を読んだ記憶がありません。これは、ぼくが怠け者だからかもしれないのですが……。

天地《あめつち》の間にほろと時雨《しぐれ》かな　　高浜虚子

時雨が降ってきただけなのに、広大無辺の天と地との間にほろっと時雨があるというのは、すごい。時雨を、極大な天と地の真ん中で一滴の雨が「ほろ」とこぼれ出てきているという対比感からとらえているのは、たいしたものです。距離感をおきながら、対象を知らない間に変形させる技術。俳句の技術でいちばん大きいのは、それです。

虚子のこうした句や、さきほどの飯田蛇笏の句などは、俳句の醍醐味を知っている人でないと作れない句です。古い時代、少なくとも百年近く前の俳句のいいものから醍醐味を味わい学ぶようにしないと、後輩の俳人としてはあまりおもしろい句はできないという気がします。

＊

富沢赤黄男《とみざわかきお》の次のような句を初めて見たときはびっくりしました。

暗がりに坐《すわ》れば水の湧《わ》くおもひ　富沢赤黄男

赤黄男には有名な〈蝶《てふ》墜《お》ちて大音響の結氷期〉という句がありますが、それは、あれもこれも全部を詰め込んだような句です。蝶が氷の上に墜ちて大音響を立てた、季節はちょうど結氷期だったという、この句は、ことばが醸《かも》しだす距離感のなかでゆったりとゆらめいているものをスッととらえることができる俳句とは違って、別のもの、つまり描写するのではなくて、ストレートに心象《しんしよう》表現に傾斜してゆく現代詩だと思います。ドラムでいえば、ダンダンダンッと大音響を立てるようなドラムの叩《たた》き方を思わせる句です。

ところが、そういう人でも〈暗がりに坐れば水の湧くおもひ〉という句を作っている。〈蝶墜ちて……〉と同じ時代の句だと思いますが、同じ無季句でも、こういう句になると、一種の空間があります。そういう句を作れたのだから、富沢赤黄男は昭和新興俳句運動の推進者だけの人ではなくて、新興俳句を作って新興俳句を抜けた人、という感じがするのです。

大正三年（一九一四年）生まれで、現代詩を書いた木下夕爾《ゆうじ》の句に、

梟《ふくろふ》や机の下も風棲《す》める　木下夕爾

があります。

これは現代詩の骨法そのものです。遠く離れたものを意表をついた場所にもってくるという手法です。梟が鳴いている、——その視点を机の下にもってきて、そこに風

ありえないものをとらえて、そこに風が棲んでいるととらえる。——こういうとらえ方は、ありえないものをとらえて、そこに詩を発生させるという詩の骨法なのです。梟というものと机の下に風が棲んでいるということとをうまく番《つが》えていますね。

〈暗がりに……〉の句とわりに近い感覚で、いい句です。

木下夕爾は現代詩人で同時に俳人でしたが、彼より十二歳ほど歳上《としうえ》の富沢赤黄男は新興俳句の俳人でした。こういう人たちの句がおもしろいと思えるのは、彼らのとらえているものが、抽象的にいえば、距離感のなかでは中心に置かれているものの、それと全体との関係におけるおもしろさ、と言えましょうか。

〈梟や……〉の句でいえば、机の下にあるものは何かといえば、「風」です。風は実体はないようなあるようなものです。それを「風が棲んでいる」というとらえ方をしているのです。また、〈暗がりに……〉の句は、暗がりに座ると、自分の座ったところから水が湧いてくるような思いがするという、そういうあり得ないものをもってきて、あり得るようなかたちにするところが、この人たちの俳句のおもしろさだと思います。

これは自然界に実際にあるものではなくて、想像力が生み出したものだけれども、それが生み出されているだけではなくて、そこにあるように見えるというところが俳句のおもしろさだと思うわけです。

長谷川櫂《はせがわかい》という昭和二十九年（一九五四年）生まれの若い俳人の句に、故郷の熊本から遠く離れた土地・新潟に新聞記者として赴任したときに詠《よ》んだ、

冬深し柱の中の濤《なみ》の音　長谷川櫂

があります。柱の中に「濤」なんかもちろんのこと、ないのですが、耳を澄ませると柱の中で日本海の荒濤が音を立てているという感覚と、「冬深し」という感慨をぶつけたわけです。「冬深し」という季語を、そうすることで生かしているんですね。長谷川櫂という人は季語のつかまえ方がうまい。なぜかというと、彼が古俳諧《はいかい》を非常によく読んでいるからではないでしょうか。

〈霜柱……〉の句でも何でもいいのですが、俳句のおもしろさの根本をつかんでいる人たちは、どこかで共通性があるという気がします。モノそのものにドカンとぶつかっているだけではすまない、あるいは、ぶつかっていない場合でもぶつかったように見せる……。また、ぶつかっていても実はぶつかっていないように見せるとか、そういうズレを利用することが上手な点です。無論、はじめからそれが見え透いていると、

いやらしいのですが……。

彼らの俳句は、あとになって「へえ、感心した」と思うけれど、接したそのときはただただ「はあ、なるほど」と思うだけ、——そういう句はいつまでも記憶に残ります。

そういう距離感をつかまえている句で、しかも人生の最後の時期の句、つまり自分はもう死ぬということがわかっていながら作った句で感心しているのは、

冬麗《とうれい》の微塵《みぢん》となりて去らんとす　相馬《そうま》遷子《せんし》

という句です。

冬の麗《うら》らかに晴れた空にきらきらと、見えないような見えるような塵芥《ちりあくた》となって、これから自分は去っていくという、重病の床《とこ》にいた人の、ほとんど辞世に近い句です。明治四十一年（一九〇八年）長野県生まれで、秋桜子門下だった遷子は、この後もまだ生きていたのでしょうが、この句には明らかに辞世の意識がある。そして辞世の句としては「冬麗の微塵となりて」がとてもいい。

モノそのものにぶつかりながら、そのモノとそのまま心中してしまわないで、どこ

かですれ違っている。あるいは遠ざかっている。あるいは、遠いところにあるのに突然近くにくるとか、いずれにしても運動があって、その運動によって起こる位置の移動のエネルギー、――そういうものをそのまま句の力にしているんです。そういう場合には必ずといっていいほど、おもしろい句になります。これは二月の句に限らず、俳句全体を通じて言えることだと思います。

＊

ぼくは東京・調布市の深大寺《じんだいじ》の周辺に二十年以上住んでいます。深大寺の周りには、お店はほとんどないけれど、散歩をするにはいいところがいっぱいあります。

ぼくの家の近くに明治大学野球部のグラウンドがありまして、金網が高く張ってあります。その金網には蔓草《つるくさ》が這《は》い上っていて、その蔓草が二月ごろなので枯れている。散歩の途中で見上げたら、その上にちょうど雲が漂っていた。詩では「ひらひら」としてありますが、ひとひらだけではなかったと思います。その情景を見て、冬と春がぴったり寄り添っている季節だなと感じたので、《きさらぎ　弥生《やよい》》（『地上楽園の午後』所収）という詩を作ったのです。

その詩の途中に出てくる一つの材料が「蟇《ひき》」です。蟇《ひきがえる》はまだ姿を見せてはいませんでした。しかし、もうじき冬眠から目覚めて、繁殖のために水辺にぞろぞろ集まってくる季節になる。ぼくの家の近所に、当時、直径二メートルくらいの小さな池があって、毎年、その池の周辺に何匹も蟇が群がり、そしてオスとメスが大乱闘を繰り広げるのです。蟇はオスのほうが小さく、メスは大きい。オスはメスの上に必死になって乗り掛かろうとしているけれど、ほかのオスが弾《はじ》き落としたりして闘うわけです。しかも、闘いをやりながら実に美しい声でうたうのです。恋の争いをしながら、それだからこそいっそう、恋の歌をうたいつくす。朝も昼も夜もうたっていた。数日、それをやっているが、ある日、ぱたっと消えるのです。繁殖の季節が過ぎて、また草むらかどこか、自分の生息地に戻っていく……。

この詩は、そういう季節になってきたということをうたったものです。最後の四行だけ引用します。

土の中に眠る者の数知れぬ影が
一瞬透けてみえるやうな如月《きさらぎ》のはて
グランドの金網ごしに見あげる空の
ひらひらの雲に春が冬と乗つてゐる

ぼくは、季節そのものをそのまま題材にして、詩を作ったりすることはあまりたくさんはないのですが、これなどは季節感をうたってみようと思って作った数少ない詩の一つです。

三月――交替する時間

三月という月は、新暦でいうと春の始まりに当たります。旧暦でいえば、三月の終わりで春はおしまいになるので晩春ということになりますが、いずれにしても三月の話題というと、お雛様《ひなさま》が最初にくると思います。お雛様は、日本人の生活に昔から非常にかかわりがありました。

ですから、お雛様を詠《よ》むと、どれもこれもが懐《なつ》かしい句や歌になるというわけではありませんが、何となくいいなと思わせる句や歌には、ある種の共通性があるように思います。お雛様を見ながら、その後ろ側に長い時の流れをじっと見つめているような、そういう風情の句や歌があると、お雛様も浮き立ってくる感じがするのです。

榎本其角《えのもときかく》に有名な句があります。

綿《わた》とりてねびまさりけり雛の顔

榎本其角

一年間、大事にお雛様をしまっておくために綿をかぶせてあるのです。雛祭りが近づいてくると、かぶせてあった綿をそっと取り外してお雛様を取り出します。そうするとお雛様がまた素顔をあらわすわけですが、そのときの印象を「ねびまさりけり」といっているのです。

「ねぶ」とは「老《ふ》ける」という意味。何となくお雛様が一年間のうちに老けた感じがする……、しかし其角は、その古びや床《ゆか》しさに「心打たれた」とも言わずに、黙していて、そこがこの句のポイントです。べつにお雛様は老けるわけでも何でもないと思います。ただ、塗ってある胡粉《ごふん》（絵の具）は時間がたてばだんだん渋くなってくるでしょうから、それが一種の「ねび」てくる感じになるのはたしかで、〝沈黙〟はさすが蕉門《しょうもん》筆頭の力量でしょう。

一方で、近代の俳人がそれとは逆の感じで、こう詠んでいます。

箱を出て初雛《はつひな》のまま照りたまふ　渡辺水巴《すいは》

昭和十八年（一九四三年）の『富士』に載るこれも、有名な句です。この句は其角の句とは逆に、ずっと箱の中に入っていて、一年間たって、あらためて「こんにちは」と言って出てきたお雛様は「初雛のまま照りたまふ」というのです。女の子の初節句に飾る雛人形のことを「初雛」と言いますが、古雛が、雛祭りになって箱をあけてみると初雛のときと同じようにとても愛らしく、同時に、お雛様には一種の神々《こうごう》しさみたいなものもあると思いますが、その照り輝きがある、と……。

其角の句と渡辺水巴の句とでは、まるで逆のことを言っているようにみえますが、しかし、両方ともお雛様の印象としてはぴったりなものだと思うのです。

＊

時間というものはわれわれ自身の一瞬一瞬の意識のあり方と同じようなもので、お雛様も非常に老けていて、同時に非常に新しい、つねに若々しいという両面をもっているわけです。人間、一瞬一瞬の意識のあり方がその両面をもっているのです。

人間のそういう意識というものがある以上は、お雛様は老けても見えるし、同時に若々しくも見えるというのは当然だと思います。そういう二つのものを一つに合わせて見るならば、時間というものを透視できるというところがあるのです。

お雛様を見ると、むしろ自分のほうがだんだん老けてくることを実感する、そういう意識がお雛様に反映するんだと思います。その意味では、われわれはお雛様を見ながら実は自分自身の時間意識をもそこに見てとっているということで、これが、お雛様の不思議な魅力であり、一種の不気味さにも通じているわけです。

お雛様が不気味だという感じ方は、しばしばあり得ます。推理小説で、お雛様が重要な小道具として使われる場合もありますね。そういうものを発想する作家たちは、いま言ったような意味で、見えないはずの時間が突然、実体としてあらわれたという瞬間の驚きみたいなものを感じとっているのではないでしょうか。

＊

古雛はもともとは人形、ヒトガタでした。ヒトガタというものはいわば時間の彼方《かなた》からふと顔を出すような、一種の亡霊的な要素もある。——そういうゾッとするような妖《あや》しいもの、美しいもの、江戸時代のお雛様にはそういうのが多いですね。顔つきも現代のお雛様とは全然違いますから、やはり時間というものの不思議な経歴のしかたがよくわかる感じがします。

お雛様は近代以前の江戸時代から愛蔵され、鑑賞されるものとしてあったわけですが、それ以前の雛人形は古い時代にはヒトガタに類するものでした。ヒトガタがだんだん発展して、目鼻をつけられて、お雛様に展開してきたわけですが、もともとをいえば呪術的《じゆじゆつ》なものです。陰暦二月下旬から三月初旬のころですから、ちょうど農作業が始まるという時期に、まず禊《みそぎ》をして穢《けが》れを祓《はら》う必要から行事が行なわれました。

その場合、どういうことをやったかというと、人間の一年間に身についたさまざまな穢れをヒトガタに移すことによって、自分はきれいになるという、ある意味ではずいぶん要領のいい考えなのですが、そういう考え方の代弁者として紙や藁《わら》で「形代《かたしろ》」というものをつくり、その形代が人の穢れを背負って海や川へ流されていったわけです。

そして、そういう存在だったものが雛祭りにまで成長していく間には、雛人形が最初に背負っていた呪術的なもの、あるいは信仰の属性というものがだんだん失われてしまったということがありました。

代わりに何が出現してきたかといえば、「美しい」とか「かわいい」とか、そういう近代に至っての新しい人間の観念です。もちろん昔から「美しさ」とか「愛らしさ」はあったわけですが、近代に至って「美しさ」とか「愛らしさ」が非常に重要な属性になってきました。そのため、それ以前にあった呪術的な信仰の側面をだんだん失っていったのです。

いまでは「美しさ」や「愛らしさ」の追求はまったくありふれたことになっていますから、人々はその背後に何があったかということはほとんど感じないで、ただ、人気の高いタレントや話題のヒーローの姿かたちをお雛様にしてみたりということも生じてきているわけです。

しかし、それをずっとさかのぼって化けの皮を剝《は》げば、お化けはちゃんとそこにいるわけです。そういうお雛様の背後にいるお化けを、詩歌《しいか》は、思いがけないかたちでパッと人々に見せるということが多いですね。

＊

その意味では其角の句も水巴の句も、両方ともお雛様の属性としてはぴったりですけれど、考えてみたら、同時にその両面が見えるということは、かなりお雛様の不思議さをあらわしていると思うのです。

お雛様は、時を超えてずっとわれわれに伝わっているもの――いってみれば宇宙船で突然、現代の人が過去にまで時間の流れをさかのぼることもできるような印象を、われわれは空想的にはもちますが――そういうものと同じようなもの、古代の幻想的な世界にまでお雛様の臍《へそ》の緒《お》がつながっているような感覚があるのではないでしょうか。

ですから、三月という月は時間というものをもう一回、われわれが感じ直すためにある月のような気がします。別の面でいえば、三月ごろから農作業が少しずつ始まるわけですが、それは言い換えると、大地が再生するときです。そのときには当然、古い時代のものも同時に存在していて、古いものが新しいものになるだけではなくて、古いものを見ることによって逆にわれわれが新しい要素をはっきりと認識するということもあるのです。そういう意味では、時間というものが交替していく時期が三月なのです。

＊

お雛様の句は、ほかにもいろいろあります。

仕《つかまつ》る手に笛もなし古《ふる》雛《ひひな》　松本たかし

雛人形の五《ご》人囃子《にんばやし》の一人に笛方《ふえかた》がいますが、本来だったら構えているその手に、あるべき笛が失われてしまっていて、それが古雛の歳月を感じさせると同時に、人生における一種の寂寥《せきりょう》感、哀愁をも感じさせるというのです。

草の戸も住み替《かは》る代《よ》ぞ雛の家《いへ》　松尾芭蕉

これは『おくのほそ道』冒頭に載る、彼がいままで住んでいた深川の草庵を人に譲って出るときの有名な句です。新しい住人には娘がいて、折から雛祭りの時節。長旅を覚悟した芭蕉が、華やぐであろう元の庵を思い浮かべて詠んだ……。時の変化というものをこういうかたちであらわすという句の作り方もあるわけです。

明治三十九年（一九〇六年）生まれで、高浜虚子《きよし》に師事した松本たかしの句も、最初は手に笛があったはずですが、その笛がなくなっているというかたちで時間の経過を表現しているので、お雛様はどうも時間を表現する材料になることが多いですね。

正岡子規はそういう哀愁に満ちたものよりは、もっと直接目に見えるものを喜んでうたう人でした。

紙雛や恋したさうな顔ばかり　　正岡子規

紙雛は先述した「形代」に通じる、いわゆるお雛様の素朴なかたちで、紙で折っただけのものですが、それと符合するざっくばらんな口調で詠まれた句です。「恋したさうな顔ばかり」というかたちで、見たところをそのままパッと詠んでいて、紙雛への親しみがあります。

慶応三年（一八六七年）生まれで、年齢が明治という時代と同じだった子規の、こういう句の横に、たとえば松本たかしの句や渡辺水巴の句などをおいてみると、子規だけは例外で、子規の次の世代、さらにその次の世代というふうに、俳人のお雛様の詠み方がまた時間というものを意識したような句になっているのが、おもしろいですね。

＊

花でいえば、三月は「桃」でしょう。桃はおもしろい花なので、ちょっと触れておきます。

桃は桜に比べると地位としては低く見られているような感じに、昔から日本の詩歌の世界では扱われています。

芭蕉の門人で、非常に自信家だった人に森川許六《きょりく》がいます。彼はたいへんな知識人であったことは明らかで、本の編著もだいぶしています。そのなかに『風俗文選《ふうぞくもんぜん》』というよく読まれた文章の選集があって、いろいろな人の文章を集め、自分でも書いたりしています。

その『風俗文選』に森川許六自身が書いた《百花譜《ひやつかのふ》》という文章があります。引用します。

「桃は元来いやしき木ぶりにて、梅桜の物好《ずき》、風流なる気色《けしき》も見えず。たとへば下司《げす》の子の、俄《にはか》に化粧《けはひ》し一戚《いつせき》を着飾《きかざり》て出たるがごとし。爛熳と咲みだれたる中にも、首筋小耳のあたりに、産毛《うぶげ》のふかき所ありていやし」

許六の桃に対する見方は、〃庶民的な花〃ということを強調するためもあったでしょうが、桜に比べるとだいぶ評価が低いかたちになっています。

「桃は、元来いやしき木ぶりにて」ですから、低い階級《クラス》の花木だ、という感じがあります。

しかも、たとえば下司、卑《いや》しい階級の家の子が春になったらにわかに目覚めたという感じで、お化粧をする。しかし、お化粧にはあまり慣れていない。そういう感じのお嬢さんをもってきて「たとへば下司の子の、俄に化粧し、一戚を着飾て出たるがごとし」という。「一戚」は一式と同じで、ありったけの美しい着物をそろえて着飾っているという意味です。現代の女の人にもしばしばそういう問題がありますね。自分のもっている、いいと思われるものをいっぱい身につけているから、ブランド物の満《まん》艦飾《かんしょく》になって、みっともない限りだ……。しかし本人は、「どう、すてきでしょ?」という感じで現れる。それが桃の感じだということを許六は言っていると思います。

許六という人は絵も上手にかきました。たしか芭蕉の絵の先生です。そういう意味ではけっこう自信家ですから、かなりきついことを言うんです。……桃はにわか化粧をして一式、全部着飾って出たような木だ、と。

「爛熳と咲みだれたる中にも、首筋小耳のあたりに、産毛のふかき所ありていやし」。産毛が首筋や小耳のあたりにあるなんて、観察は細かくてけっこうですが、くさすために見ているんだから、かなりひどい。許六という人はすごく気が強かった人ですね。

その許六は、こんなふざけた辞世の歌を作っています。

下手ばかり死ぬることぞと思ひしに
上手も死ねば糞《くそ》上手なり　森川許六

死んでいくのは生きるのが下手な奴《やつ》ばかりだと思っていたが、なんだ、死は平等で、人生の上手も死んでいく……。上手も死ねば、上手どころか、ありゃ「糞上手」だ。この俺もやはり糞上手にすぎん……。——そういう人から見ると、「桃」という花木は「桜」や「梅」の高雅な雰囲気に比べると、下司っぽいと映ったのでしょう。しかし、古典的な詩歌や文芸の世界ではそうだったとしても、蕪村《ぶそん》は違っていました。

桜より桃にしたしき小家《こいへ》かな　与謝《よさ》蕪村

*

という句を作っているくらいです。

この句はさすがに蕪村らしい見どころです。庶民的な小さな家に住んでいる人々にとっては桜よりは桃のほうがもっと親しいという感じがあって、それを外側から観賞するとこういう句になる、と言っていいと思います。

ただし、その蕪村にしても、元来は桜のほうが桃よりは上位にあるという一種の前提をバックに、こういう句を作っているわけです。そういう意味では、これは実に日本的な美意識だと思います。

日本的と言ったのはなぜかといえば、中国では桃色や赤など鮮やかな色の花木が重んじられてきたのは明らかで、「桃李梅杏《とうりばいきょう》」が代表的な花木として取り上げられることが多くありました。それは日本人の花木に対する考え方とちょっとずれています。

ですから桜は、日本人独特な感受性や愛情によって、木の花の世界ではスターになってきたという感じがします。

＊

中国人は建築であれ仏像であれ衣類であれ、紅とか緑とか、色彩が非常に鮮やかである点が特徴です。

中国に実際に行ったときのことですが、公共建築物の修復をしているところなどを見れば、極彩色と言ってもいいくらい、色鮮やかです。日本でも、奈良あたりの中国の影響をモロに受けた古い時代の神社仏閣を、原形に修復したようなところがときにありますが、そういうところは本当に色鮮やかで、近代日本人の色彩感とはずいぶん違う感じがするものです。

「桃源郷」ということばがあるように、中国人にとっての理想郷の一つは桃の咲き乱れているところです。そういう意味では、緋色《ひいろ》のものを非常に愛したということが中国の場合にははっきりありあります。

日本人の場合にはそれが少し違ってくるところがおもしろい。

大伴家持《おおとものやかもち》の天平勝宝《てんぴょうしょうほう》二年（七五〇年）三月一日の有名な桃の花の歌があります。

春の苑《その》紅《くれなゐ》にほふ桃の花
　下照《したで》る道にいで立つ少女《をとめ》
大伴家持

この歌にはもう一首並んでいます。それは李《すもも》を詠《よ》んだ歌です。

わが園の李の花か庭に降る
はだれのいまだ残りたるかも
大伴家持

『万葉集』の詞書《ことばがき》では、自分の家の庭に咲いている桃と李を詠んだというふうになっていますが、私は前々からこれは怪しいと思っています。これは、彼の頭の中にあった中国の桃と李を詠んだ歌ではないか、と……。自分の庭に、とても美しい中国風の庭園があるかのごとくに想像して書いた歌ではないか、と思っているのです。そんな考えはとんでもない間違いだと言われても、私には実景を詠んだ、とは思えないのです。

というのも、この歌が詠まれたのは春先、北陸の富山でのことです。あのあたりでは現在の季節感としては四月になるかならないかのころでしょうが、そのころに作った歌としてはいかにも出来合いの歌、よくできすぎた歌で、そんな花は咲いていなかった、という気さえするからです。そうとう絵画的な設《しつら》えができていた上に立たされた少女も、実際にはそういう少女として想定できるのは家持の奥さんの坂上大嬢《さかのうえのおおいらつめ》ですが、彼女は家持がよび出した夢の乙女ではないか、とさえ思っているのです。これは私の深読みかもしれないけれど。

中国の桃李と日本人の美しい花という観念がどのへんで接点ができているかということでは、この歌などは万葉時代の桃の花、李の花の見方の代表的なものとしてとられるかもしれないけれど、ひょっとしたらあれは空想ではないかという気が私はしているのです。

いずれにしても、桃は、日常生活の中で愛された花でした。

四月——桜は「生命力」

江戸時代の俳人で、いまでは私たちにとってたいへんに親しい名前になっている人の一人に夏目成美《なつめせいび》がいます。文化・文政時代、建部巣兆《たけべそうちょう》、鈴木道彦《みちひこ》とともに「江戸三大家《たいか》」と言われた俳人です。

この人の家は浅草蔵前《くらまえ》の富裕な札差《ふださし》でした。諸国の俳人にも人望があったという意味では珍しい人です。彼はある時期から足を悪くして片足を引きずっていました。そういうこともあって、あまり行動が活発であったとも思えないのですが、そのかわり、彼のところへ諸国の俳人が集まってきました。小林一茶《いっさ》も彼に非常に世話になっています。そういう意味では江戸後期の代表的な俳人の一人といっていいし、句も清潔な、いい句が多いのです。

花鳥《はなとり》もおもへば夢の一字かな　　夏目成美

この句だけとってみても、俳人がギョッとするような句だと言ってもいいでしょう。実は、この句には前書《まえがき》があります。ある人から『源氏物語』を借りて読んでいるうちに、貸してくれた人が死んでしまったので、故人の家へ本を返そうとしてこの句を付けたという前書です。『源氏物語』を愛読していた人の一人がアッという間に死んでしまった。花をめで、鳥の声に耳を傾ける、そういう風雅な世界も思えば夢にすぎない、夢の一字にすぎないという句です。

この句は成美の句としてもなかなかいい句だと思うけれど、現代の俳人も心にとめておいていい句かもしれないですね。花鳥風月なんていったって、最終的にはみんな夢です。そうした覚悟は俳人には特に重要だと言えるわけですから、その意味でもこの句は珍重すべき句です。

*

〈花鳥……〉の「花」とはもちろん、一般的に日本の古典の世界では「桜」を指します。「花」ということばによって指される桜の花、それを日本人は昔からどんなふうにして見てきたかを二、三、例をあげてみましょう。

古い時代、平安朝中期ですが、そのころにたいへんに愛されてうたわれた『和漢朗《わかんろう》詠集《えいしゅう》』の一つの詩があります。

燭《ともしび》を背《そむ》けては共に憐《あは》れむ深夜《しんや》の月
花を踏んでは同じく惜《を》しむ少年の春
白居易《はくきょい》

白居易（白楽天《らくてん》）の詩の一節です。『和漢朗詠集』ではこれを巻上の《春夜》という題のところに置いていて、和歌も同時に付け合わせています。この詩は白楽天の人気絶大な『和漢朗詠集』のたくさんの漢詩文のなかでも、特別に日本人に愛された詩文の一つだと思います。

「燭を背けては共に憐れむ……」、燭を壁に向けて暗くしては友と二人、深夜の月光をめでた。「花を踏んでは同じく惜しむ少年の春」、落花を踏んでは過ぎ行く若い歳月を二人とも同じように哀惜《あいせき》する。「少年」は「幼い」というよりはむしろ「若い歳月」のこと。ですから「青春の春」と言ってもいいでしょう。初々《ういうい》しい詩句で、これはたいへんに日本人に受けました。受けたというのは日本人が桜の花をいつの間にかとても愛するようになったからです。

なぜそんなに桜の花が愛されたかといえば、一方ではちょうど春の霞《かすみ》がかかり、夕暮れになれば朧《おぼろ》に桜の花がそっと、しかし明らかにそこにあるということがわかるように咲いている、——そういう実在感がある花ですから、共通してみんなが愛したわけです。

桜の花の愛され方ですが、一方では「麗《うるわ》しく咲いている」という咲き方で愛されたわけですが、もう一方では、比較的早く、それも豪勢な散り際《ぎわ》をとても愛した、ということがあると思うのです。咲いているときも美しいが、散るときも美しい、というところで、桜の花は日本人の感受性にぴったりとくるところがあったのだと思います。

桜は、中国から渡ってきた梅のような花木とは違って、日本の土着の花であるというところも、親しみ深く愛された一因かもしれません。中国人は桜の花についてはべつに何とも言っていませんが、日本人が、殊《こと》に桜の散るというところに特徴を見いだしたことが、私はとても大事な点だと思っているのです。

平安時代に在原業平《ありわらのなりひら》が堀川太政大臣《だいじょう》藤原基経《もとつね》という人の四十歳の賀のときに詠《よ》んだ歌で、賀の歌としてはまことに不思議な作り方をされている歌があります。

さくら花散り交《か》ひ曇れ老いらくの
来《こ》むといふなる道まがふがに
在原業平

桜花よ、散り交じって、花の散る勢いでそのへんを曇らせろ。「老いらくの恋」の「老いらく」ということばは「老ゆ」を名詞化し、擬人化《ぎじんか》したものですが、ここから、老いがやって来るというその道が、散りまごう桜花によって見えなくなってしまうように、という歌です。

これは賀の歌としてはまったく異例な作り方です。「散る」「曇る」ということを最初に出していますし、「老いらく」ということばを四十歳のお祝いの歌で使うのも、実に挑戦的とさえ言っていいでしょう。

これは、『古今集』の巻七に載る歌ですが、いまみたいに書いて発表したのではなくて、うたいあげたに違いないのです。在原業平がお祝いの歌をうたうのでみんなが注目して聞いているわけですが、聞いた瞬間に「散る、曇る、老いらく」ということばが聞こえてきたのですから、みんなおどろいたに違いない。それをわざとやっておいて、下《しも》の句で全部引っ繰り返している。――老いがやってくるような道を紛らせてしまえ、見えなくしてしまえというので、最後のところでまことにみごとなお祝いの歌になっているのです。これは業平の、ときの権力者であった藤原氏に対する一種の反骨精神のあらわれだったかもしれないという気がするくらい、珍しい作りの歌です。

こういう歌を見てもわかるように、四十歳をお祝いするときにまず桜花を出すということは、桜の花がそれだけめでたい花として意識されていたからです。その場合、業平が最初に言ったのは「桜花は散る」ということでした。散るということが桜の非常に大きな特徴です。それを生かしているところが業平という人のすごさだと思います。こういうかたちで桜というものは日本人の生活に、ある意味では深く深く入り込んでいたわけです。

＊

われわれはよく、「あの人の物腰には花がある」とか「あの人は花のある人だ」といったことを口にしますが、それは、ある人物のもっている雰囲気とか心映え、そういうもの全体を指して、何となくではあるが明らかに感じられるもの、そのよさ、それを言うのであって、そこに、「花」ということばの非常に大きな特徴があります。

この場合の「花」は日本古来の伝統からきているわけですが、普通は「桜」を指します。もちろん日常生活で「花がある」といえば、桜とは限定できません。しかし、花ということばそのものが、日本人に与える一つの感じとしてはっきりと、すてきなもの、すぐれたものということを象徴しているわけです。

世阿弥《ぜあみ》という人は能楽の完成者と言っていいのですが、その世阿弥の著書でいちばん有名な『風姿花伝《ふうしかでん》』には、「花」ということばが百四十回ほど使われているそうです。私は数えたことはないけれど、しかるべき人が数えていらっしゃって、その人の言うところによるものですが。

これはどういうことかというと、能を演ずるうえでの最も好ましいやり方や心構えを「花がある」というかたちであらわしているのです。その意味では花ということばは世阿弥のような天才的な人にとっても、生きる上での美学の中心にあったと言っていいわけです。そのほかに彼が大事にしたのは「新しさ」とか「珍しさ」などです。それらの意味を含みながら、いちばん本質的な守るべき価値を一言でいうと、それが「花」だったわけです。

花というものにはパッと咲くときとパッと散るときとの両方があって、その両方は芭蕉風に言えば「不易《ふえき》」と「流行」の両面なのですが、それを一語で表しているところが花ということばが愛された理由だと思います。

ですからそれは、日本語として独特な意味合いをもっていて、たとえば英語のフラワー、フランス語のフルールとかの外国語では、そのような意味まで含んだものとしての「花」ということばは、なかなか見当たりません。

日本人の美学に根差した、そういう「花」が、俳句だけではなくて、それ以前の和歌から来ていることは明らかです。現代においては必ずしもそうは言えないとは思いますけれど、少なくとも江戸時代までの和歌というのは、美意識あるいは美学の中心としての役割を担《にな》っていましたから、その影響はとても大きく、なかでもとくに愛されたような歌は、すぐに茶室や花などの席にもかけられて、みんなの鑑賞に供されたわけです。

そのほか、演劇、演能、あるいは書、絵画、工芸、そういうものにおいても視覚化され、「花」のある和歌は、つねに一つの美学の中心に置かれるという習慣が長く続きました。これは一千年近くつづいたわけです。

世阿弥の場合でいえば、彼が室町幕府の将軍足利義満《あしかがよしみつ》に寵愛《ちょうあい》されたのは有名な話です。

しかし彼には、彼を寵愛したもう一人の非常に大事な、美学の教師といっていいような人がいました。関白の地位にまで上った二条良基《にじょうよしもと》です。良基は連歌《れんが》の最高の理論家でした。

『連理秘抄《れんりひしょう》』は良基の代表的な連歌論の本ですが、そのなかで彼は、日本人の季節感や芸術的表現についての、ある種の規範をみごとに理論化しました。

『連理秘抄』はずいぶんいろいろなことを考えさせられる本です。基本的には連歌を制作するうえでの大事な心構えをたくさん論じていますが、なかでも、たとえば季節感と花の関係、花ということばがなぜ桜を指すようになったのか、といったことなどを考えさせてくれる要素があるのです。

奈良時代に貴ばれた花はもちろん梅です。梅は日本土着の植物ではなく、輸入木でした。いつごろ入ってきたのかはわからないけれど、私の想定では、六、七世紀ごろに朝鮮半島経由で大陸から渡ってきたのではないでしょうか。その梅は寒い盛りの旧暦の正月に咲きます。

二条良基の『連理秘抄』には連歌の発句《ほっく》に詠み込まれるのに望ましい季題が列挙されていて、「正月には　余寒　残雪　梅　鶯《うぐひす》」とあります。「二月には　梅　待花《たいか》より次第に」とあって、「待花」の「花」とは桜のことです。このころ、梅は咲いているけれど桜はまだ咲いていません。したがって、二月は桜を待っているという気分をうたうのだ、と……。

三月になると、「三月までは、只《ただ》花をのみすべし。落花まで毎度大切也《なり》」とあります。三月までは桜だけをうたっていなさい、というのです。この表現が出て来た背景や理由は別にあるわけですが、いずれにしても桜だけを主題に作っていればよろしいという、すさまじい規範意識です。しかも「落花まで毎度大切也」がとても大事な意見なのです。

どういうことかと言いますと、梅と桜が交替しはじめる二月があり、桜が待ち遠しいという感じが濃くなって、三月、つまり現在の四月までは、咲きはじめから散るまで、ただ桜ばかりを素材にうたっていればよろしいというのです。

『源氏物語』には光源氏が二十歳の春に「花の宴《うたげ》」が開かれるという描写がありますが、それはいまの太陽暦で言って、だいたい二月の半ば過ぎ、つまり「梅の宴」のことです。その春の到来を寿《ことほ》ぐ梅の宴が、やがて旧暦の三月三日、新暦になおすと四月半ばという桜の時期に定着していくようです。それは人々が桜が満開の季節に宴を開くことを好んだからだと思います。

民俗学的な観点からすると「桜の花が、稲の花の象徴と考えられ、その散り方如何《いかん》が稲の花を予祝し、ひいては村の生活の全体の吉凶を占うものとされた」ということ、――これは山本健吉さんの『最新俳句歳時記』の《新年篇》に、桜の花がなぜ大事だったかということの説明としてあるものですが、占いの花として、農民に桜が非常に珍重されたということは、充分にありうることでしょう。

ただし、農民の、桜を珍重する思いは労働と結びついたことですから、美という観点から余裕をもって桜を見たのは、労働階級ではなくて、その労働階級の労働の上に成り立つ生活を楽しんでいた貴族階級の人々なわけで、貴族階級の人々がそういう生活を楽しむことができるような時代になって初めて、〝桜の美〟というものが観念として出て来るのです。

それが現在に至るまでずっと続いているのだと思います。ですから、そういう意味では日本の美学、美意識は平安朝の貴族階級の関与を除いてはありえなかったということはたしかではないかと思うのです。

桜の花は、朧月夜《おぼろづきよ》など気象条件としてはいちばん春らしいものにぴったりした花でもあったから、広く一般の人々に愛されるようになったということもあろうと思います。いずれにしても、それらのことを全部踏まえたうえで、桜の花はずっと、われわれ日本人の代表的な花でありつづけてきたと言えるのではないでしょうか。

＊

押し合うて海を桜のこゑわたる　　川崎展宏《てんこう》

加藤楸邨《しゅうそん》の薫陶《くんとう》を受けた川崎展宏の『義仲《よしなか》』という句集にある一句です。津軽で詠んだ句で、桜前線が津軽まで北上し、さらに海を渡って北海道に至るすがたを詠んでいます。満開の桜の花の勢いのよさ、迫力を「押し合うて」、押し合いへし合いしながら海を桜の声が渡っていくと想像している。この場合、声なき桜が声を発するわけです。それが一種の桜の生命力として描かれている。これは津軽ですから当然、五月のことです。そのころまで桜前線がどんどん北上していくということも含めて、桜の花のすなわち生命力をあらわしているのです。

「前線」ということばが花では桜についてだけ言われますが、桜は動くもの、散るもの、しかしそれは同時に生命力をもあらわしていて、桜を詠んだ詩歌がそういうことを示すものが多いのは当然だと思います。

五月——いい風の吹くことよ

五月という月は、草花にせよ、鳥とか昆虫とかにせよ、生命力が躍動して大きく羽ばたく時期です。五月五日は端午《たんご》の節句ですが、端午の節句は菖蒲《あやめ》という花と関係があります。昔からの古典的な習慣でいえば菖蒲は端午の節句に結びついたかたちで観賞されるということがあったわけです。そういう菖蒲も含めて、花が香りたつ季節が五月なのです。四月の桜の花のころはまだ、草花あるいは木の花もどちらかといえばつつましやかな香りという感じがしますが、五月になると、それこそ香りのいい花木や草花が多くなってきます。

その一つとして柑橘《かんきつ》類の香りがあります。そういうものをうたった詩歌《しいか》はたくさんありますが、短歌や俳句を作る人には普通はあまり縁がないといえるものに、七五で四句形式の「今様《いまよう》」という歌謡のスタイルがあります。今様歌謡でよく知られているのは平安朝末期に後白河院《ごしらかわいん》が撰《えら》び編纂《へんさん》した『梁塵秘抄《りようじんひしよう》』ですが、この歌謡集はほとんどが今様です。今様とは今風の、モダンなものということです。

その後白河院の三十年ほど後に生まれた人に、慈円《じえん》という、仮名文の『愚管抄《ぐかんしよう》』という歴史書を著し、『新古今集』でもたいへん重要な位置にいた人がいます。死んでからは慈鎮《じちん》という諡《おくりな》をされています。関白藤原忠通《ただみち》の六男で、当時の最高階級の家に生まれ、十一歳のときに僧籍に入り、天台座主《てんだいざす》に至った人です。ただ、たいへんに政変が多かった時代で、そのため四度も天台座主の辞退と復任を繰り返し、建仁《けんにん》三年（一二〇三年）に大僧正《だいそうじよう》になった仏教界の大立者《おおだてもの》です。彼の甥《おい》に藤原良経《よしつね》という人がいます。良経は『新古今集』を作るうえでの最大の庇護者《ひごしや》であり応援者であり、同時にまた『新古今集』における最も優れた歌人の一人でした。そういう詩人一家でしたが、なかでも特別に重んじられた人が慈円で、これがお坊さんだったということはおもしろい。『新古今集』に入っている慈円の歌数は九十二首もあり、西行に次いで多いのです。この人に次のような今様歌謡があります。

花橘《はなたちばな》も匂《にほ》ふなり　軒《のき》のあやめも薫《かを》るなり
夕暮さまの五月雨《さみだれ》に　山郭公《やまほととぎす》名告《の》りして　　慈円

かに告げ鳴いて。

「夕暮さま」は夕暮れのおもむきある、ということ。「名告りして」はわが名を高

「花橘も匂ふなり」の七五を一行とすれば、四行の七五・七五・七五・七五のものが今様歌謡です。必ずしもこの形式とは限られませんが、一番多いのがこのかたちです。

右の今様は慈円の家集『拾玉集《しゅうぎょくしゅう》』に入っています。これには春夏秋冬を主題にした四首の今様歌謡が含まれていますが、これはそのうちの夏の今様です。四行の詩句に一つずつ材料があります。すなわち花橘、あやめ、五月雨、郭公。以上の夏季の景物を四つ並べただけで、そういう意味では、慈円のいわばお遊びに近いものでもあったけれど、それがそのまま詩としても非常にここちよく、口ずさみやすいものであったというところに、慈円の才能があると同時に、明るくて伸びやかで自然界の風物を実に正確に見るということを重んじた時代の雰囲気もよく出ています。

ここで「花橘も匂ふなり」「軒のあやめも薫るなり」とうたわれているように、五月は「匂い」が重要な季節なのです。また「五月雨が降る」といえば現代の季節感ではむしろ六月の範疇《はんちゅう》に入りますが、初夏の一つの自然現象に違いなく、そこに山郭公が鳴く……。ホトトギスは「卯月鳥《うづきどり》」「早苗鳥《さなえどり》」「あやめ鳥」などの異名があるように、

昔の人は初夏になると、それまでひそんでいた山から現れると思っていました。まさか海外から渡来してくる鳥、渡り鳥であるとは思わなかったのです。

こうして四つの詩句を並べてみると、五月という月は景気がよくて明るくて華やかだ、ということがよくわかりますね。

＊

花橘は柑橘類で、田道間守《たじまもり》という、『古事記』に「多遅摩毛理」と表記される人が常世《とこよ》の国から「ときじくのかくの木《こ》の実《み》」を持って来たのが最初という伝説がありますが、元来、ミカンの古代の名前です。香りが非常に高い。しかも和歌で「花橘の香《か》」といえば、これはもう絶対に「昔の恋人」という連想を伴っていました。花橘の香りは単に自然現象としてのものではなくて、そこに人間の現象が必ず付随していたのが特徴です。

その特徴的な歌が『古今集』にあります。

さつきまつ花たちばなの香《か》をかげば
昔の人の袖《そで》の香ぞする
よみ人しらず

これはおそらく男が女をうたった歌でしょう。ふっと橘の花の香りがした瞬間、昔の恋人の袖にたきしめられていた香りを思い出した。恋人の袖の香が花橘の香りに近い感じがしたのでしょう。この歌は非常に愛された歌で、「花橘の香」といえば「昔の人」という連想の型ができたほどです。

香りによって人を思い起こすという例は、プルーストの有名な小説『失われた時を求めて』にもあります。マドレーヌのかけらをお茶に入れると、その香りがいろいろなことを思い出させるという有名なエピソードですが、それと、この歌はよく似ています。香りに注意がいくだけではなくて、それが同時に昔の恋を、そして恋人を思い出させるというところが日本の和歌では特徴的なことで、この歌の場合はとくにそうです。

これから三百年くらい後の『新古今集』の時代に、藤原俊成女《しゅんぜいのむすめ》、といっても実際は彼の娘のまた娘ですから、俊成のお孫さんになりますが、彼女も歌人としての大きな名前を得ます。その人にこんな歌があります。

橘《たちばな》のにほふあたりのうたた寝は
夢も昔の袖の香ぞする
藤原俊成女

これは明らかに先の『古今集』の〈さつきまつ……〉の歌を踏まえています。『新古今集』の女はわりとうたた寝をする場合が多いような気がしますね。なぜうたた寝を材料にするかといえば、うたた寝からふっと目が覚めたときにぷーんと香りがしたという、そこのところをうたいたいからです。うたた寝で見た夢でも昔の人の袖の香と同じ香りがしたということで、過去の時間と現在の時間を混ぜ合わせる、――そうすることが得意だったし、好きだったようです。そういう時間の混ぜ合わせということが、『古今集』『新古今集』あたりの、感覚的に鋭い男女たちのつかまえようとした一つの詩的世界の象徴のように思えます。植物の香りが詩的な情感を呼び覚ますということがあったのです。

源俊頼《としより》という歌人は『古今集』と『新古今集』のほぼ中間に生まれた人です。『新古今集』の大歌人たち、藤原俊成とか定家の先輩に当たり、彼らにも大きな影響を与えたわけですが、歌論家としても名高かった人で、『俊頼髄脳《ずいのう》』という歌論書がありますし、八代集の一つで、第五番めの勅撰集《ちよくせんしゆう》『金葉《きんよう》和歌集』の撰者としても知られま

す。その人の歌に、

あやめかる安積《あさか》の沼に風ふけば
をちの旅人袖薫《そでかを》るなり　　源　俊頼

があります。これは五月五日の端午の節句に関係のある菖蒲の薫りをうたっていま
す。「あやめか（刈）る」は安積の沼の枕詞《まくらことば》。その安積の沼は福島県郡山《こおりやま》市の安積山《さん》
麓《ろく》にあったと言われていますが、現在はありません。そこに風が吹くと、「をちの」
つまり「遠くの」旅人の袖までも薫る、ということは、菖蒲の薫りが遠くの旅人にま
で届くということで、この場合も、「薫り」が非常に重んじられています。薫りが日
本の詩歌の伝統のなかで一つの重要な流れを作っていた証拠ではないでしょうか。

＊

五月はまた、ほかの季節の俳句や短歌には見られない、読んで楽しいという感じを
させる句が多いようです。これは六月の句ですが、

六月を奇《き》麗《れい》な風の吹くことよ　正岡子規

明治二十八年（一八九五年）三月、郷里の俳句仲間ら、周囲の制止もきかずに日清《にっしん》戦争従軍記者として大陸に渡った子規が、五月の半ば、帰国の船上で喀血《かっけつ》し、神戸、須磨《すま》で療養後、四国に帰り、また東京へ出てくる。そんな病身の最中に須磨で作った句です。「奇麗な風」とはどういう風か？　風に爽《さわ》やかな薫りもあったろうし、うるわしい陽光もあったのでしょう。五月、六月は自然界のとらえ方として「明るさ」というものを重んじているのです。この、子規の何ということのない句にもそれがはっきり出ています。まだ季節がうつむいているような感じの三月あたりとはガラッと変わって、季節的にいうと気候のいい五月から六月にかけてあたりの、いっせいにぱっと開かれた時期の季節感がよく出ています。

渡り懸《かけ》て藻《も》の花のぞく流《ながれ》哉《かな》　野沢凡兆《ぼんちょう》

この句では香りは詠《よ》まれていませんが、橋を渡りかけて、きれいな川の流れをのぞいたら、そこに藻が生えていて花が咲いていたという近代の写生句に通ずる句です。藻の花が咲くのは初夏ですが、これなどもさっぱりとした季節だな、という感じのする一句です。凡兆は芭蕉の門弟で、向井去来《むかいきょらい》とともに『猿蓑《さるみの》』の編集に当たった人です。

若葉して御目《おんめ》の雫《しづく》拭《ぬぐ》はばや　松尾芭蕉

『笈《おい》の小文《こぶみ》』にある句で、貞享《じょうきょう》五年（一六八八年）の関西旅行のとき、奈良の唐招《とうしょう》提寺《だいじ》で鑑真《がんじん》の座像を拝謁《はいえつ》して詠んだ句です。鑑真和上《わじょう》はご存じのとおり、唐から来朝するとき、想像を絶する苦しみに耐えたために目が見えなくなってしまいました。そういう和上の像が唐招提寺にありますが、芭蕉が開山堂で仰いだ盲目の上人《しょうにん》像は涙をポロッとおとしているように見えたんですね。「若葉して」は「若葉でもって」でしょう。

「若葉が開いて」「みどりの若葉になって」という意味にとる人もいらっしゃると思いますが、私は、雫があるように見える、涙しているように見える、その目を、やわらかい一枚の若葉でやさしく拭ってさしあげましょうということで、そこに芭蕉の気持ちが込められていると思っています。そして、同時に五月の若葉の感触と、非常に貴く思われた鑑真和上の像とが結びついているところに、季節感でいえば春から夏に移っていくころのやわらかさがあると思うのです。

五月はまた、万物が勢いよく生育する時期です。その一つの例がお蚕《かいこ》さんです。蚕のことを五月の薫る風と一緒に詠んだ句があります。

薫風《くんぷう》や蚕《こ》は吐《は》く糸にまみれつつ　渡辺水巴《すいは》

蚕の季題はふつうは春です。しかし、この句には「薫風」(初夏の薫る風)という季語が使われているので、初夏の句ということになります。薄暗い蚕室《さんしつ》には桑の葉っぱと蚕独特の生臭い匂いが満ちている。繭《まゆ》を作るためにプップッと吐き出している絹糸に蚕自身がふわっとまみれている。その蚕室の壁の外側には薫風が吹きわたってい るというわけで、絹を吐き出す蚕の強い生命力と風とをうまく結びつけています。蚕は息を吐き出す一瞬のたびごとに繭糸を吐き出すわけです。

蚕の糸、絹糸の大きな特性はナイロン製糸などとは違い、真ん中が中空になっていることです。中が空《あ》いていることで糸としての特性がいろいろあるわけですが、一つは、べったりと中身が詰まっているナイロンの糸とは感触が全然違うということ。中に空気が入っているので、やわらかさ、しなやかさが出るのです。そして染料が外側だけでなくて内側にも染《し》み込むので、たとえば藍《あい》の染料が洗えば洗うほどますます美しい藍色になる秘密がそこにあるのです。染色されるのが外側だけでしたら、洗えばだんだん色が褪《あ》せていくのですが、百年前の藍の色でも鮮やかさを失わないのは、内側に吸い込んだ染料が徐々に徐々に外へ出てくるからなのです。

私が重視したいのは、生命体と有機体でない無機物との違いがそこにはっきり表れていて、これまで長い間、俳句の生命力を支えて来た蚕のような生命体がだんだんなくなってきていますから、これからどうなるかという大きな問題があることです。かといって絹だけがすばらしいとはもちろん言えません。生活のなかには無機物の機械製品もいっぱい入ってきていて、そうなるにしたがって、当然、また新しい自然観や季節感というものも見出されなければならない、と思っているわけですが、身近な暮らしの周囲から緑や山草、鳥や魚、昆虫といった生命体が消えつつある現状は、短詩型文学の「いのち」とも密接にかかわることでしょうから、軽視できないと思っているのです。

もっとも、いまのところはまだ、歳時記に閉じ込められた数十年前、あるいは百年以上前の季節感をそのまま使っています。ですが、それは現代俳句を作る方にとっては遠からず非常に大きな研究課題、また挑戦課題になると思います。ただし、そこまで考えている方が果たしてどのくらいいらっしゃるか、私は知りません。

＊

古代の人々は野外でどんなふうに自然を楽しんだのでしょう？　たとえば連れ立って野原へ出て、一日中、うららかな日射《ひざ》しのもとで遊ぶということをしました。文学作品では、和歌、俳諧《はいかい》的なものよりは「漢詩」を見たほうが具体的にいろいろな遊び方のことがよくわかります。

日本の漢詩の全盛時代は平安朝初期の嵯峨《さが》天皇の時代です。嵯峨天皇は中国からの渡来人の血が入っていたといわれる人です。そのためもあってか、いい漢詩を作りました。また橘逸勢《たちばなのはやなり》や空海とともに三筆《さんぴつ》の一人で、たいへん勇壮な字を書きました。いま残っている御宸筆《ごしんぴつ》、写真版の影印《えいいん》を見ると、実に生き生きと力強く活発な字を書かれています。

その、嵯峨天皇の命《めい》で編まれた『文華秀麗集《ぶんかしゅうれいしゅう》』という勅撰漢詩集に、たくさんの遊びをうたった詩がありますが、漢詩人の一人、巨勢識人《こせのしきひと》には「草合《くさあわせ》」をうたった《闘百草》という長い詩があります。「闘百草」とは、昔風の大和《やまと》ことばでいえば「百草《ももくさ》を闘わす」ということになります。「百草」とは「たくさん」という意味で、たくさんの草花を持ちよって、お互いに闘いをするわけです。

ぼくはその漢詩を訳したことがあります。およその意味を汲《く》んで訳したものですが、二十七行もあるので、とても全部をご紹介できません。詩の内容を簡単に申し述べておきます。

――寝所にぼんやり寝そべって春の情けを汲んでたってしようがない。さあ、草合をやろうじゃないかと、仲間と誘い合って野原にやってきた。目ぼしい枝に近づいてみる。桃や李《すもも》、薔薇《ばら》を引っ張ったりしながら、きれいな草花を探しては取ってくる。ときどきは小童《しょうどう》を使って相手の様子を偵察させるということもしながら、楼閣《ろうかく》に上がって七、八人で車座《くるまざ》になって、懐《ふところ》から一つ一つ、摘んできた草花を出して闘わせていく――というのです。

「絵合《えあわせ》」「貝合《かいあわせ》」などという、日本で古くからあった、そして古典的に高められて優雅なものになっていった遊び方もありますが、五月五日の節句の日を中心に行なわれた「草合」には、「菊合《きくあわせ》」「女郎花合《おみなえしあわせ》」とか特定の花を材料にした場合もありました。ご存じの「歌合」となると、遊びであると同時に最高の芸術作品になるわけです。

どんな草花でもいいから取ってきて、一つ一つ、相手と見せ合って、その瞬間にもっていたものの優劣を競う、これを「草合」といいます。香りが高いか、色がいいか……。判断の基準はさまざま。たとえば一方が紅色《くれないいろ》の茎を出せば、他方は葉っぱの緑色でお互いに競うというふうに、いろいろと対照させるわけです。出してくるのは同じ種類のものではなくて、わざわざ違う種類のものをパッと出す。それによって判断の基準が難しくなるから、それだけ遊びが高級化し、複雑化するわけです。

この詩では「一蕊《いちずゐ》を将《も》ちて両葩《りやうは》に争ふ」（一本の花蕊をもって二本の花びらと争う）と漢詩風に言っています。そしてついには「百草を闘はし、千花を闘はしむ」、百草を合わせ千花を闘わせるのです。漢詩ですから「草は百本、花は千本」とおおげさに言っています。

必ず判定者がいます。これは右が勝ち、これは左が勝ちと言って、最後にグループの勝ち負けが決まるのです。賭《か》けをやっているので、勝ったほうはどんどんいい品をもらい、負けたほうは最後には身ぐるみ剝《は》がされるということにもなったらしい。「あわれ敗者はうすものの衣《ころも》を剝がれ、こそこそと家に帰る」と漢詩に書いてあります。たかが「草合」だけれど、単なる〝遊び〟を超えたものだったわけです。

中国の「闘草」をまねたもの、と言いますから、日本に限った遊びではないのでしようが、自然界を使って遊び、それを芸術的なレベルにまで高めたという意味では、日本人の、とくに遊びというものに対する適応のしかたはかなり高級だったのではないかと思えます。逆にいうと、たとえば草花というものを素材として日本人の美意識の洗練されていく過程がよくわかる、ということでもあります。

この草合や貝合、歌合の「合」ということばも大切です。「合」という日本語、これはぴったり合うという意味で使うことが多いですね。しかし同時に、共通の場で闘うという意味があるのです。たとえばだれかと「堂々と立ち合う」などといいますが、この場合は「闘う」という意味なのです。「果たし合い」は、決闘すること、相手が倒れるまで闘うことです。お相撲の「立ち合い」はまさにどちらかが倒れるまで闘うこと。このように「合」という字は日本語のなかでも働きの多い単語の一つだと思います。「遊び」が同時に競争になるのもみんなが「合う」からです。「合」ということばを考えていくと、実にいろいろな要素が生み出されてくるのです。

日本人の「遊び」に関する感覚には、すごいものがありますね。たとえば、貴族社会の場合ですが、五月五日の端午の節句には邪気をはらう願いを込めて、柱や簾《すだれ》に薬玉《くすだま》を吊《つ》るしました。薬玉はきれいな刺繍《ししゅう》をしたマリです。麝香《じゃこう》、沈香《じんこう》、丁子《ちょうじ》などの香料を錦《にしき》の袋に包み、糸で美しくかがったり造花で飾り、香りの強い菖蒲やよもぎなどを根っこのついたまま結びつけ、五色の糸を長く垂らします。これも本来は中国から伝来した風習ですが、にもかかわらず日本ではそういうものが、やがては民間行事の一つにまでなり、現代でも、小学校の運動会で生徒が球を投げつけて割るクスダマは、五色の糸を垂らしたその古代の風習をそのまま受け継いでいるのです。また、香料を売っている店にある匂《にお》い袋も、薬玉の変形です。このように薬玉は現代人の生活にもずっと流れ込んでいる古代からの風習なのです。今日でも五月五日の端午の節句に関係のあるこの行事は、香りと切っても切れない縁があります。

最後に、端午の節句といって、思い出した歌を一つ。

五月《さつき》てふ五月《さつき》にあへる菖蒲草《あやめぐさ》
むべも根長く生《お》ひそめにけり　　紀《きの》貫之《つらゆき》

言い忘れましたが、アヤメはショウブの古名です。五月にぴったりの、その菖蒲の草。まったくよくも根を長く生やしてここまで育ったものだ、という意味の歌です。「菖蒲合《しょうぶあわせ》」を「根合《ねあわせ》」と言うくらいで、五月五日の節句には根の長い菖蒲が珍重されたのです。

民間行事の多くはもともとは民俗信仰にも由来していて、そういう意味で宗教行事と結びついていました。その宗教的な行事が遊びと結びつき、そこから芸術というものに近づいていくのは当たり前の道筋でしょう。「根合」でも「草合」でも、比べてみれば絶対に私のもっているものがあの人がもっているものよりも長い、太いといったレベルだったものが、かわいらしい、美しいなどという価値基準へと移行していったわけです。芸術というものの起源の一つは明らかに遊びにあった、と思います。その遊びも根をたぐっていけば、必ず民間行事、民俗風習、そして民俗信仰、宗教というものにつながっています。

だから、平安貴族の遊びごとだったものが庶民レベルにまで広まり、かたちは変わろうとも、連綿と受け継がれてきたのではないでしょうか。

そういう意味で五月という月は「草合」や端午の節句も含めて、古代から長い伝統の上に立ち、最終的には芸術作品にまで昇華するような、そういう行事が目立つ月だと言えましょうか。

ところが、いまのわれわれは信仰などもてるような状況ではありません。信仰しようとしたのがみんなインチキ宗教だったというのが、まあ大げさな言い方ですが、現代の実態です。ですから、現代芸術はさまよえる子羊になっているようにも見えます。

食わせ者の神様や、仏様がいっぱいいらっしゃるから、本当の神様仏様がいるのかいないのかが大問題で、むしろそういうものを探すために芸術があるという状態になったわけです。その意味でも、現代はむしろ逆に芸術というものがきわめて大切な時代なのではないでしょうか。

六月——命《いのち》たのしいかな水無月《みなづき》

日本人ならだれでもが思うと思いますが、六月といえば水ですね。水との関係が非常に強いのが六月……。昔風の読み方では水無月と言います。「水無月」と書くのは不思議なことですが、ある説によると、水無月は水月《みずつき》から来ているそうです。そうだとすれば、まさに六月という感じがします。旧暦の六月は新暦の七月になるわけですから、真夏です。田毎《ごと》に水をいっぱい湛《たた》えることは絶対に必要でした。そういう季節だから水月だと説明されます。いずれにしても文字の感じとしては水無月のほうがずっと美しい。これはぼくの偏見かもしれないけれど。

六月は何よりもまず水がきらめいている。木々の緑も濃さをましてきて、みずみずしく繁茂《はんも》していると、だれでもが思う。そういうところが六月という月のおもしろさです。

六月、水無月といえば必ず思い出す詩があります。芥川龍之介《あくたがわりゅうのすけ》の《相聞《そうもん》》という題の四行詩です。これは多くの人が知っている、有名な詩です。前回、今様《いまよう》のことをお話ししましたが、芥川は今様の影響を非常に受けましたから、これも今様風の詩になっています。

　また立ちかへる水無月の
　歎《なげ》きを誰にかたるべき。
　沙羅《さら》のみづ枝に花さけば、
　かなしき人の目ぞ見ゆる。

「沙羅」は夏椿《なつつばき》、「みづ」は瑞、みずみずしいということです。その、薄くて散りやすい清らかな白い花びらに、思う人の面影を重ね合わせているわけですから、思われ人も、おそらくは沙羅の花のような、ちょっとはかないような美しさをもった人だったろう、と思われます。自分は恋をしているが、その恋は遂げられないということで作った詩で、「かなしき」はただ単に悲しいというのではなくて、昔風に言えば「愛《いと》しい」という意味でもありましょう。愛するということと悲しむということは古代の日本人の考え方では同じですから。そういう複雑な気持ちを込めた表現だと思います。芥川の《相聞》を思うとき、佐藤春夫が翻訳した《水無月来たりなば》という詩も思い出します。ロバート・ブリッジェスというイギリスの詩人の詩です。この詩もぼくは非常に好きです。少年時代に読んだ岩波文庫の『春夫詩鈔《ししよう》』のごく一部分に彼の翻訳した詩が入っていて、これはその一つです。芥川の《相聞》よりはずっと明るい詩です。佐藤春夫は翻訳もとてもうまい人でした。

水無月来たりなば　日もすがら
われは愛する者と偕《とも》に芳《かんば》しき乾《ほ》し草に坐《すわ》らばや。
さて和《なご》やかなる空に白雲が築くなるかの
日かげ射《さ》し入る宮居《みやゐ》たかく見惚《みほう》けばや。

君はうたひ、君をわれはうたひ
日もすがらめでたさの歌聴かさばや。
人は知らじな、草葺《くさぶ》きの家に　われらこもりなば。
おお　命《いのち》たのしいかな、水無月来たりなば。

六月がやってきて日射しが非常に強くなってきた。まだ入道雲にはなってないでしょうが、白い雲が空にウワーッと楼閣《ろうかく》を築いている。そこに日の光が射し入って、きらきらと光り輝く。天にある宮殿のような白雲、それを恋人と一緒に芳しい乾し草に座って見惚けていたい……。そのときには君を自分は讃《たた》えてうたおう。一日中、めでたい歌を聴かそう。人は知らないだろう……。

「草葺きの家」(田舎家)とか「乾し草」とかありますから、農村の恋人たちですね。ぼくはロバート・ブリッジェスという人がどういう人か知らないのだけれど、たぶんそういう、農村に住む、農村のことをよく知っている詩人でしょう。そういう詩人の書いた六月の詩です。

六月は全体が何となく水気があるという感じがします。それが、六月という季節がとてもなつかしい感じがする理由だと思います。

*

陰暦の五月、現在の六月は、五月雨《さみだれ》の季節です。梅雨時《つゆどき》に降る雨のことを五月雨と言います。梅雨入りは立春から数えて百三十五日目ですから、だいたい六月の初旬から中旬にかけて、その日から三十日間が梅雨どきというわけです。しかし、もちろんこれは暦でそうなっているだけで、年によって違うことはご承知のとおりです。いずれにしても、六月上旬から七月上旬にかけては、日本列島や揚子江《ようすこう》沿岸地方には雨季が生じます。梅の実がだんだん黄色く熟するころに降るので梅雨《ばいう》と言うようです。

降るような降らないようなはっきりしない天候が続きますから、ひと昔前までの日本では必ずものが黴《かび》ました。現代の日本人の生活は機械化され、エレクトロニクス化もされてきて、その結果、表面的にはつるりと清潔になりましたけれど、そのあげくに黴はみんなどこかへ内向していって、たとえばお風呂場だったら、人が磨けるようなところはきれいだけれど、あんがい気がつかない天井や洗い場の隅のほうに黴が生えていたり、冷蔵庫でもとんでもない角度のところには黴がちゃんと生えていたり、ということがありますね。黴というのは生物ですから、死に絶えることはまずありえない。黴が内向している状態が現代だと思います。

昔の人は黴が生えても、しようがないと思って共存する術《すべ》を考えたから、黴の俳句もずいぶんありました。しかし近ごろはみなさん、黴の俳句も作らなくなったと思います。それも現実をあらわしているのですから、いいのですが、黴がなくなると、人間生活が薄っぺらになってしまうという気がしないでもありません。黴のようなやつは、この現代世界からは追放すべしというのが一般の考え方でしょうけれど、やがては黴が、バクテリアが、反撃して、人間の肉体のなかにすさまじい病気となって棲《す》みつくということもありうると思うのです。いったんあったものは消え去ることはないのです。どこかに隠れているというふうに思ったほうがいいのです。

いずれにしても黴を作り出す季節でもあるということは、六月という月のおもしろさでもあると思うのです。ただ単に「ご清潔」ということばかりを追求してきて、テレビジョンでもきれいにする洗剤の宣伝はますます過激になってくるから、これはちょっと問題なんですねえ。

黴の句を一つ二つ挙げておきます。

『ホトトギス雑詠選集』は明治四十一年（一九〇八年）十月号から昭和十二年（一九三七年）九月号までの「ホトトギス」に掲載された虚子《きょし》選入選句約十万句から一万句近い句を虚子が選んで、春夏秋冬の四巻の選集にしたものです。そのなかには「黴」という季語のもとに集められた句が二十一句あります。そのひとつ。

香墨《かうぼく》の黴もぬぐはですりにけり　葵人《きじん》

香りの高い墨。墨には黴が生えますが、それを拭《ぬぐ》い取りもしないで、そのまま磨《す》ったという句です。この句は、なかなかいいですね。プラスとマイナス、嗅覚《きゅうかく》と視覚の対比が洒落《しゃれ》ている。葵人という人は和歌山の人のようですが、詳細はわかりません。

美しき麴《かうじ》の黴の薄みどり　須藤菊子

作者は青森県の大鰐町《おおわにまち》の方のようです。麴に黴が生えて、それが美しい薄みどりをしている……。こういうのこそ、いまではなかなか見られない情景でしょう。

雨季あけや地面の黴の大《おほ》模様　佐藤念腹《ねんぷく》

これもすばらしい。雄大な、いい句ですね。佐藤さんは壮年のころにブラジルに渡りました。ブラジルで開拓農民になったのですが、同時に高浜虚子の弟子として俳句をブラジルの人々に広めていったのです。そのおかげでブラジルで俳句を作る人がふえてきて、いまに至っているわけです。

黴が生えたというと人々は目の敵《かたき》にして、嫌がるのですが、黴というのは必要なものです。ペニシリンだって黴からできたんだから、そういう意味では有用なものに変えうるわけです、単に汚らしいとか怖いとか気持ちが悪い、ということだけで撲滅していってしまうと、それによって俳句の材料もどんどん減ってゆくだけのことになろうか、と思います。黴なんて句材としてはいいと思うのですけどね。

*

かつて、梅雨期を梅雨期として受けとめていた時代の人々は、さまざまな五月雨の歌や句を作りました。『おくのほそ道』で藤原三代の館《やかた》の廃墟《はいきょ》を訪れ、義経《よしつね》以下の勇士たちが戦った古戦場にも行って、〈夏草や兵《つはもの》どもが夢の跡〉と吟じた松尾芭蕉《ばしょう》も、六月の空の下で見た中尊寺の光堂《ひかりどう》を次のような句をもって讃えています。

五月雨の降りのこしてや光堂　　松尾芭蕉

芭蕉が訪れたそのとき、光堂が本当に「五月雨の降りのこしてや」という状態であったかどうか？　私はいま芭蕉が「見た」と言いましたが、彼と一緒に行った曾良《そら》の

『随行日記』などを見ると、目の前の実景を詠《よ》んだものではない、という感じもあるのです。このころは雨が降りつづいているわけですから、「降りのこす」ということは現実にはありえなかったかもしれません。ですが、芭蕉の詩的な見方からすれば、当然、光堂が中心であって、その光堂の周辺では雨なんか降らない……。たとえ降ってきたとしても光堂の上で二つに割れて、光堂だけは雨で濡《ぬ》らすこともしないという感じで見たのでしょう。青葉の茂る中に光堂が燦然《さんぜん》と輝いている感じであるということに、この句の中心はあるわけです。『おくのほそ道』には虚構がたくさんありますが、この句もその一つなのかもしれません。

いずれにせよ、この句があるからこそ、光堂は非常にありがたく見えますね。あそこは現代にまで残っている中世の貴重な遺構の一つです。実際に行ってみると、たしかに光堂はいまでも金の箔《はく》が美しく保たれていて、息を飲むほどです。それは鞘堂《さやどう》によって上をずっと覆《おお》われているからということもありますが……。

そういう所を通り越して、『おくのほそ道』の旅はさらに進んで、芭蕉は最上川へ出ます。

五月雨を集めて早し最上川　　　松尾芭蕉

〈五月雨を集めて涼し最上川〉が初案でしたが、後に改案して「早し」にしました。「早し」のほうがいいですね。最上川の本体をよくとらえている句です。

芭蕉の句はある部分で観念的です。「五月雨を集めて涼し」というと、現実のそのときの状況はパッと思い浮かぶけれど、「五月雨を集めて早し」というと、季節や時期に関係なしに、最上川とはこういうものだという本質がよくとらえられているように思うのです。たった一つの形容詞によって、俳句がまるで違ってくるという一つの例です。

それに対して与謝蕪村《よさぶそん》という人は、現実にいまそうなっているというところをそのままとらえて、それを詩にしているというところが、すごいですね。蕪村は一方ではロマネスクなくらいに虚構の世界をとらえるのに秀《ひい》でた人ですが、現実の季節感をとらえたりするときには同時に、小さいものの世界にある真実をリアルにとらえる術《すべ》を心得ていました。芭蕉のように大づかみにパッと本質をとらえる行き方とは多少違っていたのです。それは蕪村のほうが近代人だったということでもあると思います。

五月雨や大河《たいが》を前に家《いへ》二軒　与謝蕪村

実に鮮やかにイメージが浮かびます。五月雨の季節に、大きな河がすごい勢いで流れて行く。その前に小家《こいえ》が二軒あって、洪水が起きて流されるかもしれないという恐怖におびえながら暮らしている人たちの内面までが、よく見えてきます。蕪村は現在の大阪市都島区《みやこじま》で生まれた人ですから、淀川《よどがわ》周辺のことをよく知っていました。あのへんの人々にとっては洪水のことが絶えず念頭にあったので、そういう実感をもとにして作ってもいるのです。また、一軒、二軒、三軒……と家があるのでしょうに、わざわざ二軒だけに焦点を当ててパッととらえていて、蕪村はひとつの形を作ることが非常にうまい人だったということがよくわかります。

床《ゆか》低き旅のやどりや五月雨《さつきあめ》　与謝蕪村

これも、詠まれた世界がパッとイメージできる、という意味で、形を作る才能を感じさせる句ですね。五月雨に降り閉ざされているあたりを旅していて、一軒の家に泊まった。その家の床が低かったというところに実感があります。床が低いので水がつけばたちまちにして怖いことになるわけで、そういう恐怖感をもっている旅人、それがこの短い句の中に実によく出ているのです。旅のさなか、床の低い宿に泊まった、五月雨が降っているというだけで、旅の人物の実感は何も書いていないのですが、にもかかわらず、人物の実感がそこにあふれるように出ています。

蕪村は小説的な構成を考えることが本能的にパッとできた人だと思うのです。これは彼が絵かきだったということと密接な関係があるでしょう。

五月雨《さみだれ》や御豆《みづ》の小家の寝覚めがち　与謝蕪村

御豆は淀川と木津川がぶつかるところにある地名です。淀の東南地方ですから土地が低い。そういうところの家々に住む人々は、五月雨の季節になると洪水が起きたらたいへんだということから眠りが浅くなり、寝覚めがちになる。――その哀れ深さも加わって、〈五月雨や大河を前に家二軒〉よりさらに実感をともなって描かれています。蕪村の句の大きな特徴の一つは、小さなもの、つまりささやかな生活、小さな家とかですが、そういうものを持ち出してきて、それと大きなものを対比させて、それに呑《の》み込まれる恐怖感といった、その精神状態をさっととらえる。それも、何が怖いなどということは一切言わず、スッとつかまえて言っている。たいへんな技量の持ち主だと思います。

＊

五月雨は古来、たくさん詠まれました。平安朝のころの歌を見ると、その五月雨と切っても切れない縁にあるのが、ホトトギスです。

五月雨に物思ひをれば郭公《ほととぎす》
夜ふかくなきていづちゆくらむ
紀《きの》 友則《とものり》

五月雨に物思いをしていると、ホトトギスが夜更《よふ》けてから甲高《かんだか》く鳴いてどこかへ飛んで行った、いったいどこへ行ったんだろう、という歌です。友則の従兄弟《いとこ》にあたる貫之《つらゆき》にもこんな歌があります。

五月雨の空もとどろに時鳥《ほととぎす》
何を憂《う》しとか夜《よ》ただ鳴くらむ
紀 貫之

ホトトギスの鳴き声は非常に鋭いので、五月雨の空でもよく響くわけですが、それを「とどろに」と言っているところがすごいですね。いったいどんな憂《うれ》いがあってあいうふうにひたすら鳴くんだろう、という歌です。

郭公雲居《くもゐ》のよそに過ぎぬなり
晴れぬ思ひのさみだれのころ
後鳥羽院《ごとばいん》

五月雨は心理的にいうと「晴れぬ思ひ」と結びつきますが、それがいつでも何となくある感じがする……。そういうときにホトトギスが皇居のそばを鳴きながら飛んで行ったと歌っています。

いずれの句もホトトギスと五月雨がくっつき、さらには、人の憂愁という感情がこれに結びついているわけですが、ホトトギスと五月雨の組み合わせが詩歌《しいか》の中にわりあい多いということは、一つにはホトトギスという鳥が人家の近くにいたということもあろうかと思います。

ホトトギスの声は「忍び鳴く」といわれます。佐佐木信綱《のぶつな》作詞の小学唱歌《夏は来ぬ》も「卯《う》の花の　にほふ垣根に　時鳥　早も来鳴《きな》きて　忍音《しのびね》もらす　夏は来ぬ」ですから。まあ、あれは古典を踏まえて作っていることは明らかだから、そうなるのは当然ですが、いずれにしてもホトトギスの鳴き声は、平安時代の人々には忍び音に、思いが切迫しているように聞こえたのでしょうね。忍び音に鳴くにしては甲高く、強い声ですけれど……。

五月雨ということばには、物憂い、うっとうしい、心が晴れないとか、そういうことが付随してありますから、ものを見て書くのではなくて、気分を表す場合、ホトトギスの、とくに夜の鳴き声と五月雨の季節感とがどこかでつながっているのかもしれないですね。

＊

水というものが非常に貴重だということは現代の日本人ももちろん知っているわけです。日本では初夏にすごい雨が降って、樹木があっという間にどんどん生長していく。そういう様子を見ていると、水のない地方があるなんてちょっと考えられないわけですが、世界中には乾燥しきって砂漠化した土地もいっぱいあります。

以前、砂漠のことを専門に研究している学者と座談会で一緒になったことがありました。そのときにスカラベという虫のことをその人が話してくれました。スカラベ、いわゆるフンコロガシ、——甲虫《かぶとむし》の一種です。古代のエジプトではスカラベは神聖な地位を与えられて神様になっていたということは、ご存じのとおりです。この虫がなぜ崇《あが》められたかというと、死んでまたよみがえるということを象徴していたからです。死と再生のシンボルとして愛された。別の言い方をすると、スカラベはものすごく生命力が強いということです。

その座談会で一緒だった学者が「砂漠へ行ってスカラベを見つけたので、日本へ一匹、連れて帰った。砂の中に入れて飼っていたが、不思議なことにスカラベは何も与えなくても何か月でも生きている」と言うのです。「しかし、水分がなくなったら死んでしまうでしょう?」と訊《き》いたら、「それが平気なんです。空気とか砂の中からごくごく微量の成分を吸い取るようなことをして生きているらしい。だから、生き延びさせてやるために砂をときどき替える」そうです。砂の中にはたしかに水の成分だって少しはあるわけです。それを吸い取りながら生きているというんだから、スカラベという虫はものすごい生命力ですね。

ぼくはまた別の機会に、かつてアメリカの西部一帯を二週間ばかりかけて旅行したことがあります。アリゾナ州、ユタ州、カリフォルニア州の砂漠に等しいような地域です。アメリカに招かれたときに、そういう荒涼たる地帯に行きたいと頼んで行ったもので、グランドキャニオンもその一つでしたが、あそこは岩石そのものが何十キロにもわたって一種の公園をつくっているのです。家の何倍もあるような岩がニョキニョキと生えている砂漠です。

そのとき、くたびれたからちょっと岩に腰掛けた……。そうしたら、お尻《しり》の下でゴソッと何かが動いたんです。岩が動いたと思ったので、ぼくはギョッとして立ち上がったんです、「これは何だッ！」って……。よくよく見たら、岩とまったく同じ色をしたイナゴが一匹いて、それが動いたんですね。そして、そのイナゴの目を見てゾッとしました。目まで濁った灰色をしていたからです。イナゴ全体が保護色だったわけです。イナゴだから動いたのですが、何とも不思議な気がしました。

そして、ぼくの頭に浮かんだ最初の反応が「うわーッ、この虫は水とは関係ねえな」という感じ……。水がないところの生物のいちばんの特徴は灰色だということです。だから、よくよく見ないと、何だかわからない。ぼくらの目からすると、生きている気配がないんです。ところが、ちゃんと立派に生きていてピョンピョンと跳ぶ。水のない世界で生きているものはそれなりに適応しているということですね。

ぼくら日本人は、水というものはふんだんにあって、樹木の色もさまざまな色をしていると思っています。とくに五月、六月ごろの樹木の色、草花の色、これはもう千差万別、千変万化あって実に美しいのですが、この地球上にはそうでないところがいっぱいあるということも、また事実なのです。

七月――すずしさふかき竹の奥

三月一日から二十四日まで、アメリカで全部で十回くらい、講演と詩の朗読をいたしました。ぼくを呼んだのはコロンビア大学のドナルド・キーン・センターです。そのセンターの新しい企画で、日本から芸術家や研究者を呼んで、できれば数か月くらいアメリカに滞在してもらい、その間に講演とか実技などをやってもらうということで、その第一回にぼくが招かれたのです。第二回以降はだれを呼ぶのか？　と訊《き》いたら、考えてない、と言うんですね。ぼくが行ってからでもまだそういう状態でした。とにかく大岡さんを呼びたいと思った、と言うのです。

普通なら二、三か月分の内容でしたが、ぼくのほうの都合で一と月足らずでやってきました。それ以上いたら、新聞に連載中の《折々のうた》に大穴があくのは必定《ひつじょう》でしたので、発《た》つ前に、アメリカに行っている間の分と帰ってきてから一週間分くらいの原稿はあるようにと、必死になって書きためておいて、出かけたわけです。

向こうへ着いた日、つまり三月一日に、「ニューヨークタイムズ」のベテラン記者が会いに来ていて、インタビューされました。それがかなり大きな記事になって載ったものですから、ドナルド・キーン・センターの企画であるけれども、かなり広く知られることになって、いろいろな大学その他で講演をし、詩の朗読もしましたから、重労働でした。

コロンビア大学での講演が最初です。床《ゆか》に座って聴いている人も大勢いましたし、立って聴いている人もたくさんいまして、ぼくを呼んだドナルド・キーン・センターのほうでもびっくりしていました。それ以外のところ、ハーバード大学でも、ニューヨークの周辺でいえばクーパーユニオンという大学や、隣接するニュージャージー州のプリンストン大学にも行ったのですが、それらのところでもだいたい満員でした。

「ニューヨークタイムズ」の記事は《折々のうた》の連載が話題の中心で、とりわけそのベテラン記者が日本文学史ではそれほど重視されない歌謡をなぜ取り上げるのか、といったことに非常に興味をもっていて、歌謡についていろいろと話しました。その他では、とくに「俳句（ハイク）」という名前は完全に定着していますから、俳句についてもいろいろ訊かれました。

そういうことがあって、「ニューヨークタイムズ」を見た人はもちろん、見ない人でも、その評判を聞いた人がおおぜい聴きにきてくれたので、しゃべる側からすればありがたいような、またたいへんな一か月でした。

講演は、全部違う場所でしたが、すべて同じ原稿を棒読みするのでは実にもったいない、場所によっては違うものもやろうということで、四つか五つくらいは用意していったので、それらを取っ替え引っ替えしゃべったようなかたちになりました。

講演時間は長いときは一時間二十分ぐらい、短いときでも四、五十分ありましたか……。全部英語でしゃべりました。ぼくは英語が特別うまいわけでも何でもないものですから、英語でずっとしゃべるのはくたびれますね。日本語でしゃべれば冗談も出て、いくらでもしゃべれるという感じがする場合でも、英語でしゃべると、途中で、もういいやと思ってしまうんです。おまけに英語でしゃべっておいて、その後「では、大岡さんにご自分の詩の朗読をしてもらいましょう」ということになって、多いときには十七、八編読みましたが、そうすると一時間近くかかるのです。日本語もだんだんメロメロになってきて、「もうだめだあ」って、やめたこともありました。

日本人の聴衆も多く、ニューヨークでもそうでしたが、いちばん印象的だったのはサンフランシスコでした。最後がサンフランシスコだったのですが、そこへは日本人の方が多くいらっしゃって、聴いてくれたのです。日本語の詩の朗読が始まると、ちょっと涙を浮かべるような人がけっこうおられました。

あとで、ぼくには言わなかったけれど、一緒に行ったぼくの女房に「アメリカへ来てずいぶん経《た》ったが、日本語というのはこんなにもすばらしいことばだったのかということをあらためて感激して聴きました」と言われた方もいたそうです。その人はぼくの知っている人の妹さんで、ぼくはそのとき初めて会ったのですが、すぐ話しかけてきまして、ずいぶん気丈《きじょう》にやっているなあと思ったものですが、その人が真っ先に涙を浮かべてしまったのです。……びっくりしました。

そういう意味では、近くなったとはいえ、日本と外国とはまだ遠いところがある、というのが実感です。とくにことば、言語がそうです。ですから、いちばん本質的なところで、日本とアメリカとは遠いし、フランスとも遠い、ということはありますね。むしろ韓国とか中国とか、そういう地理的に近いところのほうが、言語的にはもちろんツーカーとはいきませんが、それでも、そういうところのほうがいまのところは気が楽ですね。

ことばの問題でないものなら、たとえばお金を出せば済んでしまうからいいのですが、ことばの問題だけは心のやりとりですから、これはむずかしいし、たいへんだということをつくづく思い知らされました。

＊

ニューヨークでは、アメリカ・ハイク協会というところからぜひ来てくれということで、そこへも行きました。そこでは講演と、ぼくがしゃべったことについての質疑応答があって、詩の朗読もやりました。講演では、芭蕉という人の生涯の意味について私の考えていることを話しましたが、その後、活発な質疑をしてくるんです。

いまはアメリカでも多くの人が俳句を作っています。俳句といっても日本の俳句ではなくて、「ハイク」です。英語で書かれる俳句を作っているのは、なかには日本の人もいますが、大半がアメリカ人で、そういうアメリカ人たちは日本と自分たちとの間に何らかの意味で差や食い違いがあるのなら、それは自分たちのほうが学ぶべきことだと思っている節《ふし》があって、季語のことを訊いてくる人がいちばん多かったです。季語といっても、アメリカと日本とでは全然違いますからね。それで、「日本の季語に従わないといけませんか？」ということから始まって、いろいろな質問があったわけです。私は俳人ではなくて素人《しろうと》ですから、そういう意味では気楽なもので、ぽんぽん答える……。そうすると、とてもうれしそうな顔をして拍手する人までいました。

「日本語と英語は根本において違うんだから、英語で作る場合の俳句には何らかの意味で日本語とは違った問題があるだろう。それを解決するほうが大事であって、それができたときに日本の俳句と自分たちの五七五とがどういうふうに違うかということを考えるべきだろう」と言うと、「いやあ、やっぱりそうなんだな」と言う。ですから、本当に純朴に日本の俳句を尊重しているということが、よくわかりました。

「それはまた、ある意味では英語で俳句をやっている人たちの引け目であると同時に不幸でもあると思う。むしろそんなことを考えるのだったら、日本で新興俳句を始めた人々のような精神でやってみたっておもしろいのではないか」とチラッと言ったこともありました。みんな安心したような顔をしていました。

あまり突っ込んだことを訊かれたときは、「これはぼくの考えです。日本のいわゆる伝統俳句の人たちはこういう自由さを重んじるようなことは言わないでしょうけれど」と必ず付け加えましたが、彼らはとにかく、自分たちの考えていることとぼくが話したことがけっこう近いという感じがしたらしい。そういう意味では、ぼくの言うことに好感をもって聴いてくれたようです。それは同時に、日本のほかの方々で、俳句に関して厳しく言う人からすれば、「あの野郎、アメリカくんだりまで行ってつまらないことを言ってきた」と思う人もきっといるに違いありません。ぼくは、そうなってくれたほうがおもしろいと思うけれど……。

＊

さて七月号ですから、夏の話をしたいと思います。

七月は蟬《せみ》の盛んに鳴く季節です。蟬ということばは、たとえば中国の漢詩漢文ではセンと呼びます。蟬にかかわる代表的な中国の成語に「蛙鳴蟬噪《あめいせんそう》」（蛙《かえる》の鳴き声、蟬の喧《やかま》しい声）があります。蛙も蟬も音を出して鳴くけれど、うるさくてたまらないという意味です。そういうふうなとらえ方が中国での蟬に対する考え方の代表的なものだと思うけれど、一方、蟬羽《せんう》、蟬蜎《せんけん》、蟬紗《せんさ》、蟬鬢《せんびん》など、蟬のうっすらと薄い翅《はね》のことをそのまま人間の美しさを形容する形容詞として使う場合も多いですね。このように蟬の姿のほうはわりときれいな形容が多いのですが、鳴き声になると「蛙鳴蟬噪」……。

しかし日本の場合、俳句では蟬はかわいがられていますね。

「ミーンミーン」と鳴くミンミン蟬は一名、深山《みやま》蟬といいます。まだ真夏の暑さになる前、そろそろ暑くなってきたなというころのミンミン蟬を詠《よ》んだ句があります。

雲のぼる六月宙《ちゅう》の深山蟬　　飯田龍太《いいだりゅうた》

真っ青な空とむくむくと立ちのぼる白い雲を背景に、樹上から宙吊《ちゅうづ》りの感じでミンミン蟬の鳴き声が落ちてくるということを詠んでいます。「六月宙の」というとらえ方をしているのは、作者が蟬の声そのものにもある種の感動を覚えているからですね。しかも、その広大な空間を「深山」という文字がしっかりと受けとめています。蟬の鳴き声がない場合でも俳句になるという典型が、加藤楸邨《しゅうそん》の次の句です。

唖蟬《おしぜみ》も鳴きをはりたるさまをせり　　加藤楸邨

蟬の雌は鳴きません。唖の蟬だということです。それが、鳴きもしないくせに鳴き終わったような顔、様《さま》をしているという一種のユーモアの句です。

蟬を詠んだ歌もたくさんあります。とくに「カナカナ」と鳴く蜩《ひぐらし》の声は古典和歌から現代短歌までよくうたわれています。いっせいに鳴いていて、それからスーッと声が小さくなり、また突然、いっせいに鳴き出すという、あの蜩の鳴き方がとても愛されるわけです。

ひぐらしの一つが啼《な》けば二つ啼き
山みな声となりて明けゆく　四賀《しが》光子《みつこ》

作者は明治十八年（一八八五年）生まれで、同じく歌人の太田水穂《みずほ》さんの奥さんです。昭和五十一年（一九七六年）に亡《な》くなられましたが、晩年まで自然観照のういういしさを失いませんでした。この歌は昭和二十三年の『麻ぎぬ』に載る歌で、緑濃い山間《やまあい》の朝方、一山一帯を覆《おお》いつくすほどの蜩の鳴き声をうたっています。こういう短歌を見ても、いかにも日本人にとって蟬は、親しい感じがするのです。

＊

日本に比べると、たとえばヨーロッパ人で蟬の声に興味をもっている人をぼくは少なくとも知りません。実際問題として蟬の鳴き声を聞くことのできるのはギリシャ、イタリア、南フランスとかで、そういうところは当然、蟬がたくさんいるわけですが、フランスでもたとえばパリでは蟬の声は聞こうと思っても聞けません。ですから、ヨーロッパで蝉のことを詳しく詩歌《しいか》でうたったりしているのを知らないんですね。『イソップ物語』には出て来るのですから、探せば、ギリシャとかイタリアを中心に、蝉に関する文学作品もあるのでしょうが……。

近々、《岩波少年文庫》という子供向けのシリーズ本の新版が出ます。その第一回配本のなかに、ぼくが昔、訳したファーブルの『昆虫記』も入ります。その中では蝉のことも扱っています。ファーブルの『昆虫記』の原文をそのまま訳したら、これは実に読みにくい、というか、科学的にきちんきちんと実験を重ねていく様が書かれていて、それじたいはすごくおもしろいのですが、ファーブルという人は気張った文章を意識的に書くので、かなり凝《こ》った文体になっていて、文章を作り替えたことは一度もありませんが、日本の子供にとって興味のありそうなところだけを抜き出してきて、わかりやすさを心がけて訳しました。

扱っている昆虫は十種類くらいあるかな。蝉が最初に出てきます。元来のファーブルの『昆虫記』のなかでは蝉はたくさんのスペースを占めていません。蝉はヨーロッパにはあまりいないんだなということが、そのことからもわかります。

ファーブルの本は実に細かく、いろいろな昆虫の生態だけではなくて、からだの構造、それも、たとえば蝉とか蟋蟀《こおろぎ》がどうやって音を出すのかとか、といったことにもものすごく興味をもって、たくさんの実験を繰り返し、それを克明に書き記していま す。ファーブルが引用した文学作品とか先行の文献とかはあまり忠実に訳してはありませんから、話が簡単に明解になっているとは思いますが、それでも全体としてはものすごくおもしろいものです。

この本は昔、河出書房新社から出したのですが、今度、岩波書店のほうで出してくれるというので、いまゲラ刷りを見ている最中です。これが出たら、俳句の作者で昆虫の大好きな人もたくさんいらっしゃると思いますから、目を通してもらったらありがたいんですけれど。

*

虫のことを言うならば、たとえば夏、六月、七月ごろ、われわれの身近に姿は現さないのですが、実際に活動しているものの一つに蟻地獄《ありじごく》がいます。あれは子供にとっては実におもしろいものですが、近ごろの子供に蟻地獄を取りにいって吊り上げたりする子がいるかどうか、知りません。蟻地獄を一所懸命取っている子なんかは将来、きっと自分がそのことを思い出して、ああ、いい幼年期を過ごしたなと思えるような人が多いのではないでしょうか。

その蟻地獄はわりあい俳句の素材になっています。

蟻地獄松風を聞くばかりなり　　高野素十《すじゆう》

は有名な句。素十は、大正末期から昭和初期に虚子《きよし》が率いた「ホトトギス」で活躍した「四S」（秋桜子《しゆうおうし》・素十・青畝《せいほ》・誓子《せいし》）のひとり。松風と蟻地獄の、ただそれだけなのに、不思議なひろがりをもったいい句だと思います。これと並んで私が大好きな句が、同じく「四S」のひとり、阿波野《あわの》青畝が詠んだ、

蟻地獄、と居る蠅《はへ》に喜ばず　　阿波野青畝

です。「、」は常用漢字の範囲外であるせいか、この字の読み方を知らない人もたくさんいらっしゃるでしょう。チュと読みます。

虫が落ちてくるのを待ち構えている蟻地獄にとっては、獲物を待っている場所に蠅や蜘蛛《くも》が止まっていたりするのが気に入らない。やってきても、狩り場に落っこちてくるならいいけれど、ことに蠅というやつは、止まってもまたどこかへ飛んでいって

しまう。蟻地獄はそれが気に入らないから喜べないんだと詠んでいる。——そこに阿波野独特のユーモアがあって、ぼくはとても好きです。こういう蟻地獄の句などは現代、たったいまの時代の俳人たちの句にはあまり見ないような気がするのです。

ところで「丶」の字についてですが、明治の最初の詩集の一つである『新体詩抄』の共著者の一人で、のちに東大総長も務めた外山正一《とやままさかず》さんは丶山《ちゆざん》という号ももっていました。「丶」は元来は、ロウソクなどの火が静止して燃えている姿を描いた象形文《しようけい》字だそうです。「主」の字のてっぺんにあるのも同じく「丶」です。てっぺんに止まってじっと動かない。それも、ロウソクの火がじっと燃えているのと同じ「丶」なわけです。

青畝は「丶」という字を見つけてきたのでしょう。そして、蟻地獄の巣の上に止まっている蠅というかたちで、この字を実にうまく使ったのだと思います。こういうユーモアは、一つには文字の由来を知っているということ、もう一つは、これはおもしろい字だなと思ったら、どうやって使おうかと、絶えず考えていたからこそ生まれたのに違いありません。そしてそれを蟻地獄の巣の上に蠅がちょこんと止まっている姿としてとらえた……。そこに何ともいえないユーモアを感じるわけです。

文字を使ってユーモアを生み出す作句法は、たとえばやはり虚子に師事した、富安《とみやす》風生《ふうせい》には非常に多くあります。風生とか青畝とか、この世代の人は俳人として格が違うと思えるのは、一つには文字から発想できたということです。現代俳人もこういうことは参考になることもあるのではないかと思います。もちろんぼくなんかも、同じく詩歌の世界に多少とも身を浸している人間としては、非常に参考になります。

＊

蟻地獄は穴の奥底に潜《ひそ》んでじっとしているわけですが、和歌の世界でいえば、七月ごろの涼しげな竹の林の奥の光景などは、歌人で詠む人がわりあい多いと思うのです。これは蟻地獄の穴の中とは違って、また別の薄暗い世界ですけれど、そこに涼しさを見つけるのです。

枝にもるあさひのかげのすくなきに
　すずしさふかき竹の奥かな　　京極為兼《きょうごくためかね》

京極為兼は藤原定家の曾孫《そうそん》に当たる人です。鎌倉時代末期を代表する歌人で、この歌が載る、伏見上皇《じょうこう》の命《めい》で自ら撰者《せんじゃ》となった『玉葉集《ぎょくようしゅう》』や、光厳院《こうごんいん》撰の『風雅集《ふうがしゅう》』という勅撰《ちよくせん》和歌集によって、この時代を先導した人です。この人は豪胆な人で、政治的にもいろいろなことがありました。二回も佐渡島や土佐に流されています。

為兼の歌は、その後に生まれてくる俳句をあらかじめ先導したようなところがあって、景色、風物というもののとらえ方が、それ以前、平安朝の和歌などとはがらっと変わっているところが一番の特徴です。目の前に見える世界をモノの動きによってとらえるのです。いろいろなものが動くことによって生じる視覚的な新しい感動というようなもの、それを意識的にとらえようとした面があるのです。『玉葉集』『風雅集』の特徴は、自然界の動きの世界をとらえるという試みに、歌人たちがいわば集団的に挑戦したという点にあり、やがて起こる俳諧《はいかい》の分野でもそういう動きが絶えず出てくるわけです。そういう意味では現代俳句にもそうとう近しい世界がそこにあるわけです。

この竹林の奥を詠んだ歌も、竹林の実感をよく表しています。「あさひのかげ」とは暗い影という意味ではありません。「かげ」は光、つまり日の光ということです。枝から漏れてくる朝日の光はまわりの枝に遮《さえぎ》られて何となく少ない。光は少ないけれども、一方で涼しさは深い。「少ない」と「深い」を対比しているわけです。「すずしさふかき竹の奥かな」は実感としてよくわかるとらえ方です。これはつまり、その当時における写生です。写生の方法を使ったということが和歌の世界では新しい革新的なことだったのです。

ですから、たとえば「すずしさふかき竹の奥」と七五にして、この上に何か季語を一つでも載せればそのまま近代俳句になるというところがあるのです。『玉葉集』『風雅集』くらいの、鎌倉時代末期のころの歌になると、もうすでに近代俳句の世界にまで接しているものがあるという意味で、おもしろいなと思っています。

考えてみれば、古典のなかにはいろいろな意味で参考になるものがいっぱいあるような気がします。それも俳句だけではなくて、俳句と隣接している和歌の世界、短歌の世界、そういうものとの関係は、よく見ればずいぶん深い関連性があるなと改めて思うことが多いですね。

また、先ほどの阿波野青畝や歌人の前登志夫《まえとしお》はいずれも奈良県の生まれですが、故郷の大和や吉野の歴史や風光を実によく知っていて、傑出した句や歌を詠んでいます。古典や歴史にももっと目を向けたほうがよいように思うゆえんです。

八月——秋立つ日におどろく

八月のはじめは暦の上ではすでに立秋になります。大暑《たいしょ》のあと十五日目、ことしは八月七日で、この日以降の暑さが残暑になるのです。

立秋といえば、『古今集』の《秋歌》巻頭にある、

秋来ぬと目にはさやかに見えねども
風のおとにぞおどろかれぬる　藤原敏行《としゆき》

という有名な和歌がすぐ思い出されます。

この歌が及ぼした影響は甚大《じんだい》なものがありました。立秋とは、すなわち「秋風が吹く」ことだということになったくらいです。秋の季節感をまず最初に人々に告げ知ら

せるものは「風」だった、というわけです。「時」の移り行きを、目ではなくて、「風」という「気配」によって知るという、より内面的な発見が、後世の美学に影響を与えたのです。

この歌は詞書《ことばがき》に「秋立つ日よめる」とあるように、暦の知識を土台に詠《よ》んだものです。『万葉集』の時代には一般社会に暦の知識はなかったので、風の歌を立秋と同時に詠むということはなかったのですが、暦が日本人の生活にもかかわるようになってきた『古今集』時代、平安朝の時代になると、立秋になれば秋の気配がはっきりと感じられるということで、暦が、むしろ詩歌《しいか》人の心を煽《あお》り立てたところがあるくらいです。

そういう意味では詩歌というものは、自分の体で実感したものだけを詠むとか作るということで足りたものではなかったのです。暦なら暦という知性によって作られたもの、それに対しての心構えもおさおさ怠りなくやって、その暦を頭の隅にきちんとおきながら自然現象を眺めるということが、平安時代からは詩人たるものの常識ともなったわけです。『古今集』はそれを典型的に示しています。

＊

立秋には秋風が吹く、というのはフィクションです。しかし、そういうフィクションの上に『古今集』の世界はできあがっていました。日本の和歌や俳諧《はいかい》という詩歌の世界は、フィクションを受け入れることによって現実をいっそうこまやかに見ることができるようになったという、一種の弁証法的な展開がそこに見られるわけです。

平安時代は四百年前後ありますが、京・大坂を中心とするいわゆる畿内《きない》地方は天災、地災に何度も悩まされます。年表を見ると、大水で京都周辺が荒らされたという事実がたくさん出てきますし、その他、颪、嵐《あらし》、干ばつなどもあって、平安時代といいながら平安な時期はきわめて少なかったようです。にもかかわらず『古今集』などを見ると、悩むべきことの何もない、平穏な時代のように見える。——これは詩歌の根本にフィクションがあるからです。

そして、そういうフィクションの上に成り立っていたのが平安朝時代の美意識でもあったのです。『古今集』を見ても、どこにも災害の記述は見当たりません。現実には悲惨なことがあり、さまざまな災害が続いたはずですのに、詩歌にはそれがまったく反映されていないのです。日本の詩歌人ははじめから穏やかな麗《うるわ》しい日ざしを浴びていたわけではないにもかかわらず、彼らがつくり出すフィクションの世界では本当に円《まど》かな月が照っているような時代がずっと続いたように見えるのです。描かれたのが、大きなフィクション、すなわち現実から超越しているがゆえに、いつまでも現実を超えて長続きする体系になっているという、美観というものの一種の逆説がそこにあります。実際はひどい状態がたくさんあったのに、あとになって考えてみると、すべてそれは美意識の支配する麗しい世界の中に吸収されている——詩歌というものの救いは、そこにあるのかもしれません。

いずれにしても、詩歌の世界では、秋風は立秋になると必ず吹くことになっていきます。なぜそうなったか、といえば、それは『古今集』の《秋歌》巻頭第一の歌が名歌だから、ということになったからです。

立秋と秋の風が完全にくっついているということは、一方で、「立春に東風《こち》が吹く」ということと対応していると、ぼくは思います。平安朝のころから日本人はそういうフィクションを非常に愛したんですね。それが日本人の美意識を作っているわけで、それをどう否定しようとしても、一千年以上の昔からのそうした習慣が日本人の心の中にしみついていると思います。

それをばかばかしいと思うこともけっこうだけれど、そういうばかばかしさの上に立って、日本人のある意味では壮大な美意識の大系が作り上げられてきたという事実のほうが、もっと大切なのではないかと思うのです。現実のリアリズムだけではなくて、時代を超えて生き延びていく一種の規範があるのです。ですから、秋風の歌や句を作る場合にも、それだけの伝統を踏まえているということを念頭に置いておかないと、作られた歌や句が浅くなる、ということはありますね。

＊

和歌では、秋風をうたったすぐれた歌が本当にたくさんあります。たとえば紀貫之《きのつらゆき》は『古今集』で、

河風のすずしくもあるかうち寄する
浪《なみ》とともにや秋は立つらん　　紀　貫之

と歌っています。河の風が涼しく感じられる、ああ、この風と一緒に波も立ち、秋も立つだろうという立秋の歌です。

立秋の観念を具体化する上では〝風が立つこと〟が非常に重要だったことがよくわかります。立秋と風を不可分のものにするという修辞上の約束事、それが成立していた証拠のひとつです。文芸においてもそれが非常にはっきりしていて、俳諧のほうで

いえば、

物いへば唇寒し秋の風　　松尾芭蕉

これは立秋とはいえないけれど、「秋の風」を強く意識するのは、やはり秋の最初のころのことです。現実には、秋のなかごろ、あるいは秋の終わりごろにもっと激しく風の吹くケースもあるでしょうが、そのときは特に秋の風だと意識しません。なぜかといえば、いままで暑かったのに、夏の風とはちょっと違う感じの風が吹いてきた、その一抹《いちまつ》の涼しさが風の中に混じって感じられるときに、「ああ、秋の風だ」と意識するわけで、そのあといかに強風が吹こうと、それを「秋の風」とは呼ばなかったからです。

言い換えれば、その「ちょっと違う」という気配に目をつけたわけで、それが詩人なり俳人なり歌人なりの義務だったといってもいい。そういう感覚の鋭さ、それがなければ詩歌なんてものを作っても意味はない、というのが昔の歌人や俳人の感性だったわけです。

芭蕉の〈物いへば……〉の句も、秋の深まったころの風ではありません。「秋風」

ということの意味を意識していた時代には、こういう句ができて当然だという気がします。

与謝《よさ》蕪村《ぶそん》になると、明らかに藤原敏行の歌を踏まえています。

秋立つや何におどろく陰陽師《おんみやうじ》　与謝蕪村

立秋の日に、それまでとは微妙に違う風が意識されるのと同様、陰陽師が何かふと感じ取ったのでしょう、その機微《きび》を表現している句です。「おどろく」は、この場合は「はっと気がつく」という意味です。立秋の日に秋風が立たなければ、こうした表現は出てこないはずです。

硝子《びいどろ》の魚《うを》おどろきぬ今朝の秋　与謝蕪村

「硝子の魚」とはどういうことだろうか？　当時の最先端の工芸品でしょうね。しかし、この句も藤原敏行の「風の音にぞおどろかれぬる」ということばを踏まえているわけです。「硝子の魚おどろきぬ」「秋立つや何におどろく」など、「おどろく」ということばが出てくるのは、先行して藤原敏行の歌が古典としてあったからで、読むほうも、「おどろく」とあるだけで、「あ、秋の風だ」と感じることができました。これが詩歌の伝統であって、その伝統を踏まえれば、風が吹いたからということを省略しても理解できたんですね。それが偉大なる伝統の力なのです。

そういうものを「くだらない」というのが、前衛の考え方であろうと思います。そういう考え方は、ぼくはある意味では非常に好きです。伝統や因習をぶち壊していこうという気持ちは、ぼくにもあるから。しかし、偉大なる伝統の力があるということをきちんと知った上でやらなければ、意味がないでしょう。抵抗感があるからこそ、新しいものが生まれるのです。そういう点では、藤原敏行の有名な〈……風の音にぞおどろかれぬる〉の歌を踏まえているということがわからないと、一句あるいは一首のおもしろさがわからないということがあるので、伝統を知った上でないと、深みがわからないということにもなりかねないのではないでしょうか。

小林一茶《いっさ》になると、これがふざけてきて、

秋立つやあつたら口へ風の吹く　　小林一茶

立秋と秋風とが完全に一致しているということが前提にあって作られた句です。そういうことを知らないで、これだけ見たのでは、全然おもしろくないはずです。〈秋立つやあつたら口へ風の吹く〉はただ単にそれだけのことになってしまう。けれども一茶は、藤原敏行の歌を踏まえた上で、藤原敏行の美意識とは違う美意識、つまりかなりくだけていて、庶民的な風が吹いているんだ、ここでは、と詠んでいるのです。立秋の句も、さらに近代のものになると、だんだん心理的な陰翳《いんえい》を伴ってきます。

秋たつや川瀬にまじる風の音　　飯田蛇笏《いいだだこつ》

心理的な意味での涼しさを、聴覚に重ね合わせて考えているところがあるのです。この傾向はさらに蛇笏と同世代の木下利玄《りげん》の短歌にも見られます。

手を洗ふ水つめたきに今朝の秋や
　身を省《かへり》みて虔《つつま》しくあり　　木下利玄

「今朝の秋」は立秋の朝のことをいいます。自然現象が内面化してくると、風や水ひとつとっても、とらえ方によってずいぶん違ってくることがわかります。詩歌のおもしろさはこういうところにあるわけです。

木下利玄の歌は、自然現象としての水のつめたさがそのまま身を省みさせるのです。それも慶ましやかな思いになるというのは、自意識というものが倫理的にとらえられているわけで、こうなると、時代的にいえば明らかに現代のモラルになっていくわけです。

*

つい最近ですが、ぼくは窪田《くぼた》空穂《うつぼ》の歌集を新しく編纂《へんさん》して出しました（岩波文庫版『窪田空穂歌集』）。これについてお話ししておきたいことがあります。

空穂の歌集は、いままでいろいろな文庫本その他で出ていますが、ぼくが編纂した今度の歌集の特色の一つは、近代詩や長歌《ちょうか》や旋頭歌《せどうか》まで収めた点にあると思います。

空穂は九十歳で亡《な》くなられましたが、ぼくは八十歳から九十歳の間の十年間の歌をとりわけ重視して、たくさん入れました。それはなぜかというと、空穂は歌人として短歌を作っただけではなくて、日本文学者でもあったし、若いころには小説家でもあって、若いころからの蓄積が最晩年に至って若々しい活動力を保たせる要因になっていたといってもいいくらい、この人は自分の仕事を踏まえた上で、八十歳を過ぎてから次々に新しい世界を切り開いていった人だからで、日本の文学者としてはわりと少ないタイプの人だと思います。

空穂は〝人生の秋〟といっていいような老年の時代になってからも、老境というものを特別意識して抒情化《じよじよう》するということも一切なく、ただ自分が考えるべきことを考え、やりたいことをやって、知らないうちに八十歳、九十歳になってしまったふうに思えます。あらためて感慨があるとかということでなしに、自然に歳《とし》をとり、自然に老木が倒れるように死んだという感じの人なのです。その点では、詩歌を作る人々の老年の迎え方を考える場合、非常に参考になることをずいぶんなさっている一人ではないかと思えるのです。

ぼくは窪田空穂の晩年の歌について、この本でかなり長い解説文を書きました。その中で引用した歌をいくつかご紹介してみます。

老い痴《し》れてただに目《ま》たたきして過す
我とはなりぬあるか無きかに　　　　窪田空穂

数え歳七十一歳のときの歌です。「老い痴れて」と書いているけれど、これを作ったときから二十年間、たいへんな量の仕事をしているのです。老い痴れるどころではありませんでした。

空穂は初期のころ、植村正久という有名な牧師さんに心酔し、受洗もしましたが、最晩年まで心の内にキリスト教があったと思います。キリスト教信仰を絶えずもっていることを生々《なまなま》しく語る人ではなかったけれど、宇宙というものを考えるということは絶えずしていたのではないでしょうか。自分を照らし出すものとしての宇宙という存在があって、それを絶えず念頭に置いていた……。自分と宇宙というものの対比構造が明確だから、日本的な老いぼれとかそういう心境は入りこむ余地がなかったはずです。自分のことを老いぼれ、老いぼれと言っていること自体、彼が老いぼれていなかった証拠でしょう。

歌人でいえば、七十代で亡くなった人で有名な人では斎藤茂吉がいます。が、茂吉は最後は老い痴れていました。それに比べると窪田空穂は最後の最後まで頭が明晰《めいせき》だったのです。遺詠は亡くなる数日前に作った三首の歌です。それらの歌は明確に、自分がいまどういう状態でこんなに揺れ動いているか、どんな心境になっているか、ということをじっと見つめている歌です。ですから、死ぬということを意識してはいるけれども、歌そのものに死の影は全然さしていないんですね。

＊

空穂が八十代の十年間で出した本を数えたら、たいへんな数にのぼりました。古典和歌の関係でいうと、『古今集』『新古今集』の評釈文には定評がありますが、そういうものをも最晩年に至るまで丹念に書き足したり直したりしている、……驚くべき人です。歌集だけでも四冊、没後の遺歌集で五冊目なんです。晩年の十年間でそれだけ出したということは、たいへんなおじいさんですね。そういうもののほかに、その生き方が気に入っていたから松尾芭蕉のことを書いて一冊の本を作ってもいます。

そういう人ですから、歳をとってきたらそれなりにゆったりとして老いを見つめ、それを書くということではなくて、老いを見つめるということでも、この人の場合には見つめ方が違うのです。たとえば、

生来《しやうらい》の孤独に徹しえたるとき
大き己れの脈うちきたる　　窪田空穂

人間は生まれつき孤独だということでも、それに徹し切るならば、そこに「己れ」、つまり自分自身を超えた大いなる自己がとくとくと脈打ってくる、という意味の歌です。これは単純に老いた人の心境ではないですね。むしろこれから先、どうなるか見てやろうというくらいの、気の強いところがある。この人は非常に前向きだった。同じような姿勢ですが、

宇宙より己れを観《み》よといにしへの
釈迦《しゃか》、キリストもあはれみ教へき　　窪田空穂

という歌では、宇宙から自分を見つめなさい、と歌っています。——こういうところが窪田空穂の老年のものすごい創造力の根源にはあるのです。自分と、その自分を包みこんでいる宇宙とがあるが、その宇宙は自分の中にもあるのだ、という信念。——そういう構造がはっきりと前提としてありますから、ベタっと何かにくっついたり離れたりするのではなくて、あれとこれとは全然別々という構造的な把握のしかたがきちんとできるんですね。そして、あれも「己れ」、これも「己れ」という、その次の段階があって、大いなる「己れ」というものをそこでとらえているのです。そう

いう自分自身にだけ固執《こしゅう》することのなかった歌人がいたということは、ぼくらにとっては励ましになるという気がします。

空穂は、おとなしい人だ、とよく誤解されていました。歌壇というのは誤解のかたまりみたいなところがあるから。しかし、この人自身は死ぬころになってから、

闘志なき我ぞと人言ふ闘志をば
　我に向くればはてしあらぬを
　　　　　　　　　　　　窪田空穂

闘志を自分に向けたらどこまでも闘志をかき立てられて果てしがないということですが、そういう人だからこそ、また歌をうたうことについて、

かりそめの感と思はず今日を在る
　我の命《いのち》の頂点なるを
　　　　　　　　　　　　窪田空穂

と、歌っているのです。自分の歌は一つ一つは非常に小さなことを歌っているように見えるけれど、かりそめに感じたことを単純に歌っただけのものではないのだ。な

ぜかといえば、私は、わが生涯の「いま」こそが頂点だという生き方をしているから、刻々が自分にとっては常に生命の頂点なのだ、という認識なのです。これはじつに論理的なとらえ方です。

こんな論理的なとらえ方を九十歳に近い人がして、いくらでも歌ができてしまったということは、人間の意識的な生き方がいかに大事かということを教えてくれるのではないでしょうか。

九月——恋の秋、子規の秋

　前項では、立秋のころの秋というものの特徴、とくに風とのかかわりについて述べましたが、今回は「もうひとつの秋」の話をいたします。

　昔の暦では七月から秋になりますが、現代の季節感でも八月中にはもう秋が始まります。古来から詩人は、季節が始まるとわかってから、その季節のことを言うことは恥でした。到来する季節の予感において語るのが詩人だったのです。ですから、秋というものを語るときには、最初に〝そよりと秋風が吹いた〟と感じ取った人が詩人としては勝ちだったのです。予感とか予兆において自然を見るのが日本の詩人の大きな特徴で、予兆を感じ取る能力のない者が詩を書いても意味がないという考えがありました。

　秋が始まり、やがて秋たけて実りの季節になります。そして収穫も終わると秋はおしまいになる……。同時に詩人は人生の象徴としての季節というものを考えます。恋愛でいうと飽和状態に達して、やがて「飽きる」ということになるのと同じで、その部分が秋ということばのもつ、もうひとつの大事な意味なのです。

実際に日本の詩歌《しいか》を見てみますと、『万葉集』時代にはそういう考え方はほとんどないと思いますが、それから百五十年後くらいの平安朝初期の『古今集』の歌を見ると、飽きるということ、満ち足りてやがて飽きるという感じのときに、「秋」ということばが出てくるのです。

ですから秋ということばは、最初にそよりと吹く秋風とともに始まり、やがて満ち足りて飽き飽きするというくらいに秋の情緒を満喫したとき、そこで初めてもうひとつ別の意味、つまり「飽きる」という意味が出てくるのです。

それは和歌に多くの実例があります。恋愛している人物がだれかに飽きられてしまう、そういう恐れを感じるときに「秋」ということばをあらためて意味深く使っているのです。

＊

誰《た》が秋にあらぬものゆゑ女郎花《をみなへし》
なぞ色にいでてまだき移ろふ
紀《きの》貫之《つらゆき》

この歌は『古今集』に入っています。詞書《ことばがき》（前書《まえがき》）がついていますが、勅撰集《ちよくせんしゆう》である『古今集』のものと、貫之が自撰したといわれる『貫之集』では異なっています。

この自撰本の『貫之集』は非常におもしろい本です。私は『紀貫之』という本――これは読売文学賞をもらったりして、わりと読まれた本ですが――を書いたとき、『貫之集』の独特なところを使わせてもらいました。それで私の本が成り立ったくらいなのですが、貫之自身、どこに発表するつもりもなくて自分のために撰《えら》んだ、そういう自撰集にある詞書は、公的な使命を帯びていた『古今集』の詞書とはおのずから違うのです。

この歌は『古今集』の詞書には「朱雀院《すざくゐん》の女郎花合《あはせ》に、よみて奉《たてまつ》りける」とあります。したがって歌の解釈は、まだだれに飽きられたとも言えないくせに女郎花はさっさと色が移ろってしまうのはなぜだろう、ということになります。女郎花そのものが色が移ろっていくということに引っ掛けて、秋がだんだん深まっていって、やがて衰えてしまう――そういうことを憂《うれ》えている歌のように感じられるわけです。

ところが自撰本のほうの詞書は「かならずありぬべきことをさわがしう思ふ人に」とあるのです。「必ず生じるであろうことを何だか知らないけれどバカに気遣って心配している人に」という奇妙な詞書なんです。いったいどういう意味か? まず第一に「かならずありぬべきことを」の意味がよくわかりません。いろいろなことが考えられるのですが、貫之の親族に若い女性がいて、どうやら生まれて初めて恋をしているらしい。相手はしかるべき身分の、いい男だ。何人も愛人がいそうな男であり、移り気らしい。この女性はそのことを心配して、ときどき「おじさん、どうしたらいいかしら?」と、貫之に訊《き》いている感じがあるのです。それに対して、おじさんとしての貫之がこの歌を贈ったのではないか。

べつにおまえさんは飽きられているわけでもないのに、なんでそんなに心配ばかりするのか、――そんなに心配ばかりしていると、そのうちに色香が衰えてしまうよ、とおじさんの貫之が言っているという感じなんです。「女郎花」は娘さんのこと、「まだき」は「早く」という意味です。ですから、心配だということを顔色にまで出して早々と騒ぎ立てている、そういう娘に対しての歌だと解釈したのです。

『古今集』の場合には、テーマはあくまでも花にあって、まだ秋が深くなってもいないのに、女郎花の美しさが移ろってしまうことが残念だと嘆き、逆に、女郎花の美しさをたたえているのです。ところが自撰集のほうでは、これから起きるであろうことについて、もう早々と心配して騒いでいるその娘さんに、というわけですから、これは明らかに恋のことにかかわっています。女郎花という花は恋の思いにかかわる歌にしばしば使われますが、この自撰集の場合も、自然をうたったのではなくて、完全に人事の問題をテーマにうたったことになります。

平安朝の和歌は表向きの意味と裏の本当の意味とが違うことも多くありますが、貫之はそういう歌を作らせると上手な人でした。それから見ても、秋という季節は両方の意味を必ず考えないといけません。季節をうたっているのと同時に、人事の、満ち足りて、やがては飽きてしまうという部分に注目すべきなのです。季節感も人事と同じく、充実し、やがて満ち足りて衰えへと向かう……。「飽き＝秋」ということばがあるためにそういう解釈が生じるのです。

季節をいう「秋」ということばが「飽きる」ということばと音が似ているものだから、意味は全然違うにもかかわらず、そうなったんですね。これは日本語だけの現象で、ほかの国には絶対ありえません。英語の「AUTUMN＝秋」ということばはオータムにすぎません。日本語は意味で考える以前に、音、つまり響きが呼び出す連想が先行し、後ろから意味が追いかけていくようなかたちでの成り立ちをする場合が多いのです。これが、やがて和歌や俳諧《はいかい》文学で重要視されてくる〝語呂《ごろ》合わせ〟などと非常に関係があるのです。

もう一つ、日本語ではオノマトペ（擬音語、擬態語）が非常に多い。外国語、たとえばフランス語、英語、ドイツ語などにもオノマトペは多少あるけれど、日本語みたいにふんだんにあるということはなく、そういうこととも関係があることだろうと思います。ちなみにオノマトペを駆使した俳人には広瀬惟然《いぜん》、上島鬼貫《うえじまおにつら》、小林一茶《いっさ》、現代詩人なら草野心平……。

日常生活のことばには、言語の音響や響き、リズムなどが大きな影響を及ぼすケースがありますが、俳句が成り立つ理由の一つは、そういう日本語の原始的な意味での音響的効果によっているところが大きいのです。ですから、意味だけを考えて俳句を作ると、まったく失敗してしまうことが多いと思います。薄っぺらな句になるのです。

いずれにしても、秋というものは単なる季節の移りゆきだけでなく、それに付随して人事の問題があるということを考えないといけないと思います。とくに九月、十月のころになると、秋長《た》けてきて、そういう情緒がはっきりと感じられてきますから。

それと、詩歌においては恋愛というものが、出会いから別れに至るといった実質的な人事関係を離れて、ことばだけで動いていく世界もいっぱいあるということを忘れてはいけないと思います。古典の詩歌の場合にはそうした虚構性がずっとありつづけたのです。近代、現代になって、とくに自然主義以降の文学にはそうしたことが忘れられてきて、どちらかというと事実だけを追いかけるという傾向になってしまいました。俳句でいえば、たとえば写生などというものだけを金科玉条《きんかぎよくじよう》にしていくと、やがては、豊かなものがあった詩歌の、大切な部分までが失われていくだろうという気もしているのです。

*

兵庫県の伊丹《いたみ》市に柿衞《かきもり》文庫という文庫があります。ここは俳諧文学の重要なメッカといってよい場所の一つで、とくに芭蕉、上島鬼貫らの真筆《しんぴつ》がたくさんコレクションされています。「柿衞」という名称は岡田利兵衞《りへえ》さんの号からとったものです。実際にその文庫のお庭には柿の木があります。普通の柿と少し違って、へたの部分に四つくらいの出っ張りがある独特な柿です。そういう柿を守るという意味で柿衞という号を岡田さんは自分でつけられた。その岡田さんを記念してつくられた文庫です。

昨年（平成十一年・一九九九年）は、開館して十五周年という年でした。その記念講演会を頼まれて、私は《芭蕉と鬼貫》という大胆不敵な題で一時間半ばかり、話をしました。

鬼貫という人はとてもおもしろい人です。芭蕉より十七、八歳下《としした》で、芭蕉同様、貞《てい》門《もん》、談林《だんりん》の〝風《ふう》〟を独自に高めた人です。私は鬼貫の研究家でも何でもなく、伝記的な面もそんなに知りませんから、たいしたことは言えなかったと思いますが、私が新聞で二十年以上連載している《折々のうた》――これまで十五、六冊の本になっていますが――そこで取り上げた鬼貫の句が十余句ありますので、それらの句をもとに、自分はどんな鬼貫の句が好きかとか、鬼貫と芭蕉がどういう点で違うように見えるか、ということなどを話しました。

芭蕉という人は、鬼貫に比べると生き方が組織的というか体系的です。芭蕉の場合には、ある時期にはこういうことだった、その次の時期にはこのように展開していったというあとづけができるのです。芭蕉の句および俳論を探るだけでもかなりあとづけることができると思いますが、鬼貫の場合は、正体の知れない、茫洋《ぼうよう》としたところが多いのです。

ひとつの原因は、鬼貫という人の、人柄のよさにある、と思われます。彼の本拠地は伊丹から大坂あたりといっていいのですが、その辺でもけっこう他人とのつきあいがよく、彼が残した『仏兄七久留万《さとえななくるま》』ほかの句文集を見ると、彼は人から頼まれると、つきあいでたくさん句を作っているのです。

芭蕉の場合には、そういうつきあいの句はあまり作っていません。むしろ、そういうものを全部、自分の側へ取りこんで、いったん咀嚼《そしやく》したあとで、自分の作品として作れるものは作っていくというかたちをとっていました。つまり、いい意味でのエゴイストだったのです。

それに対して鬼貫は、気立てがよくて、いろいろな人に頼まれるたびにそれに応《こた》えていたという意味では、自分自身を芭蕉ほどに大事にしなかったのではないか、と思われます。

しかしそれでいて、酒造家の一族に生まれ、諸藩の大名に仕えるだけの身分であることに誇りをもっていたことは明らかで、十三歳のときに貞門に入り、十七歳ころ談林に移り、談林の影響を受けながらも談林から抜け出して、自分の信念を貫く一面も併せもっていて、句文から見ると、「硬軟」両面があって、それだけに彼の生涯をあとづけることが難しい気がします。

しかし、これだけははっきり言えると思います。口語体の俳句は現代でも盛んに作られていますが、鬼貫は、そうしたものの一茶以前の先駆者だった、と……。鬼貫までさかのぼらないと口語体の俳句についての考え方がはっきり出てこない、と思えるくらいです。

鬼貫の秋の句をいくつかご紹介しましょう。思ったとおりのことをさっと言っているという意味で、気持ちのいい句が多いのです。

そよりともせいで秋たつ事かいの　上島鬼貫

風が吹くことと立秋ということとを結びつけている、古典的なものの考え方に立脚した句です。彼は、現在のことと古典とを結びつけるのがとてもうまかった俳人です。

朝も秋ゆうべも秋の暑さ哉《かな》　上島鬼貫

これも立秋から間もないころの句です。朝だってもう秋だ、夕方だって秋なんだ、だけど、なんとも暑くてたまらないという意味です。洒落《しやれ》た句ですね。暦というものが俳句の中に生かされていることがよくわかります。暦がなければ朝も秋だ、夕方も秋だと考える必要もないわけで、暦が頭にあるから、もう立秋を過ぎたというのに暑いなあ、ということです。暦を使って一種の俳諧をそこに見いだしているということになります。

秋風の吹きわたりけり人の顔　上島鬼貫

何の変哲もない叙述ですが、すごくうまい句です。秋になったころ、秋風の吹き渡っていく感じが「人の顔」という素材をもってくることによって明確になり、季節の本質的な気分をしっかりと摑《つか》み取っています。談林派のことばに凝《こ》っていく方法を突き抜け、別のよさを見つけてもいるわけで、こうした句を見ると、鬼貫は近代俳句へ向かっての明らかに先駆的な業績を残した、ということが言えると思います。

むかしから穴もあかずよ秋の空　上島鬼貫

この句には一種の哲学的な感覚があります。普通は、秋の空を見上げて、その真っ青な高い空への何らかの感慨を詠《よ》むところでしょうが、それに穴をあけてみたいと感じるのは、作者の側に明らかにある種の哲学的な衝動があってのことだからです。

にょつぽりと秋の空なる富士の山　上島鬼貫

「にょつぽり」は口語調擬態語です。実に気さくな表現で澄んだ秋空にそびえる富士の姿を形容しています。こう言われてみると、それ以外に言いようのないような感じがするくらいです。

鬼貫という人は見直す必要のある俳人ではないか、と思っています。彼の思想的な成熟のしかたがどうだったかをだれか調べて書いてくれるとありがたい、と思えるほどの俳人です。

談林的な、ことばの厚化粧をほどこすところ、凝ったところ、そういうところからスポンと脱落して脂《あぶら》っ気を落とし、そこから新しいものを生み出しているんですね。それも談林派の心意気だといえましょうが、彼はその端境期《はざかいき》の先駆者だったと思えます。

こうしたことは彼と仲良しだった小西来山《らいざん》ら何人かの関西の俳人にも言えます。芭蕉だってもちろんそうです。談林から蕉風に移っていく時代の俳人たちの何人かは、そういう意味でおもしろいと思います。変化するということが鮮やかに生じた、俳諧史における珍しい時代です。彼らが実際に作句する現場で、どのように変化していったかということを検証し、とらえていくことは、現代俳句を考えるうえでも重要だと思うのです。

＊

正岡子規が亡《な》くなったのは明治三十五年（一九〇二年）九月十九日です。秋の真《ま》っ只中《ただなか》で亡くなったわけです。正岡子規の親友であった夏目漱石《そうせき》は、そのときロンドンに留学していて、気分的にいえば実に憂鬱《ゆううつ》な生活をしていました。というのも、そのころは現代の留学生とは違って、日本という国全体を背負っている思いをもたなければいけないような時代だったから、彼は責任感をずっしりと負わされているという感じでロンドンで過ごしていたからです。

彼は親友の正岡子規とはもう二度と会えないだろうと思って、イギリスに出発したのですが、やがてロンドンに子規の訃報《ふほう》が届きます。もちろん当時のことですから電話も何もありはしない。彼は十二月一日に正岡子規を悼《いた》む句を五句作って高浜虚子《きよし》に送っています。子規が亡くなってから、その間、二か月半ほどの差がありました。十二月ですからロンドンは冬ですが、漱石は子規が九月に死んだということを知っているから秋の句を作ります。五句のなかの一つが次の句です。「倫敦《ロンドン》にて子規の訃を聞きて」という前書《まえがき》があります。

霧黄《き》なる市《いち》に動くや影法師　夏目漱石

霧は秋の季語。晩秋の感じがする句です。煤煙《ばいえん》の霧がたゆたっているロンドンの市中に影法師が動いている……。実景としては人々が行き交う姿が霧によってまるで影法師みたいに見えるということですが、漱石は同時に正岡子規の影法師を見たと言っていいでしょう。
子規の死んだことについて何か言っているわけでも何でもないけれど、句全体の雰囲気から、ロンドンの煤煙の下で暮らしながら影法師が動いていくような感じで子規を追悼している気持ちがよく出ている句です。

筒《つつ》袖《そで》や秋の柩《ひつぎ》にしたがはず　夏目漱石

この句も五句のなかの一つです。「筒袖」とは洋服のことですが、学生の着る筒袖の着物という気分をダブらせているかもしれません。現在の自分は洋装だ、遠く離れているので親友のお葬式にも行けないのだと詠んでいます。

手向《たむ》くべき線香もなくて暮の秋　夏目漱石

これも、そのとき作って虚子に送りました。彼が置かれている立場からすれば、自分の身の回りには手向くべき線香も何もない。そういう場所で親友の訃報を聞いたという気持ちが、この句にもあふれています。

漱石は子規が死ぬことを予想し、覚悟をしてイギリスへ行ったわけですが、ついに死の通知が来たかということで気落ちしています。そんななか、句を五句作って送ったという事実そのものが、漱石と子規との稀有《けう》な友情の証《あか》しでしょうね。

＊

物いへば唇寒し秋の風　松尾芭蕉

この句は前項でも引きましたが、漱石の子規追悼の句とあわせ読んでみると、感銘が深いですね。前書に「座右之銘　人の短をいふ事なかれ　己の長をとく事なかれ」とあります。他人のことを言っちゃいかんよという自戒のことばとしてあるわけですが、前書を外《はず》しても充分に通用する句です。

日本人の秋風というものへの共通の了解事項の一つが、この〈物いへば……〉にあるような気がします。日本人は〈物いへば……〉といわれると、「そうだ、そうだ」と心の中で感じるものが多い民族ではないでしょうか。実際は、とくに最近は〈物いへば……〉と言ったら笑われてしまうくらい、ものを言うことの大好きな人がふえましたが、日本語というものじたい、どちらかというと寡黙《かもく》なもの、沈黙へ向かって進むもの、そういうものに傾くようなところがあるのではないかと思うのです。

いまでは小津安二郎のことを表立って言う人も少なくなっていると思いますが、二十年くらい前のフランスでは、小津の映画が非常に好まれて、「オヅ、オヅ」と讃《たた》えられ、よく論じられていました。

どうして小津があんなにフランス人に受けたのか？　そのころのフランス人は小津の映画を観《み》て何を思っていたのか？　私にはよくわかりませんけれど、自分なりに考えると、小津の映画を観て感じることは、男の人も女の人も、口を大きくあけて大声でしゃべることがまったくないということです。彼の映画を支えていた俳優たち、とくに男優の笠智衆《りゅうちしゅう》、佐分利信《さぶりしん》、佐野周二とか、おしなべてこの人たちの特徴は唇を大きくあけないでしゃべるということです。少なくともスクリーン上ではそうで、言語は明晰《めいせき》なのですが、形態としては口をうんとあけて表情豊かにしゃべるということはしなかった。寡黙、無表情の魅力です。フランス人は言葉少なに無表情で話す、ということに一種独特の日本人だけのものを見ていたような気がするのです。

無口、無表情とは、言い換えると重厚だということです。喜びであれ悲しみであれ、決してすぐに人にわかる感じでは表さない。逆に言うと、じわっと滲《にじ》み出てくるような喜び、あるいは悲しみ、そういうものが小津映画のひとつの大きな特徴であったと思います。能面ふうなんですね。それは〈物いへば……〉という芭蕉の句そのものだと言えるのではないでしょうか。

十月——酒はしずかに

十月になると、昭和三十七年（一九六二年）十月三日に亡《な》くなった飯田蛇笏《いいだだこつ》の句を思い出します。蛇笏の最後の句集は、亡くなられて四年目にご子息の飯田龍太《りゅうた》が編集して出した『椿花集《ちんかしゅう》』です。その最終ページの末尾におかれている句が、次の句です。

誰《だれ》彼《かれ》もあらず一《いっ》天《てん》自尊の秋　　飯田蛇笏

それゆえでしょう、これは辞世の句、少なくとも亡くなられる前、最後に作った句だと見なされているようです。

私には、ことの真偽はわかりません。ですが、小林富司夫《ふじお》さんは『蛇笏百景』という本の中で「ほとんどの人が辞世の句として扱っているようである」と書いておられ、

「特にそのことに異論を挟もうとではないが、（中略）もう少し広く解釈したい」とも指摘しておられますから、やや意見を異《こと》にしているようです。いずれにせよ、小林さんのような、蛇笏のことを詳しく研究している人がわざわざ書いているということは、逆に、ほとんどの人がこの句を辞世の句だと受け取っていることが事実としてあるからだと思います。

蛇笏自身がこの句を辞世の句と思って作ったかどうか、それもわかりません。芭蕉の場合も例の〈旅に病《や》んで夢は枯野をかけ廻《めぐ》る〉を辞世の句だと思っている人がたくさんいるけれど、実際は辞世の句でも何でもないのです。芭蕉はまわりの弟子たちに向かって「私はいつだって辞世の句だと思って一句一句作っているよ」ということを言っています。同じような意味でいえば、飯田蛇笏の場合も、この当時の句はどれも辞世の句と言ってよい作品だと思います。

なににしても、最晩年に一句一句が辞世の句としてふさわしいものを作る。――これは立派なことです。近代俳人で、それだけの人はあまりいないのではないでしょうか。そういう意味でも、飯田蛇笏という人は正岡子規や高浜虚子《きよし》と並んで特筆されていい俳人だ、と私は思っているのです。

子規や虚子のことを考えると、二人とも最後に辞世の句であるようなないような句を残しています。子規は有名な〈糸瓜《へちま》咲《さい》て痰《たん》のつまりし仏かな〉ほか二句を、これは辞世の句と見ていいわけですが、病床《びょうしょう》で作っています。虚子は大谷句仏《おおたにくぶつ》の忌日《きにち》に《句仏十七回忌》と題して作った〈独り句の推敲《すいこう》をして遅き日を〉が絶吟になったわけです。

しかし、二人とも、蛇笏の〈誰彼もあらず一天自尊の秋〉に比べると、いわゆる文学的なものではないですね。ごく自然に日常生活そのもののなかで作ったという感じです。それに対して蛇笏の〈誰彼も……〉には、文学性を感じる。飯田蛇笏という人は出発したころからずっと文学性を重んじた俳人でしたので、その意味でも生涯をみごとに貫いたといえます。

俳人は文学的な絶吟を残すか、それともごく日常的に、きのうと同じようにしてきようもあるという感じの句を作って死ぬか、——両方ともそれぞれ立派な死に方だと思います。

〈誰彼もあらず一天自尊の秋〉は例の、釈迦《しゃか》が誕生すると同時に四方に七歩ずつ歩み、右手を天に向け、左手を地に向けて唱えたという誕生偈《たんじょうげ》「天上天下唯我独尊」が、もしかしたら蛇笏の意識のなかにあったのではないかという気がします。実際にはどうか、わかりませんが、「天上天下唯我独尊」という釈迦の誕生偈と〈誰彼もあらず一天自尊の秋〉はかなり似ているのではないでしょうか。

ただし、「天上天下唯我独尊」は釈迦のみならず、諸仏が誕生するときは、このように唱えるとも言われます。生まれながらにして私だけが尊いのだと解釈できるようなことばを平然と言う仏さんは、私自身はあまり好きではありませんが、「だれでもみんなそう言うのだよ」と言われたら、これはひとつの立派な人生観でしょう。日本人のだれもが「天上天下唯我独尊」と言って生まれてきたら、とてもいい国になったのではないか、少なくともいまの日本のようなことにはならなかったのではないか、と思うくらいです。誕生偈の解釈もいろいろありうるけれど、その一つとしておもしろい解釈ではないかと思っているのですが、どうでしょう？

＊

話題は変わりますが、秋のしみじみとした感じを象徴するのは何といってもお酒ですね。夏の騒がしいビールの季節が終わり、やっと秋の静かな日本酒の季節になるという感じが、ぼくにはあります。もっともこれは、ぼくがビール党ではないということもあるけれど……。

酒に関する歌も句もたくさんありますが、みなさんにご紹介したい歌の一つとして坂口謹一郎《きんいちろう》博士の短歌があります。博士は発酵学、醸造学の世界的な権威で、日本酒の改良を重ね、アドバイスをたくさんして平成六年（一九九四年）、九十七歳で亡くなられました。

障《さは》りなく水の如《ごと》くに咽喉《のど》を越す
酒にも似たるわが歌もがな
坂口謹一郎

歌集『愛酒楽酔』の一首です。理想として、こういう酒でありたい、同時に自分の歌もそうでありたいと言っています。坂口博士という方は、湧《わ》くがごとくに短歌ができた人です。ですから、障りなく水の如くにうたわれて、そのままスッと消えてしまった歌もたくさんあるような気がします。その点、一つの理想的な歌のあり方を示しているのではないでしょうか。これは、そういう意味で記憶に残る歌です。

酒の歌は大昔からたくさんうたわれてきましたが、まずは短歌で考えてみます。昔から殊《こと》に宴席でうたわれた酒の歌がたくさんありました。古くは『万葉集』にまでさかのぼらなければなりませんが、典型的に酒の気分を表すものとして大伴坂上《おおとものさかのうえの》郎女《いらつめ》の歌があります。『万葉集』時代の最後、天平《てんぴょう》時代の最も重要な女性詩人である坂上郎女は、大伴旅人《たびと》の異母妹で、叔母として家持《やかもち》らの養育にもあたり、その娘が家持の妻ともなった、大伴一族の中心的な存在の人でした。その人がおおぜいの人と一緒に飲んでいて詠《よ》んだ歌の一つです。

酒坏《さかづき》に梅の花浮け思ふどち
　飲みての後《のち》は散りぬともよし
坂上郎女

梅の季節に酒坏にひらひらと散ってくる梅の花を浮かべて、心通い合う一族がおおぜいで酒を飲んで宴《うたげ》をしているが、酒宴が終わったなら、あとはもう散ってもいいよ、梅の花よ、と言っています。酒の宴の中心に彼女がいたわけです。主宰者としての貫《かん》禄《ろく》を示している歌です。天平時代には明らかに女性が酒席の中心であったことがわかります。

催馬楽《さいばら》、神楽歌《かぐらうた》には、酒を造っている人たちの様子を彷彿《ほうふつ》させる歌があります。しかも女の人の作った歌です。そのころは女性が酒蔵での酒造りを裁量していたんですね。実際に酒の技術者として働いている若い娘が詠んだ歌もあります。——酒を造っている女に男が言い寄って追いかける。女は酒樽《さかだる》の周りを逃げながら、「こんなところで私を手ごめにしようなんてとんでもないわ」と怒っている。しかし、それでいて男を誘っているところがある歌です。

そういう古代の歌を見ると、昔は女性が酒造りそのものから深くかかわっていたことを感じます。いまは、酒ができあがった後、女の人が酒にかかわることもいっぱいありますが、直接、酒の製造に女性がかかわることはあまりないのではないでしょうか。こんなことを言うと「おまえは何も知らない」と言われるかもしれませんが、私が知っているかぎりでは、いまの酒造りで重要な部分は、圧倒的に男性がかかわっている……。それで技能を競うわけです。このことは、もしかしたら女性に対する一種の差別観が中世あたりから日本に生まれてきたからではないか、という気もするのです。古代においては女性が酒を造っていたということがはっきりと詩歌《しいか》に残っているのですから。

飲み物として酒が愛されるようになると、酒席の団欒《だんらん》が重要になります。中世、近世の歌におおぜいの人が一緒に酒を飲むシーンが多いのはそれゆえで、その背景には、酒が信仰と深くかかわっていたからです。人がその場に何人もいて、そこで初めて信仰的な行事も行なわれるだろうから、ひとりぼっちで酒を酌《く》んだりすることはあまりありえなかったのです。『万葉集』の有名な大伴旅人の十三首の讃酒歌《さんしゆか》は、たぶん奥さんに死なれたころの歌でしょうが、特別の場合という感じです。ところが近代短歌あるいは近代俳句になってくると、独酌の酒を詠むことがふえてきます。これは近代人が信仰の世界と切り離されてくるということと深くかかわっているからではないでしょうか。それだけに、昔のようなおもしろい酒の歌は近代において少なくなるのです。

＊

近代の酒の歌になると、ぐっと孤独になります。近・現代の歌人の中でとりわけ有名なのは、生涯〝旅と酒〟を愛した若山牧水《ぼくすい》です。

かんがへて飲みはじめたる一合の
　二合の酒の夏のゆふぐれ　　若山牧水

あな寂し酒のしづくを火におとせ
　この夕暮の部屋匂《にほ》はせむ　　若山牧水

白玉の歯にしみとほる秋の夜《よ》の
　酒はしづかに飲むべかりけり　　若山牧水

独特のリズムがあって、実にいい歌ですね。秋の夜、こういう歌を思い浮かべながら酒を飲む人もいるかもしれない……。これらは坂上郎女の歌とは違って、すべて独酌の歌です。しかも、驚くべきことに牧水が二十代はじめから半ばのときの歌です。牧水がいかに近代以後の酒の歌の象徴的な作り手であったかを示しています。ここには心通い合う人々との団欒の光景は何もなく、心静かに、ひとりでいろいろなことを考えながら酒を酌んでいるという雰囲気があります。

ただし、牧水その人はその後、アルコールで肝臓をすっかり焼き固めたかたちになって、最後は肝硬変で死んでしまいます。おおぜいの人と酒を酌み交わしたからです。とくに自分のお弟子さん、その他の人々と一緒に酒を飲む機会が実に多かった。しかも自分の家ではほとんど飲まないで、外へ出て行って自ら主宰していた「創作」の仲間と一緒に飲むことが多かった。にもかかわらず彼の詠んだ酒の歌は本質的に独酌の歌です。おおぜいの人と一緒に飲んでいても、独酌の歌を多く作っているのです。

酒の文化は近代以後の日本にもはっきりあるわけですが、とりわけ、孤独な方向にむかう酒の文化があったということが一つの特徴ではないでしょうか。もちろん逆に、わいわい騒いでいる酒の歌もありますが、そういう歌の大半は、ほとんど読むに堪《た》えないのが実情なんです。

近代以後の人間は、心理的に言うと、おおぜいの人といることを好む場合でも、本質的にはそこからストンと落ち込んで、自分自身の孤独な心に酒の雫《しずく》がたらんたらんと垂れていくような、そういう状態を好むようです。それが近・現代の歌の特色ではないかと思います。

牧水が亡くなったのは中秋の九月十七日です。この人が死んだときのことについては、壮絶といってもいい証言が一つあります。牧水の主治医だった沼津の稲玉信吾先生が「創作」の牧水追悼号に克明な臨終の記を書いていますが、とてもいい文章です。その最後に小さな活字で次のような〈付記〉があります。

「九月十九日、御葬儀ノ日、近親ノ方々最後ノ告別ニ際シ御柩《ひつぎ》ノ硝子《ガラス》ノ小窓ヲ開キタルニ、滅後三日ヲ経過シ而《しか》モ当日ノ如キハ強烈ナル残暑ニモ係《かかは》ラズ、殆《ほと》ンド何等ノ屍《し》臭《しう》ナク、又顔面ノ何処ニモ一ノ死斑《しはん》サヘ発現シ居ラザリキ。（斯《かか》ル現象ハ内部ヨリノ『アルコホル』ノ浸潤ニ因《よ》ルモノカ。）」

この〈付記〉はぼくが書いた若山牧水についての本（中公文庫）の最後のほうに引用しておきましたので、いまでは非常に知られているらしく、「牧水は残暑の厳しいときにもかかわらず、死んでから三日たっても、一つの屍臭もなかった。それはアルコールのお蔭《かげ》だ」ということを得意そうに書いている人もいるようです。

背景には生まれながらの性向もあったでしょうが、牧水ほどの酒好きになると、楽しい酒ではなくて、どちらかというと寂しい酒になっていくのです。現代は、酒を楽しんでいる人は詩などまるで必要としないし、酒を楽しんでない人もやはり詩を必要としないということになって、詩歌は酒とあまり深くかかわらないようになったのではないか。——これは残念なことだと思います。

酒自身、上等になろうとしてせっせと大吟醸に向かって文字通り身をけずってきたけれど、その結果、どちらかというと淡い、上品な味に仕上がってきていますね。一方にワインがあって、そうなってくると、ワインに近づくという感じになって、あまりおもしろくないのではないかという気もします。でも、日本酒に昔は普通だったあの強い匂いにもどることも、今さらできないでしょうしね……。

＊

酒を詠んだ場合、短歌のほうが俳句よりも記憶に残る作品が多いような気がします。酒の気分、雰囲気は、五七五に続く七七で表されるところがあって、五七五に七七がついてはじめて成り立つところがあるようです。

「変なことを言うな」と言われるかもしれませんが、七七にはかなり意味があって、そこの部分で歌人たちは、自分の感情がどう動いているかを探りながら決定的に大事なことを言う、という心構えがあるのではないでしょうか。

それに比べて、俳句の場合、酒を詠むにはあまりふさわしくない形式ではないかと思うくらい、酒の名句が少ないのです。

連載の冒頭でふれたように、加舎白雄《かやしらお》や炭太祇《たんたいぎ》、榎本其角《えのもときかく》ら俳人の酒好きもたくさんいるはずですが、現代で、すぐ思い浮かべられるのは草間時彦《くさまときひこ》ぐらいです。彼は自分でも淡酒亭という号を名乗るくらいですから、酒が本当にお好きな方なのでしょう。それも、『淡酒亭歳時記』という本もありますから、酒の通《つう》でいらっしゃる。——そういう人でも酒を詠んだ句は意外と少ないのですが、たとえば『夜咄《よばなし》』という句集にいくつか、酒の句があります。

深酒のあとのひと日のやぶ柑子《こうじ》　草間時彦

深酒をして気分が悪い、けっこう後悔をしている、そんな一日に藪《やぶ》柑子を眺めているという句です。

俳句では、このように「深酒をした。しまった、飲み過ぎた」という後悔の気持ちがあっても、そこまで言うということはありえないというか、それを詠むと、ヘボな俳句になりやすい。俳句の場合は直《じか》に酒の味とかについて言うのではなくて、その前後のところをサラッと詠んで、余韻を味わうという感じになるのかもしれません。

それに対して短歌は、七七の部分があるから、酒の味わい方そのものが出てこないと、逆に歌としておもしろみがないんですね。言い換えると、酒そのものにつきあうという感じが短歌にはありますが、俳句は酒とつきあう前後の身の処し方がきれいにいくかどうかのほうが大事なのではないか、と思うのです。

つまり、俳句の場合は、酒そのものに没頭して詠むのはどちらかというと野暮ったい……。そういう野暮ったさを嫌うのが俳句というものの形式であり、俳人は歌人のことを腹の底のほうでは何となく野暮ったいなと思っているかもしれない、と私が邪推しているのは、そういうことがあるからです。

草間時彦の句では、こういう句もあります。

梅雨《つゆ》深き昼餉《ひるげ》や蕎麦屋《そばや》七右衛門《しちえもん》　草間時彦

この句はつい最近、《折々のうた》で取り上げました。梅雨深いころに昼飯を食べるために立ち寄ったところが、七右衛門という名前の蕎麦屋だったんです。七右衛門という古風な名前を生かした、洒落《しやれ》た句だと思って取り上げたのですが、ここでもたぶん、彼は酒を飲んでいると思います。しかし、それを言わないところが俳句なのです。短歌では「酒を飲んだ」と言うが、俳句ではわざと言わない。あえてそう言うことを潔《いさぎよ》しとしないところがあるのではないでしょうか。

波郷忌《はきようき》や落葉がくれに蕎麦と酒　　草間時彦

石田波郷は昭和四十四年（一九六九年）十一月二十一日、晩秋に亡《な》くなりました。波郷の墓が調布の深大寺《じんだいじ》にあります。草間時彦は秋桜子《しゆうおうし》と波郷に師事した方ですから、波郷忌にわざわざ深大寺にまでやって来たのでしょう。波郷の墓に集まったあと、落ち葉が散ってくるところで床几《しようぎ》のようなものを出して、みんなで蕎麦をすすり酒を酌んで波郷をしのんだ……。深大寺蕎麦は有名ですからね。深大寺はぼくの家の近くでして、あそこのことじゃないかなと思う店がこの句を読むと思い浮かびます。

いずれにしても、「蕎麦と酒」と言うだけで、酒の味そのものには全く立ち入っていないところが、俳句なのです。どうも俳句は酒に寄り添ったかたちでの詩ではないような気がします。

一方、たとえば牧水の〈白玉の歯にしみとほる秋の夜の酒はしづかに飲むべかりけり〉や〈あな寂し酒のしづくを火におとせこの夕暮の部屋匂はせむ〉を読むと、酒を飲んでいるという感じが実によく伝わってきますね。じわっと酒の香りが自分を包んでくるところまで浮かんでくるのが、短歌であって、俳句の場合は、酒にのめり込んで詠むのは最低な詠み方だということからか、むしろスッと外《はず》していくところがあるのです。

俳人は、ほんのひとことで、本質的なものをパッと言えていれば、あとはスッと身を離してしまう。ですから、酒に飲まれることをしないのが俳人の心構えのような気さえしてきます。

この俳句と短歌の違いは、《折々のうた》を続けてきたからこその、私にとっては、とてもおもしろい発見でした。

＊

高柳重信《たかやなぎしげのぶ》という俳人がいました。彼は富沢赤黄男《とみざわかきお》に師事し、昭和五十八年（一九八三年）に亡くなりましたが、酒をずいぶん好んだ人でもありました。にもかかわらず、あまり酒の句は残していないのです。私は若かったころ、高柳重信と親しく往《ゆ》き来していましたので思い出も多いのですが、彼の秋の句で記憶に残っている句がありま す。

軍鼓《ぐんこ》鳴り
荒涼と
秋の
痣《あざ》となる　　　高柳重信

敗戦直後の日本の社会情勢まで思い浮かんでくるような、いい句だと思います。「軍鼓鳴り」は進軍マーチです。「戦争に向かって立ち上がれ！」というような軍鼓です。その、進軍マーチが鳴るときは、逆に重信の気は滅入ってくるんですね。そんな荒涼としてくる気分のなかで進軍マーチそのものが秋の季節の痣となっている、というのです。これは反戦思想とまでは言えなくても、反軍思想だと思います。「秋の痣」が実に効いている。彼が実践していた四行という多行《たぎょう》形式の俳句だから、余計際立《きわだ》ってきます。一行の俳句だったらサラサラッと読めてしまうわけで、彼が求めた多行俳句形式にははっきりと意味があったという気がします。

もう一つ、秋にふさわしい句を紹介します。

まなこ荒れ
たちまち
朝の
終りかな
高柳重信

これも秋の心象《しんしょう》として印象深い句で、すぐに私の記憶によみがえる句の一つです。夏の終わり、それこそ秋風が立ち始めるころの句でしょうが、けがれのない「朝」が「まなこ荒れ」と呼応して、立ちまちにして過ぎ去ってしまうがゆえに透明で新鮮な心持ちをよく表している、と思うのです。

秋は、季節としては心軽やかで楽しげ、というものではないでしょう。実りの季節ともいわれますが、いろいろなものが単純にそれそのものとしてあるというだけではなくて、そのものに何かがプラスされてきて気分が重くなってくる季節だと思います。

それは決して暗い感じの重い気分ではなくて、全体としてずっしりと重さと貫禄《かんろく》が加わってくる季節という感じです。それが秋というものではないでしょうか。

十一月——やさしき時雨《しぐれ》

外国では雨が降ってきたからといって、日本の俳句でいう季語のようなものとして美の観点から重んじられることは、あまりないですね。特色のある雨の降り方をする場所は外国にもあるわけで、たとえば東南アジアには雨季というものがあるけれど、日本の時雨や春雨というような、それが詩の材料として愛されるというかたちのものはなかろうと思います。日本でも、雨で大災害を被《こうむ》るということがありますが、これはまた別の問題です。

時雨のちょっと前、秋になってまもなくのころに、「秋雨」ということばで言われるものが降ります。が、春雨にしても秋雨にしても時雨にしても、大災害をもたらすような雨ではないという大きな特色があります。これが、雨が日本の詩歌《しいか》の素材となった大きな理由だと思います。そういう意味でも、日本の自然界は特別なやさしさを詩人たちに対して示してくれている、ということが言えると思うのです。

時雨の季節はいったい、いつかという問題があります。時雨は『万葉集』では秋の季節のものとしてとらえられていました。ところが都が奈良から京都に移ってきてから作られた『古今集』あたりからは、だんだんに冬のものになってきます。それは、もしかしたら京都と奈良という場所の違いを反映しているかもしれません。

時雨が冬の季節のものになったということに対して非常に大きな影響力を及ぼした歌は、いうまでもなく平安中期の勅撰集《ちょくせんしゅう》『後撰集《ごせん》』に収められている次の歌です。『後撰集』は、ご存じのとおり、『古今集』の次にできた二番目の勅撰和歌集です。

神無月《かんなづき》降りみ降らずみ定めなき
　時雨ぞ冬のはじめなりけり
　　　　　　　　　　よみ人しらず

この歌一首で、平安朝以降の季節感覚のなかでの時雨というものの位置づけがピシッと決まったのです。日本人の季節感が決まったと言ってもいいのです。こういう歌の先蹤《せんしょう》があったから、それを受けて後世の人たちが競うようにして時雨というものを材料にした和歌や俳諧《はいかい》を作ったということになります。詩歌というものは、ときどきたいへんな威力を発揮するのです。

＊

時雨の歌や句は実にたくさん作られてきました。よく知られている歌では『さんさ時雨』があります。

さんさ時雨か　萱野《かやの》の雨か
音《おと》もせで来て　濡《ぬ》れかゝる
鄙廼《ひなの》一曲《ひとふし》

「さんさ」は「さっさ」と同じく、時雨の降る音からきたことばではないかと言われています。ですから「さっさ時雨」と言ってもいいのでしょうが、それを「さんさ」と言ったところに、ことばのやさしさ、そして時雨というもののもたらす感覚的なやさしさが伝わってきます。

「音もせで来て　濡れかゝる」は、実に色っぽい表現です。この歌は歌謡なのですが、「さんさ時雨」も「萱野の雨」も男を表しているとしてもいっこうに不思議がありません。つまり、女に対する男の歌だということです。

自然界の現象が男女の恋愛とつながっている。——これが日本の詩歌の大きな特徴です。時雨に濡れるということを男女の情景にそのままもってきたんですね。「濡れごと」ということばがあるように、「濡れる」は恋愛と関係があることばです。ですから、忍んで女のところに通ってくる男というイメージがこの歌謡の範囲内容をさっとよぎる。——それを知っていて歌をうたっている人々……。

単純に雨が降ったとか天気がよくなったといって一喜一憂するだけではなくて、その背後に絶えず実生活での複雑な人間関係を予感させているわけです。だからこそ、俳句は十七音という短い詩型であるにもかかわらず、たくさんの人々の心をとらえるのではないでしょうか。

*

時雨というものを考えていると、なんといっても印象的な句の一つが、

凩《こがらし》の地にもおとさぬしぐれ哉《かな》　向井《むかい》去来《きょらい》

です。この句は、時雨の性格づけに大きな力があった、と言えます。さっと降って

きたその時雨は、木枯らしに吹き散らされて、地面にまで落ちてこない。――そのくらい細かく軽やかだということです。時雨の季節感と詩的な意味での物質感が感じられます。決して地べたにまでボタボタッと落ちてこない雨、それが時雨だ、という感じです。

これは明らかに、さきほどの〈神無月降りみ降らずみ定めなき時雨ぞ冬のはじめなりけり〉の和歌とも呼応しあっていて、時雨の日本人におけるひとつの実感をあらわしているのだと思います。と同時に、時雨はやはり地面にも届くわけで、「虚感」でもあるのです。実が虚であるというところに、時雨の詩的な素材としてのおもしろさがあるのです。

去来自身が著した『去来抄』は、有名な芭蕉語録を集めた俳論集の一つですが、それにこの句についての芭蕉の意見が残されています。

そのなかで芭蕉は、二人の門人、山本荷兮《かけい》と去来の作った句を比べています。荷兮が作ったのは〈凩に二日の月のふきちるか〉。――これも有名な句で、去来も「予が句に遥《はる》か勝れり」と評し、同時に作者の荷兮としても得意だったであろう句です。「二日」とは二日月のこと。本当に繊細な、まだ三日月にもならないほどのほっそりした月がかかっていて、そこに木枯らしが吹いている……。荷兮は細い月がまるで木枯らしに吹き散らされてしまうのではないか、と見てとっているわけですが、これは、一つの情景の描写のしかたとしてはなかなかうまい。

しかし先生の芭蕉は、「荷兮のこの句は、ほっそりした二日月におもしろみがある。が、それだけだ。一方、おまえさんの〈凩の……〉の句はどことい って文句に特色がないにもかかわらず、全体としてはなかなかいい」と言って、去来をほめたというのです。

「全体としてはなかなかいい」というほめ方は、日本人の批評の特色でしょう。ヨーロッパやアメリカで詩人たちの集まりがあったとして、こういうものを作った日本人本人が懸命に説明しようとしても、向こうの連中は「ふんふん」と感心して聞いてはくれますが、彼らは理屈のうえできちんきちんと、あれもこれもと押さえていかないと納得しないところがありますから、本当の意味でわかってくれるとは限りません。向こうの連中でも、優れた詩人になると、そういうことも少なくなってくるとは思うけれど、ほとんどの詩人は、ちゃんと理屈を言ってもらいたい、あるいはわかりにくいからもう少しわかりやすく言い直してもらいたい、というふうに感じるのではないか。——これは私の想像に過ぎませんが、たぶん当たっていると思います。

さて〈凩の地にも……〉の句ですが、実は去来は最初に〈凩の地迄《まで》おとさぬしぐれ哉〉と書きました。それを芭蕉先生は「地迄」は「いやし」、つまりいかにも説明しすぎてふくらみがなく見苦しい、と言って、「地にも」と変えさせたのです。すごい批評力をもった先生だったから、そういうことがパッとわかるわけですが、「地迄」と「地にも」ではどれだけ違うか？　そのわずかに助詞を変えたことが感受性においてピッとわからないと、この話は「なあんだ、つまらない」ということになりますね。「地迄」といえば、雨は地面まで落ちるということが前提としてあって、それが地面にまでも届かないということだから、そこに理屈が入っている。――そうした理屈でいえば「地迄」でもいいんだけれど、「迄」という理屈を消してしまって、「地にも」とかろやかに言い直させたところに芭蕉の力量があって、そこがとてもいい。こういう軽さややさしさが時雨を詠《よ》んだ歌や句の、全部がそうだとは申しませんが、大きな特色としてあるのではないかと思います。

時雨そめ黒木《くろき》になるは何《なに》々《なに》ぞ　　椎本才麿《しいもとさいまろ》

椎本才麿は去来とほぼ同世代の人で、談林《だんりん》派ですが、蕉風の影響も受けた人です。「時雨そめ」とは、これから時雨の粒が大きくなって降ってくるかもしれないが、いまのところはとにかくしとしとと降りかかってきたという程度の雨模様のことです。そんなとき、かつてたまたま見かけた京都の八瀬《やせ》、大原一帯で作られている薪《たきぎ》のことが思い浮かんだ……。彼は京都の風物としてそれをパッともってきて、「時雨」と合わせてみた……。京都の時雨には特色があって、さーっと降るかと思うと、さーっと晴れていく……。それを絶えず繰り返すわけです。そういう雨の姿の、いわば変幻と、どっしりとそこに置かれた生木《なまき》との対照。その生木を一尺ほどに切り、かまどで蒸し焼きにして黒い薪にする。そうすると、火がつきやすくなるからです。有名な「大原《おはら》女《め》」というのは、その黒木を頭にのせて売り歩くんですね。

いってみれば、その対照性が、才麿の才能をよく示しているのではないか、と思うのです。

こういう小技の効いた句は江戸時代の元禄《げんろく》前後の句には多いですね。だいたい芭蕉のころから、動と静、重さと軽さ、そういう対照性のあるものを詠むことで上手に一つの世界を作り出すということがだんだんふえてきます。

去来の〈凩の地にもおとさぬしぐれ哉〉も同じです。激しく風が吹いてくる、その感じと、時雨の実に細かい雨の感じが対照的になっている。対比する、対照する、ということは俳句を作るうえでの非常に大きな原則の一つです。

この秋の終わりから初冬の時季、時雨との共通性が強いものに、去来の句に見られるように、木枯らしがあります。初冬に木を吹き枯らすほどに強く吹く風だから木枯らしと呼ばれる風で、時雨が降ってくるころ、木枯らしも「ピューピュー」吹くわけです。

＊

木枯らしは「凩」とも書きます。風の中に木がいますね。これは実は「峠」や「鰯《いわし》」「榊《さかき》」「畑」「畠《はたけ》」などと同様、日本人が作った国字です。「凧《たこ》」も同じ作り方の文字です。これは風の中に巾《きれ》が入っています。これら、字の成り立ちを使いながら歌を作った人が、現代歌人の山中智恵子《ちえこ》です。

凧《いかのぼり》 凩《こがらし》 風と記《しる》しゆき
天なるもののかたちさびしき　山中智恵子

風の字の一族をとらえて、洒落《しやれ》た使い方をしています。凧、凩、風など、天にあるものを書いてみると、字の形が寂しいという、これは作者自身の感じ方を示しているわけで、必ずしもこういう字が寂しいと思う人ばかりではないと思いますが、いずれにしても和歌にまでなりうるような素材としてのこれらの文字、――これは日本人が漢字というものを使って、日本独特の作り方で作り加えたものとして、大切だと思うのです。日本人と漢字の関係を考えてみると、漢字のなかでも風なら風という字のなかには一族がいっぱいいるわけで、そういう一族を同じ風の字の中に含めて文字の遊びをやっているのです。自然界と人間の知性とのかかわり方そのものを詩歌にしてしまう……。ですから、たとえばローマ字だけになってしまえば、こういう歌はなくなってしまうわけです。

＊

時雨にしても木枯らしにしても秋から冬への時の移行とともにある現象ですから、季節は変動してもおかしくはないのに、それを木枯らしは冬の季語だ、あるいは時雨は冬だ、と決めるのは、だれかが作った歌や俳句が人々の心をとらえ、それが大勢の人に愛されることによって決まっていくという現象があるからです。それは、季節感というものが、ときどきは人間の理性によって決められてしまうこともあるということを意味しています。

言い換えれば、ある季節に生じた〝揺れ〟を「ことば」で言いとめて、これは秋、これは冬と決めるところに詩歌のおもしろさがあるともいえましょう。ある意味では逆説的な言い方ですが、そう言えると思います。

また、「時雨」と「木枯らし」を比べた場合、私の考えでは、「木枯らし」のほうが「時雨」より俳諧《はいかい》向きだ、と思うのです。なぜそう思うかというと、俳諧は移り動いてゆく現象そのものを詠むというよりは、それによって影響を受け、急にハッと意識に上ってきたもの、その事物とか事象をパッととらえたときに印象が鮮明になる場合があるからです。その意味での木枯らしの名句を紹介しておきます。

凩の果てはありけり海の音　池西言水《いけにしごんすい》

椎本才麿の〈時雨そめ黒木になるは何々ぞ〉もそうでしたが、動きつつある現象の、その次の状態を摑《つか》まえてカメラでパッと写すように、ある瞬間の姿をとらえることが和歌よりは俳諧のほうがずっと多いのです。木枯らしが吹いている最中には気がつかなかったが、ピューッと吹き過ぎていったあとに海の音が聞こえてくるという、その一瞬をとらえているわけです。

木枯や水なき空を吹き尽《つく》す　河東碧梧桐《かわひがしへきごとう》

この句は、木枯らしの状態を「水なき空」という少し奇矯《ききょう》な表現でとらえています。単に木枯らしがいま吹いているというのではなくて、木枯らしが空を吹き尽くしたというかたち、いわば一つの現象が終わったという感じを出しているのです。「水なき空」という表現は、紀貫之《きのつらゆき》の『古今集』にみえる〈桜花ちりぬる風のなごりには水なき空に浪《なみ》ぞ立《たち》ける〉から来ています。ひらひらと散りかかる桜の花びらを波に見立てた歌ですが、河東碧梧桐が若いころに『古今集』などをよく読んでいたことを示しています。彼は、和歌に詠まれていたものを俳句にうまく盗み取ってくるという技術を若いころにずいぶん勉強したのではないか、と思います。

木がらしや目刺にのこる海の色　芥川龍之介

木枯らしがピューッと吹いているところで何にいちばん印象づけられたか？　そこで芥川は「目刺に残っている海の色」をパッと出してきた。――それによって木枯らしが吹いている冬の初めの季節感覚が鮮明にイメージとして浮かび上がってきますね。芥川龍之介は学生時代から短歌や詩に親しみ、俳句は高浜虚子《きょし》に学んだ人ですが、うまいものだなと思います。

海に出て木枯帰るところなし　　山口誓子《せいし》

これもよく知られた句です。「帰るところがない」という言い方で、木枯らしが吹き過ぎていく姿をとらえているのですが、動きつつあるそのものの状態ではなくて、動き終えた瞬間をパッととらえるというところは俳句のほうが和歌よりずっと適している、と私が感じる代表的な句です。

歌のほうでいえば、落合直文《おちあいなおぶみ》の詠んだ歌があります。落合直文は、自らの私塾に大町桂月《けいげつ》や与謝野《よさの》鉄幹を擁し、明治期に和歌改革の気運を盛り上げた歌人の一人です。この歌は、明治三十六年（一九〇三年）、四十二歳で亡《な》くなる一週間ほど前、夫人に口述させた歌ですが、このころから和歌は、短歌という呼称になっていったのです。

木枯よなれがゆくへのしづけさの

おもかげゆめみいざこの夜《よ》ねむ　　落合直文

わずか七七がついただけで俳句よりずっと長い感じがします。木枯らしをうたっているとはいっても、芥川龍之介の、木枯らしが吹いているということ自体、いわば従属したイメージとして出しているだけのものに比べると、「これから自分は寝ようとしているんだが、寝られない……。さあ寝るぞ」という木枯らしの動勢に合わせた時間的な経過が克明に追われています。

時間の経過を書くのは短歌であって、俳句は時間が経過したあとの一瞬をとらえるという違いが、やはりあるような気がします。このへんが短歌と俳句の違いの一つではないでしょうか。

私の邪推によれば、俳人の多くは短歌作家のことを「なんであんな長ったらしいものを書くんだろう」と思っている可能性があるのです。これは「俳句のうまい人」でして、そうでない人は知りませんが、しかし、俳句で表現しきれると思っているくらいの自信のある俳人だったら、「五七五で言えるものをわざわざ七七までなんで言うの？」と思っている人がけっこういるのではないでしょうか。また、そうでないとおもしろくないと思いますが……。

＊

初冬の月ということになれば、十一月から十二月にかけてだと思います。十一月という月は、私の感じでは一年のうちでわりとホッとする月の一つです。陰暦十月の異名を「小春《こはる》」と言いますが、穏やかで晴れている日が多い。初秋のころに高原に行って涼しい風の中、セーターを着る。——そのセーターの着心地そのものが里にいてもピタッとするのが十一月だ、という感じがするのです。

十一月はまた収穫祭の月です。十一月二十三日は元来、新しくとれたお米を神に献じて感謝する「新嘗《にいなめ》」の祭日だったのです。それがいまでは勤労感謝の日になってしまった。

日本には無意味な名前の祝日が多いですね。祝日がふえるのはけっこうですが、そのたびに無意味な名前の祝日がふえてゆく……。それも、昔からの民俗行事に基づいたきちんとした名称があるにもかかわらず、そういうものをどんどん切り捨てて……。だからといって、日本人が過去を振り捨てて新しい世紀に向かって進んでいるかというと、そういうわけでもない……。日本人の頭が空っぽになっていく大きな現象の一つのあらわれが、祝日の名前のつけ方にもあると思うのです。

新嘗祭は単にその年の収穫をお祝いする、あるいは収穫させてくれた神に感謝するということだけではなくて、翌年に新しく芽生えるはずの種、その種になるところの稲の霊魂を誕生させる儀式でもあったというのが民俗学者の教えるところです。ですから、新嘗祭は本来は子供を中心として行なわれた行事だったのではないか、と言われます。子供は新しい命、新生を意味しているからです。

いま、稲作中心の農耕文化がどんどん変化してきています。たえず危機に陥ったり、揺り戻しがあったりということで進んできていますが、そうしたなかで、子供が一家の中で果たしていた役割も消えてゆきつつあるのではないでしょうか。古い生命がだんだん歳《とし》をとって、やがて死んでいくのは、いわば自然の摂理です。けれど、それに対して子供の誕生というものがあるからこそ、人間の生命は全体として保たれていくわけです。子供が果たしていた役割には深い意味があるのです。それが新嘗祭の行事にも反映していました。

ところが、新嘗祭というものが単に勤労に感謝するという、私に言わせれば当たり前のことに変わってしまったことと見合うようにして、子供が家族の中で果たしていた役割も消滅していっているように思うのです。

いまの日本の現状を見ると、若い十代の少年たちの犯罪がふえている……。そしてもっと幼い子供たちが大きな意味で大人の社会によって被害を被る度合《こうむ》いがものすごくふえているということは、収穫祭なら収穫祭というもののとらえ方の変化にもかかわりがあるのではないかという気がするのです。

子供自身、古い年から新しい年へ自分が種を運んでいくんだという自覚がもてるような社会的な風習がいまはなくなってしまった。だから、いまの日本の子供はみんな情けないガキになっていきつつあるということが言えるのではないかと思うのです。言うことがだんだん詩歌とは離れてきましたので、今回はこれでやめましょう。

十二月——人生の黄金時間

十二月——師走《しわす》の月、なにかと人事の気忙《きぜわ》しい月です。

自然界についていえば、雪がしんしんと降ったりするころです。いや、積雪量だけなら、雪は一月から二月にかけてがいちばん降るのかもしれませんが、自然界が雪に覆《おお》われたとき、人間が自分自身の心の内側に戻っていける瞬間があるのです。冬の雪景色は人生にある種、別の時間をもたらしてくれるという意味で、新鮮さがあります。

江戸時代の俳人で、同時に儒者でもあった建部巣兆《たけべそうちょう》という人がいます。文化・文政時代には夏目成美《なつめせいび》、鈴木道彦《みちひこ》とともに「江戸三大家《たいか》」と称された人です。巣兆は俳人のなかではどちらかというとインテリでした。画家の酒井抱一《ほういつ》、儒学者の亀田《かめだ》鵬斎《ほうさい》らが親友でしたし、絵は谷文晁《たにぶんちょう》に学び、しっかりした絵をかきました。文章も書きまし

た。この人の句に、

雪明りあかるき閨《ねや》は又《また》寒し　建部巣兆

という句があります。そうとう雪が積もっているから外では雪明かりになり、寝室までが明るくなっているんですね。だから気分的にも明るい感じがする。しかしながら、戸外も寝室も、どちらも寒い、というかたちで雪の世界をとらえています。こういうとらえ方はなかなかうまいですね。近ごろの俳人は一つのことを言ってスッと終わる、――そういう俳句を作ります。素直でけっこうなことですと言えば言えるのですが、俳句はもうひとつ、ひねったところがないとおもしろくありません。この句の場合、雪明かりがして明るい部屋のことを、だから暖かくなるということではなくて、やはり部屋は寒いよという言い方をして、そこに一つの屈折を作っているんですね。上島鬼貫《うえじまおにつら》の〈あたゝかに冬の陽《ヒナタ》の寒さ哉《かな》〉も同様で、小春びよりにもかかわらず、日なたに出ても冬は冬だ、風は冷たいし、寒い、というのです。江戸時代の俳人たちには、こういう作り方が当たり前のものとしてあったのです。

雪を詠《よ》んだ句は実に多いのですが、現代俳人の句では前田普羅《ふら》が雪の世界をよく詠んでいて、とてもいい句がたくさんあります。昭和十二年（一九三七年）に発表された《甲斐《かい》の山々》連作五句はとくに有名で、左はその結びの一句です。

奥白根《おくしらね》かの世の雪をかゞやかす　前田普羅

奥白根は甲斐の山です。「かの世」とはあの世、現世ではない来世、あるいは現在あるけれども、目の前の世界ではなくて、その裏側に「かの世」があるという感じがします。――その「かの世」の雪を、奥白根の雪は輝かしている、と……。

雪におおわれた奥白根を遠望しながら、その奥に、この世のものとも思えないような浄《きよ》らかで峻厳《しゅんげん》な世界を感じる、ということです。こう詠まれると、ほかの詩型では言えないのではないかと思うくらい、ピタッと決まっていますね。こういう決まり方が俳句にはあるわけです。

小説家の上田秋成《あきなり》は俳句も作っていますが、俳句よりは歌のほうがずっと数も多いし、いい歌人だと思います。彼には《雪》と題する歌がいくつかあって、その中の一つに、

大空を打傾《うちかたぶ》けてふる雪に
天《あま》の河原はあせにけむかも　　上田秋成

があります。「大空を打傾けて」とは、雪が空全体を傾けて降っているという大きなとらえ方の表現で、「打傾けてふる雪」という言い方ができるのは、元来秋成に語《ご》彙《い》が豊富だからです。そうでないと、なかなか出てこないでしょう。ただ、江戸時代の半ば以降の人々には、こんな言い方は当たり前にできたのではないかという気も私にはするのです。

しかし残念なことに、現代人にはとてもできません。現代人は本当に語彙が貧弱になってしまいました。それは、古い時代の人の書いたものを読まないからです。ことばというものは、古い時代の人のものをたくさん知っていて、それでやっと新しいものが生みだせるのです。新しいものを生むためには古い時代のものを読まないと、だめです。

同じく秋成の歌で、「雪深し」という前書《まえがき》のある、

根芹生《ねぜりお》ふ田井《たゐ》の水渋《みしぶ》の色ながら

こほれる上に雪のつもれる　上田秋成

は、描写力の正確さ、そして上田秋成という人の、いい意味でのしつこさがよく出ています。

根芹が生えている田圃《たんぼ》に引くための井戸水に、うっすらと水垢《みずあか》がたまり、その色そっくり、そのまま凍っていて、さらにその上に雪が積もっている、という表現です。ここでは二種類の色が詠みこまれています。芹、そして淀《よど》んで少し色のついた井戸水。それらが全部凍っていて、そこの上に雪が積もっているわけです。上手な絵が描かれている感じがします。

雪の歌はいくらでもあると思います。拾っていったらたいへんなので、現代の人のものは取り上げません。お許しください。

＊

十二月は一年の終わりの月なので、師走にはどこか追い込まれたような気忙しさがありますが、昔は、殊《こと》に年の暮れから正月にかけて改まった気分になったものです。ところが、いまはそういう改まった気分もだんだんなくなってきつつありますね。

このごろの歳暮や新年の変化は大きいと思います。その一つは、この連載のはじめでも言いましたが、「数え歳《どし》」というものがなくなったことです。それが大きいですね。元旦《がんたん》になるとみんな、「これでまた一つ、歳をとった」という顔をした男や女が町を歩いていた……。それがなかなかよかった。しかし、いまはそんなことはなくて、「年の暮れであろうと正月であろうとオレとは関係ねえよ」という顔をした男や女が歩いていて、ふだんと変わらず、たとえば、旅行ブームなど、ブームというやつを楽しんでいるわけです。

しかし、歳をとっていくということもときどきは考えるべきではないでしょうか。歳をとるとはどういうことか、ということを日本人はあまり考えなくなりました。とくにテレビジョンなどを見ていると、大晦日《おおみそか》から新年にかけてどんちゃん騒ぎの催しが一週間ほど続きますが、そういうものは別にしても、振り返って自分自身を見つめ直したとき、お歳暮も新年もない、という人が多いのは、いきすぎではないでしょうか。

一年、歳をとるということは、自分自身にきちんきちんと〝ケジメ〟をつけることでしょう。その一つの契機になるのが、お歳暮あるいはお正月というものだと思うのです。

お歳暮や年始というものを改まった気持ちで迎える。そのために何らかの意味で決心をする。そういうことのある人は、歳をとったという感じがきちんとあって、それがやがて、うまく歳をとるのは難しいなという感じにもなるだろうし、あるいは「オレも歳のとり方が昔よりはうまくなってきた」などと思ったりすることにつながるでしょう。

それが、いまでは節目《ふしめ》や区切りをどんどん消す方向に文化というものが、いや文明というものが進んできているんですね。そのために日本人はあくせく働くことがますます多くなってきて、ゆうゆうと歳をとっていくことがますます少なくなっていく、という大きな矛盾に関連していると思います。そして、ある日、突如として若者に見捨てられていたことに気づいて、ショックを受ける。がしかし、そのころにはおじいちゃん、おばあちゃんになっていて、足腰が立たなくなるという時期に達しているわけです。ですからそうなる前に、少しずつでも自分を省《かえり》みるなり、先のことを考えるなりして、自分のために人生の年輪を刻んでいくことが大事ではないか、と私は思っているのです。

時間は流れるというけれど、時間はどこにあるわけでもなく、時間はそれぞれの人の心のなかにあるのです。しかもそれは、それぞれの人の衰えていく実感とともにあるわけで、盛んになっていく実感なんて、ほとんどの人にないでしょう。すべての人がおめでたく歳をとればとるほど、生命力のうえでいえば、どんどん衰えていくわけですから、そういうことをはっきり知るためにも、「時を刻む」という意識があったほうが、ないよりはいいのではないかな。

人生の黄金時代みたいなものは人によって違っていて、ある人にとっては十代だったかもしれないし、ある人にとっては十代以前だったかもしれない。ある人は二十代あるいは三十代までは黄金時代だったと思っているかもしれない。だけど、その後はどうなったかというと、間違いなく誰でも「衰えの時代」に入ってしまうわけです。

だからといって、ただ単に直線的に素直に衰えていくのは実にくだらないと思う。そうではなくて、人間には生命ゆえの黄金時代とは別に、人生の「黄金時間」というものが流れていると思うのです。

「黄金時間」とは私の造語で、確かに黄金時代というのは、過ぎ去ってゆくある一つの時代ですが、黄金時間というのは、衰えてもつねにありうる時間なのです。

＊

ぼくの一年間の《芝生の上の木漏れ日》という題をつけた連載は、今回で終わります。

なぜ《芝生の上の木漏れ日》という題をつけたのかと思っておられる読者もけっこういらっしゃるかもしれませんが、ぼくが大学二年のとき、すなわち昭和二十七年（一九五二年）の三月十日に作った詩の一節なのです。その《春のために》という恋愛詩の一節を読んでみます。

ぼくらの腕に萌《も》え出る新芽
ぼくらの視野の中心に
しぶきをあげて廻転する金の太陽
ぼくら　湖であり樹木であり
芝生の上の木洩《こも》れ日であり
木洩れ日のおどるおまえの髪の段丘である
ぼくら

「ぼくら」とは恋人と自分ということです。べつにこの連載全体がぼくが書いたこの詩と関係があるわけではなくて、芝生の上に木漏れ日が射《さ》している風景——人生のいろいろな時間のなかには、ときどきホッと木漏れ日が落ちてくるような時間があるわけで、それがいわば人生に区切り区切りをつけているわけです。その区切り区切りが十二か月の連載として成り立つならば、それはそれでおもしろいのではないかな、と思って、この題をつけたわけです。意味はあまりないのです。意味がないから逆に、こういう連載の題としてはいいんじゃないかな、ということです。

＊

この連載もそうですが、このごろぼくは、話をしながら、それを記録してもらって、そのまま発表するということが比較的ふえてきました。

一つには、しゃべるということによって、ただ書くというときよりも話にいろいろとバラエティーが出てくるという利点があるからです。一直線にスーッと一つのことを言うのではなくて、一つのことを言っていたら、そのときひょこっと頭の中に別のことが浮かんできて、横へ少しずれていったりする……。そこがまた、それなりにおもしろさもあるということがあるからやっているわけで、決して、話すことがただ単に楽だからということではありません。話すうちに思い出すことは書きながら思い出すこととは少し違うときがあるのです。それを何とかして生かしたいと思っているので、この連載もこのようなかたちをとりました。

しゃべるということは文章を書くこととどれくらい違うか？　われわれは文章を書くとき、「、」や「。」を使います。あるいはカギカッコ（「　」）や、「！」をつけてみたり、「——」をひいてみたり、「？」を入れてみたり、その他さまざまありえますけれど、そういう記号を使いますね。

しかし、われわれ日本人は長い間、そんなことをしないで文章を書いてきたのです。明治の初めになってやっと『小学国語読本』で、「、」や「。」を採用したのです。ヨーロッパ、アメリカの風習にならったわけですが、それまでは紫式部も清少納言も松尾芭蕉もだれもかれもがみんな、「、」や「。」をつけずに書いたのです。「、」や「。」は、より厳密な論理性というものを日本人の書く文章にもたらしたという意味では重要な変化で、「、」や「。」があることによって考え方を論理的にまとめるということが、非常によくできるようになりました。ですから大きな変化だったし、革命的なことだったと言えると思います。

しかし同時に、そうなったために、われわれはだんだん声に出してものを読んだり書いたりすることをしなくなってきました。黙って書いて、黙って自分でそれを訂正していく……。けれど、訂正するたびに文章はだんだん晦渋《かいじゅう》になっていきます。訂正して、よりやさしく、軽やかになっていくという人は、本当の文章家だと思いますが、大半は、訂正すればするほど難解になるということも、とくに青年の時代には多くの人が経験することでしょう。

私たちは「声」というものを失ってきたのです。声というものは、文章の場合と違って、いったん一つのことを言い始めたら、そのことを言い終えるまでは「、」や「。」をつけて別の方向へ枝葉を生やしていくわけにはいきません。声はいったん発せられたらそれっきり消えてしまうという意味では、アナログ的で、それに対して、「、」や「。」をいっぱい使うのはデジタル的と言っていいかもしれませんが、その意味では、時代の趨勢《すうせい》を反映しているとは思います。ですが、とくに学者先生たちの書くもの、あるいは批評家の書くもの、そういうものには「声」が生きていない晦渋な文章が多く、もっと「声」を発しているような感じの文章を書く人がふえてもいいんじゃないか、と感じているのです。ですから、しゃべることにはそうとう大事な要素があると思っています。

この連載は、そういう考えの人間がしゃべったものであります。うまくいっていたかどうかはわかりませんが、これでおしまいにします。

虹の橋はるかに……

芭蕉の臨終

私は俳句を専門に作っている人間ではありませんし、俳句評論をせっせとやっている人間でも、もちろんありません。短歌もとくに専門的に研究しているわけではなく、書いているのは現代詩といわれている詩です。また連句や連詩を時どき作っております。

みなさんの中にも、現代詩を書いておられる方が少しはいらっしゃるかと思いますが、人数としてはたぶん少ないでしょう。しかし、少ないというのはいいことです。それだけ自分で誇りをもっていられる。——人がやらないものをやっているという誇りです。世の中に少しすねているという感じがする現代詩を書く詩人たちが多いのですが、私もそういう人の一人ということになろうかと思います。

しかし、私は世の中を見捨ててなどいません。それはなぜかといいますと、松尾芭蕉や西行、あるいは藤原俊成《しゅんぜい》などの偉い詩人や歌人が昔はいた、ということを知っているから……。ですから、とても世の中をすねてばかりではいられない、――ただそれだけの理由です。

こういう人々の偉さにはいくら逆立ちしても追いつきませんが、人間は、死んでから偉くなるということがあるんですね。死んでしまえばみんなおしまい、なのではありません。今回、「奥の細道文学賞」を受賞された矢野晶子《あきこ》さんは、昨年（平成十二年・二〇〇〇年）お亡《な》くなりになりましたが、それから偉い人になりました。それは当たり前なのです。

人間の生命には限りがありますけれど、その人についての記憶には限りがありません。だから、記憶されるような人になれば、だんだん偉くなるのは当然なのです。偉くなるといっても、世間的に偉くなるということとは一切関係なしに、ある人が死んだ、けれど、その人は生きているときにこういうことをした、ということが一つ一つとても尊いものになる、ということです。きょうお話ししようと思うことも、松尾芭蕉という人のそういう面です。

＊

とはいえ、芭蕉という人は生きていたころも本当に偉い人でした。

芭蕉はだいたい元禄《げんろく》年間（一六八八年～一七〇四年）に成熟した年齢になって過ごします。そのころの世の中には、芭蕉以外にも有名な俳人はたくさんいました。それがいまでは、芭蕉だけになってしまっています。なぜかといえば、彼が書き残したものがあったからです。それも訳のわからない難しいものではありません。確かに、ときどき、わかりにくいことはわかりにくいのですが、それについて一所懸命研究なさる方がどんどんふえてきて、芭蕉の難しくて読んでもよくわからなかったという作品までもが没後数百年たちするうちに、死んだ当時よりもずっとずっと価値が大きくなるということがあって、現在に至っているからです。

芭蕉と同時代の俳人のなかに、そういう人があまりいなかったのは不思議です。芭蕉が江戸に出府してきた当時で言っても、江戸俳壇で重きをなしていた人に岸本調和《ちょうわ》、岡村不卜《ふぼく》、あるいは田代松意《たしろしょうい》、野口在色《ざいしき》らがいましたし、周囲の人々から慕われ、愛されていた人もいただろうに、どうして彼だけがこんなに有名なのかということを思うと、人の運命の変転ぶりに、何かおもしろいからくりを感じるのです。

芭蕉と同時代にはたとえば上島鬼貫《うえじまおにつら》という人もいました。この人は関西の出身で、大坂のすぐ隣の伊丹《いたみ》というところで生まれました。この人も優れた俳人です。鬼貫の俳句は、芭蕉よりもずっとわかりやすく、深みもあっておもしろい。にもかかわらず、鬼貫という優秀な俳人が、知名度としては芭蕉とはまるで違っているということが不思議でしょうがないのです。

芭蕉はどうしてこんなに有名になりえたのかということを考えると、一つの理由が考えられます。それは、芭蕉の作品というものが単発的にパッパッと出ていただけではなくて、作品と作品の間に、年代的な跡追いができるという点です。このころには彼はこういうものを書いていたけれど、それから十年後にはこういうものを書いた。そして、そこにある種の変化があるだけではなくて、発展があると認められるような仕事を彼がしたから、それで、人々は安んじて芭蕉の作品を読み込むことができるのです。読んでいくうちに、このころはまだ若かったのに、それから五年たち十年たってみたら、こんなに成熟したのか、とわかるから、それだけでも後世の人間を感じ入らせるわけです。

鬼貫の場合には残念ながら、それがないのです。この人は仕事としてはもみ療治の専門家でした。地位としては筑後《ちくご》三池藩や大和郡山《やまとこおりやま》藩、越前大野藩の諸大名に仕えたといいますから、そうとう高い。しかも、「まことの外《ほか》に俳諧《はいかい》なし」（『独言』）とする誠の説をとなえるほど、人柄も真面目《まじめ》で義理がたかった。ですから、同時代には彼を大好きだという人がたくさんいて、尊敬もされた。彼の作品を見ていくと、おおぜいの人々に取り巻かれていたようで、求められればすぐに俳句を作って贈ったということですから、そういう意味では人気俳人だったわけです。しかも、他人の要望にこたえられるだけの力量があったから、芭蕉とはまた違った意味で、有名な俳人になる素質は充分あったわけです。それに、伊丹というところは、現在でもそうですが酒造りが盛んで、彼自身も酒造家の一族に生まれています。ですから、職業的にいってもおおぜいの人々と交流がありえた人であったわけです。

しかし、彼の書いたものを見ると、人に求められるとすぐにパッパッと書いてあげるということで、逆に彼のもっていた大事な〝核〟になるようなものを気前よくみんなに分け与えすぎたのではないかと思われます。気前のいい人は生きている間は愛されるけれど、作品そのものは重んじられることがむしろ少ないのではないかという気さえするほどで、私は鬼貫という人が好きなものですから、これは非常に残念だと思うことの一つです。

彼はわりと早くに大坂などへ出てしまっていますが、その足跡をきちんと追跡するような研究者があまりいない点も大きい、と思います。ですから、研究者に対して「あなたたち、ちゃんと調べてみなさい。絶対におもしろいよ」ということを私は言いたいのですが、研究者は怖がりなところがあるみたいで、鬼貫を十年も十五年も研究してもピンとこないことになったらどうしよう、と考え、残念だがやめておこう、と思う人がいるからでしょう。でも、そういう人ばかりでもなかろうと私は期待しています。

それに対して、芭蕉という人は、若いときから晩年（といっても五十一歳で死んでいるわけですから、現代のわれわれに比べると生きていた年代が少ないわけですが）まで、その間の彼の作品の成長の段階がきちんと跡付けられるのです。これはもちろん、生前から彼がそういうふうに扱われるような人だったから、彼の書いたものは全部、とても大事に取っておかれたわけで、現在でも、たいへんな値段がつくようなものがいっぱいあって、商品価値が高いですね。

肝心なことは、作品が残されて、彼の年齢にしたがって成長していく過程が跡付けられるということです。これが彼をますます有名にした最大の理由だと思うのです。そして、死後、さらにそれが大きくなっていくわけです。ですから、芭蕉は五十一歳で死んだけれど、それが特別に大ショックなことではなかったということがとても大事です。きょうは、そんな芭蕉の臨終の時期のことをお話しします。

芭蕉は元禄七年に亡くなりました。西暦一六九四年ですから十七世紀の末、もうすぐ十八世紀になろうとする時期のことです。西洋、たとえばイギリス、フランスなど文明が早くから花開いたところでも十八世紀はおもしろい時代です。フランス革命がありましたし、イギリスでは「産業革命」が起こりました。

芭蕉は、それらの直前に死んだのです。

＊

日本ですと、十七、八世紀は江戸時代がだんだん爛熟《らんじゅく》していったときで、芭蕉の生没年は三代将軍家光《いえみつ》から家綱、綱吉《つなよし》の時代に重なります。小説家では井原西鶴《さいかく》、浄瑠璃《じょうるり》作者では近松門左衛門みたいな大物が芭蕉の同時代人としていました。ほかにもおもしろい、優れた、そして万能の人がたくさん輩出された時代ですが、そういう人々のなかでも芭蕉が特別に抜きん出て知られ、尊重されてきた理由については、考えてみるに値すると思います。その意味で、きょうは、あえて芭蕉の臨終の時期を選んだと思っていただいてもいいのです。

芭蕉は元禄七年十月十二日に亡くなります。陰暦ですから冬のはじめ、時雨《しぐれ》が降り始める時期のことで、彼の忌日《きにち》のことを時雨忌と言うこともあります。彼はご存じのように江戸に住まいがありました。寛文《かんぶん》十二年（一六七二年）、二十九歳で江戸に出てきてから、はじめは築地《つきじ》の小田原町、そして延宝《えんぽう》八年（一六八〇年）、三十七歳の冬には隅田川を渡った深川に転居しています。ただし、彼が自分で建てたわけではありません。弟子が彼のために提供してくれたもので、彼はお米やその他さまざま、何でも門弟らから提供してもらったもので生活していたわけです。ですから、彼はいわゆるサラリーマンとしての暮らしというか、お金をせっせと得て生きていたわけではなくて、施しもので生きていたといってもいいような人なのです。

しかし、施しものをしてもらいながら、彼自身はどう思っていたか？　現代人の私としてはそういうこともちょっと考えるわけです。いまの私どもは、いろいろな人から施しものをもらって生きていくことになったら、何となく居心地が悪い、などという心持ちになるところでしょうが、芭蕉には、そういう気配は見えません。人の生き方としては、世間的な常識から外《はず》れたところでずっと生きてきた人なのです。そういう人が逆に非常に尊敬されて、神様みたいに思われたということが、芭蕉の大きな特徴です。こういう人はさすがに同時代にはほとんどいないと思います。

そういう人が絶えず自分の家のことなどは放っておいて、江戸から出て故郷の伊賀へ行ったり（『野ざらし紀行』の旅）、尾張を経て関西へ行ったり（『笈《おい》の小文《こぶみ》』の旅）、その流れで木曾路《きそじ》から信濃《しなの》へ行き、姨捨山《おばすてやま》の月をめでたり（『更科《さらしな》紀行』の旅）、『おくのほそ道』の旅に出ました。『おくのほそ道』の旅は元禄二年のことで、北から西のほうへ行って、そのまま岐阜の大垣まで回るわけです。東北地方、北陸地方、中部地方まで回ったことになります。この間、彼はもちろん働いて食うなどということはひとつもしてない。たしかに若いときには世話になっていた名主さんに頼まれて、水道工事などにも参加したということはあります。しかし、殊《こと》に深川に転居して以降は完全に〝世捨て人〟になったのです。

いわば世捨て人という一つの職業を生きたのです。芭蕉だけではありません。尼さんになった女性たちはいわば世捨て人としての地位を与えられ、そのなかから非常に優れた文学者になった人が何人かいます。これは江戸時代だけのことではなくて、中世、もっと前の古代、そういう時代からずっと続いていた日本の伝統なのです。彼らは「隠者《いんじゃ》」とか「アウトサイダー」などと称されますが、このことは、日本文学の歴史、日本文化の歴史のなかでも大事なことではないでしょうか。

この件に関しては、いままでは男性の研究者ばかりで、女性の研究者はわりと少なかったのですが、このごろはだいぶふえてきました。アメリカ人で、この問題について日本人よりずっと深く研究しているバーバラ・ルーシュさんという学者もいます。

彼女も含めて、彼らが、お金もなかったろうに、どうして立派な文学を残しえたか、という根本的な問題などについて、もっともっと掘り下げていってほしい、と思うのです。

ものが溢《あふ》れ、〝お金万能〟の時代ですが、同時に〝心の貧困〟が叫ばれて久しい現代ですからね……。

いずれにしても、世捨て人というものを重んじる伝統が昔から日本にはありました。『十六夜日記《いざよいにっき》』で知られる阿仏尼《あぶつに》のような尼さんだけではなくて、男の場合では西行、鴨長明《かものちようめい》、吉田兼好《けんこう》らも世捨て人の一人です。そういうたぐいの人で詩人だった人がずいぶんたくさんいたということは、日本文化の輝かしき伝統の一つだと思います。

芭蕉はそんな状況下、日本各地を歩き回りました。歩くということが彼にとってはよかったのです。それによって自分がいままで知っていた既知のものだけではなくて、未知のものに接することができましたし、新たな発見や人脈の広がりも生まれたでしょう……。それが、芭蕉自身の旅の大きな目的の一つでもあったと思うからです。

＊

元禄七年十月十二日に亡《な》くなったときも上方《かみがた》の旅先でした。故郷の伊賀上野に行き、そこを基点に、近江《おうみ》、京都、奈良、大坂……。亡くなったのは大坂の御堂筋《みどうすじ》にある「花屋《はなや》」という旅館のようなところです。このときはお金を払って宿泊しています。その少し前は大坂の別のところに置いてもらっていたのですが、体の具合を見て、むしろ「花屋」の離れのようなところに移ったほうがいいと周囲の皆が判断をしたのです。九月の下旬のことです。

「花屋」にしばらく住んでいる間にどんどん体が衰弱していきました。

芭蕉ははじめ、おなかをこわしたのですが、それが治らなかった。それどころか下痢が続いたのです。下痢が続けば脱水症状が生じ、心臓に衝撃があると死んでしまうこともあります。ですから下痢が続くということは非常に危険で、彼はまさにそういう状態になったのです。

そのころから、お弟子さんがいろいろな土地から駆けつけてきています。これも不思議です。現代でしたら電車やバスを乗り継いでくるのですが、その時代のことですから、みんなてくてくと歩いて集まってくる。それも大坂周辺の人たちだけならば驚かないのですが、ずいぶん遠くの、中部地方、いまでいえば岐阜県あたりからも集まってきて、次々に交替しながら看病していくのです。彼が寝ている部屋の隣に弟子たちが集まって、ひしめいていたわけです。

そのなかに木節《ぼくせつ》という名前の医者がいました。この人は芭蕉の門人として何年も前から忠節を尽くし、芭蕉を尊敬して、たえず芭蕉の体を気遣っていました。医者ですから、その彼がお薬を出す。当時のことですから漢方薬ですが、そういうものの調合をして差し上げていたのです。彼自身は大坂の人ではありません。滋賀大津の人でした。そちらから芭蕉のためについて歩いたのです。

ところが木節本人には、自分は田舎の医者だから病気の詳しい勉強はできていないという自覚があるのです。ですから、芭蕉の下痢が止まらなくなってから何度か、去来《きょらい》や支考《しこう》など、蕉門《しょうもん》の大物たちに「先生のご病気をちゃんと診ることができているかどうかわかりません。不安です。京坂《けいはん》地方にはいっぱい優れた医者がいるはずです。そういう人に診てもらうように取り計らってください」と言うわけです。しかし、それを取り次いでも芭蕉は知らん顔をして「木節でいい」としか言わない。これは医者としてはとてもつらかったと思うのです。

別の見方をすると、芭蕉自身、「この病気はどうも具合が悪いらしい。ひょっとしたら死ぬかもしらん」ということをある時期から自覚していたのではないでしょうか。そういう意味では覚悟もできはじめていたから、新しい医者が来ると、あらためて診察をしてもらって、いちいち病気の説明から何から受けなければならない……。そういうわずらわしいことをやるくらいなら木節にずっと診てもらったほうがどれほどいいかわからない、というふうに堅く信じていたのではないかと思われます。

ですから木節は、困ったなあと思いながらも、毎日、芭蕉の薬を調合していました。病気の原因はわかっていたと思います。したがって、「先生の病状にはすばらしく効く薬がひょっとしたらあるかもしらん。だけど私は知らない。持っていないのです。ですから、私を助けると思って、お医者を替えてください」とお願いする。ところが、芭蕉は全然聞かない。「おまえでいいんだよ」と言うのです。それで、結局、木節が死に水を取ったのです。

医者を困らせてまでそういうふうにしたということは、芭蕉自身、寝ている間にだんだん自分の運命が見えてきたからでしょう。「おれは早晩、ここで死ぬ。新しい医者に替えてガタガタにされたくない」という気持ちがあったからだと思います。それは、俳人として生きてきた人生のなかで出来上がった覚悟というものと明らかに結びついています。

よく「旅人芭蕉」と言われますが、自分の運命を知るということ、ここでおしまいなんだということを知るということ、——芭蕉は旅をしながら、そういう訓練を絶えずしてきたのではないかと感じられます。

＊

芭蕉の臨終の時期は、実際に大勢のお弟子さんたちが見ていて、毎日毎日、そばへ行ってお湯を差し上げたりお水を差し上げたり、あるいはお粥《かゆ》を一口だけでも食べてくださいと言って差し上げたりしていますから、みんな知っていました。これほど臨終のときのことがよくわかっている人は日本の文学者ではほかにあまりいないのです。彼が死ぬまでの十日あまりの間、大坂の「花屋」という旅宿にいたということのために、そしてまた隣の部屋にみんなが詰めかけていたということのために、大勢の人が芭蕉の臨終記を書くことになったのです。

これは運命的なことかもしれないけれど、たいへんに珍しいことです。大勢の人が寄ってたかって、先生がお亡くなりになるまでの何日間はこうだった、亡くなったときはこう、亡くなったあとの処理の仕方はこう、といった具合に詳細に書いている。——それが残ったわけですから、有名にならざるをえないのです。彼が死んでからだんだん名前が大きくなった理由の一つは、彼の死ぬときのことがよく知られているからだと思います。その意味でも、人の死に方はとても大事ですね。

現代人が死ぬときは違います。身体《からだ》じゅうに針を刺され、管がいっぱいぶら下がり、はあはあとあえいでいる。頭のほうは完全に死んでいるのに、心臓だけは動いているから、血は一応流れている。医者は「生きています」と言いますが、実際はとっくに死んでいるのです。そういうケースがいっぱいありますが、そこまでして生きなければならない理由は、本人にも全然見いだせないのではないでしょうか。

人ひとりの生き死にに関していえば、どんな人も自分の代わりには死んではくれないのです。死ぬときはひとりぼっちです。まわりに大勢の人がいてもひとりぼっちで死にます。そのことを骨身にしみて知っているか知っていないかで、その人の死に至るまでの生き方はずいぶん違ってくるのではないでしょうか。二十世紀後半の日本では病院に行けば機械的にそういうふうにされるようなシステムになりました。それに対して全然違う死に方をした人の例として、芭蕉という人のことを考えるのも意義のあることではないか、と私は思って、お話ししたのです。とくに芭蕉の場合、お弟子さんたちが大勢、集まってきた……。彼を尊敬している人がたくさんいた、ということがあったから、そういう死に方もできたのだと思います。

たとえばかけつけたなかの一人、蕉門筆頭の弟子榎本《えのもと》其角《きかく》は、江戸の人です。彼は芭蕉とはまるで性格が違うし、生き方も違っていました。権門《けんもん》に近づいて大勢の人にちやほやされて酒も絶えず飲み、豪放磊落《らいらく》に暮らしたというのが、其角の登録商標みたいなものです。このときも、芭蕉先生は関西の旅をなさっているから、自分も関西旅行をしようくらいのことを考えて、大坂のほうへ来てみた。港に着いたら、先生がいまや死ぬか生きるかの重病で、大坂の旅館「花屋」で寝ているということを聞き、取るものもとりあえず駆けつけるのです。大坂に着いたのは芭蕉の亡くなる十月十二日の一日前、十一日のことです。そして、芭蕉と最後の対面をします。これにはみんな感動します。其角が来てくれれば、去来その他、蕉門の大物はほとんど全部そろうからです。先生の枕許《まくらもと》でいろいろなことを聞いてくれる役割もはたしてくれる代表者がもうひとり到着したということで、みんな喜んで彼を迎えます。その翌日に芭蕉は亡くなります。ですから、非常に劇的な再会でした。

　このことも含めて、芭蕉が亡くなったときのことを書き残した人はたくさんいます。そのなかの一人は言うまでもなく各務《かがみ》支考です。彼の『笈日記《おいにっき》』という有名な文章は芭蕉翁《おう》追善の日記です。榎本其角は亡くなる一日前に着いたけれど、若いときからずっと芭蕉にかわいがられて育った人ですから、この人も『芭蕉翁終焉記《しゅうえんき》』を書いています。斎部《いんべ》路通《ろつう》という人は、ほとんど乞食坊主《ぼうず》で、森川許六《きょりく》などからは「其の性不実《ふじつ》軽薄にして」などと言われた人ですが、この人も芭蕉にかわいがられ、ぴったりついていくわけです。この人には『芭蕉翁行状記』という文章があります。これらは貴重な記録で、それがずっと残ったということが意味をもっているのです。

さきほど伊丹の鬼貫のことを言いましたが、残念ながら鬼貫にはそういうお弟子さんがいなかった……。もし鬼貫にそういう人がいたなら、おもしろい、もう一人の文学者像が必ずできるはずです。しかし、できませんでした。

＊

直弟子《じきでし》たちの非常に優れた臨終記がいっぱいあるなかに、江戸時代後半から二十世紀の前半のころまでとりわけ有名だった本に『花屋日記』があります。其角や支考など、いろいろな人の文章を引用して作った一種のパッチワークです。それには芭蕉の病《や》みはじめのころから臨終までが書かれ、かつては岩波文庫で非常に読まれた本の一つでした。一つ星ですから薄い本です。私も若いころにこの『花屋日記』を読んで、非常に感銘を受けた記憶があります。

これは文暁《ぶんぎょう》という芭蕉よりずっとのちのお坊さんが作った追悼文集ということになっています。ですから、ほかの人のものを忠実に寄せ集めて一冊の本にしたと思われるもので、いちばんの特色は、『花屋日記』という本がもともとは《芭蕉翁反故文《ほごぶみ》》という題であるということ。――芭蕉翁についての反故みたいな文章という意味ですが、やがて《花屋日記》という通称ができて、それでずっと通っていました。大勢の人がこれを読んで感動し、松尾芭蕉の名声はそれでまたいちだんと上がったのです。

ところが、これがまっ赤な偽物《にせもの》だったのです。ここがすごい。文暁という人は九州に住む文学好きのお坊さんで、芭蕉をとても尊敬していて、この本は文化七年（一八一〇年）に出ました。芭蕉は一六九四年に死んだのですから、芭蕉の死後、百年以上たって刊行されたわけです。ですから、芭蕉のそばに近侍《きんじ》していて実際に看病もしたという人が書いたのではもちろんないのだけれど、其角、支考、去来などの文章を全部集めたものを実にうまく編集したものだったから、みんな本当だと思ったんですね。

しかし、それが出て、ずいぶんたってから、いや、あれは文暁という坊さんの創作で、だれそれの日記などからまことしやかに引用されているようだが、それが全部作り物だったということがわかった……。これは実にすばらしい。私はこういう話が大好きです。偽物がより本物に見える。――これは文学そのものでしょう。文学というのはそういうものです。近ごろはドキュメンタリーばやりですから、そういうノンフィクションものを書く姿勢からすると、だめだと言われるかもしれません。しかし、文学というのは実際にあったものを材料にしてウソっぱちのことを書いてもいい、というものです。最終的にはデータとしての事実より正しい真実がそこにある、事実よりは真実があるということがたいへん大事なのです。

要するに、そういう偽物めいた、より真実な文章が作られるくらいに、芭蕉の死は感動的だったのです。

＊

そろそろ時間がなくなってきましたので、このころの芭蕉自身の動静についてお話ししてみます。

十月十二日に亡くなったということは言いましたが、それから三日前の十月九日のこと、芭蕉はそのころは明日をも知れぬ命《いのち》になっていたわけですが、そんなときに各務支考が、枕許で芭蕉と話をします。

支考は芭蕉の没後、有名俳人となる一人でして、大勢の人を俳句の道に誘い込んだ筆頭の人です。この人は、大勢の素人《しろうと》、つまり俳句の道に疎《うと》い人でも俳句は作れるよ、ということを説いて回った人で、もともとは美濃《みの》のほうの人ですが、ほうぼうをぐるぐると説いて回りました。そのために俳諧《はいかい》の大衆化が進んだのです。支考には他にも功績がいっぱいあったけれど、頭がよくて威張り屋だったので、蕉門たちの間では毛嫌いされて、後にはだいぶ評判を落とした人ですが、文章もうまいし、字もうまかったから、芭蕉は彼を便利に使った気配があります。実際に芭蕉の遺書も支考が書いています。芭蕉が筆もとれなくなったころ、支考が芭蕉から聞きながら書いたものです。

支考はさきほど申し上げましたとおり、芭蕉没後に『笈日記』というものを書いています。それによると、芭蕉は病《やまい》にふせってからは「私は俳諧というものに取りつかれてしまったけれど、実にこれはくだらないことだった」と言っていたようです。執念がずっと残ってしまうと、死んでからあともその執念が残るというふうに、昔のある種の人々は考えていたものですから、「そういうものは一切捨てた。これから死ぬまでの間、ずっと静かに何も考えずにいる」と彼は言ったのです。しかし、その舌の根も乾かぬうちの九日の朝、薬を飲んだ後、支考に向かって次のようなことを言うのです。「この旅の少し前に行った京都で、去来にも話したのだが、嵯峨《さが》の大井川の滝を見て発句《ほっく》を作った。その句はおまえも知っているだろう……」と。それに対して支考は先生の句は全部暗記して覚えていますから、〈大井川浪《なみ》に塵《ちり》なし夏の月〉を思い浮かべます。浪にさえ一つの塵もない美しい清流が流れていて、そこに夏の月がカッと照っている、という情景を詠《よ》んだものです。弟子の間では先生がこういう句を大井川で詠んだと有名になっていたのです。

ところが芭蕉はその後、病気になる直前のことですが、大坂へ来て、いろいろな人のところに行きます。その一人に斯波園女《しばそのめ》という優れた女性の俳人がいて、その人の家にも呼ばれました。園女はご亭主も俳人で、丁重に芭蕉を扱います。そのとき、芭蕉はあいさつとしての句を一つ作りました。それは〈白菊の目にたてゝ見る塵もなし〉です。芭蕉をお迎えした部屋にちょうど白菊が活《い》けてあり、それをたたえた句です。一般に解釈されているのは、白菊が活けてあって、どこにも塵がないということをたたえているんだけれど、それは同時に、自分を呼んでくれた斯波園女、その人の人柄、才能、そういうものをもたたえる気持ちも詠み込んだ、というものです。それは当たり前で、みんなそう思っていますし、私もそうだと思います。あいさつの句ですから。だいたいどこでも、客のあいさつ句を発句にして連句を巻くわけです。

で、十月九日の芭蕉と支考の話に戻りますと、瀕死《ひんし》の床《とこ》で芭蕉は「こういうのを作ったことをいま思い出しているのだが、〈大井川浪に塵なし夏の月〉は斯波園女のところで作った〈白菊の目にたてゝ見る塵もなし〉と発想において似通っている。どうしてもあれが気になってしようがない」と支考に言うのです。そして「ああいうことを気にしていると、死ぬときの妄執《もうしゅう》になって、死んでからもすっきりしない」と付け加えるのです。芭蕉は自分が死んで以降までも「すっきりしない」ということを気にする俳人だったんですね。

しかし、これが当時の俳人の心構えでなければならなかったのです。これにはたぶん彼の仏教的な修行の糧《かて》もあったと思います。妄念をもって死ぬと、それが死の障《さわ》りになるという考え方です。

それで、〈大井川……〉と〈白菊……〉、どちらの句を残しておこうか、と支考に相談しているのです。ある意味ではばかばかしいとお思いになる方もあるかもしれませんが、どちらかの句を除かないと二つともが残ってしまい、そうすると、芭蕉ってやつは死ぬ間際《まぎわ》になってもこういう二つの重なり合うような句を作った、情けない、と言われるんです。それが彼には耐えられなかった。現代の俳人には絶対にそんなことはありませんけれど……。

しかし、斯波園女のところで作った句を捨てるわけにはいきません。なぜならば、それはあいさつとして相手にあげたものですから、自分の都合で勝手に抹消《まっしょう》してしまうのはとんでもない失礼なことに当たるからです。ですから、これは削れない。そうすると〈大井川……〉のほうを削るほかない。そこで芭蕉は支考に、代わりの句を作った、と言うのです。ここが面白い。本当に妄念です。

それが〈清滝《きよたき》や波にちり込《こ》む青松葉〉です。〈大井川浪に塵なし夏の月〉は抹消してくれ、あれはおれの作ではない、この〈清滝や……〉の句が京都で作った句だった、ということを言ったのです。それを聞いた支考の頭の中では、先生、無茶苦茶なことを言っているなと思ったに違いないけれど、それが全部記録として残っているのです。だから、斯波園女のところで作った句も生きたし、〈清滝や……〉の句も生きたわけですが、哀れをとどめたのは〈大井川……〉の句です。ですがこの、芭蕉の頭の中では完全に消えてしまった句までもが、芭蕉の意に反して、もちろん現代にまでずっと残っているわけです。

結局、こういうことまでしたのはなぜか？　芭蕉という人の俳句の作り方を見るとよくわかるのですが、あの人は単独で発句を一句、パッパッと作るだけの俳人ではなかったからなのです。発句を作るときには必ずその後に脇句《わきく》がついて、第三《だいさん》がついて、結局は連句にまでなるということが身にしみていた人なのです。昔の俳人は何人も同席しているような場所で発句だけ作るということは、ほとんどありませんでしたから……。

そういう姿勢からすると、同じような発想の句が二句あって、しかもその二句が近い時期に出ているのは恥ずべきことなのです。発句、脇句から始まって、歌仙形式なら三十六句ですが、そこまで行く間に同じ発想の句が重ねて出てくるというようなことは、絶対に下の下《げげ》の作者がすることだったのです。死の床にいながらも、芭蕉にはそういう連句を作るときの気持ちがあったに違いありません。

連句というものを現代人の多くは忘れていて、俳句一句だけで勝負することだけがみなさんの関心事ですが、ときどきは連句をやる私の立場から思うと、同じような発想の句がポンポン並んで出てくるような句集ははじめからつまらない。おもしろみがない。それに対して、連句をきちんとやっている人だったら、句集を作るときにもそれなりに工夫をすると思うのです。

＊

それは、芭蕉が骨の髄まで俳諧師だった証拠だと思います。だから、その前には「後生《ごしょう》の妨げになるからこれからは俳句のことなんか全部忘れるよ」と言ったばかりなのに、九日の朝、やっぱり俳句が頭から離れずに、そういうことを言ったのです。そういうところに芭蕉の俳諧師としての覚悟のあり方が見られます。同時に死ぬ人間としての覚悟のあり方には「そういうものを一切捨てて死にたい」ということがある。明らかに矛盾した二つの大命題を抱えて、芭蕉は死んだわけです。

死んだ後、どのお墓に行くか？　もちろん彼は決めていました。淀川《よどがわ》を近江のほうにさかのぼり、膳所《ぜぜ》まで行くと、木曾義仲《きそよしなか》をまつってある義仲寺《ぎちゅうじ》があります。そこには無名庵《むみょうあん》という庵が一つあって、そこが芭蕉は非常に好きだったのです。そこに初めて腰を落ち着けたのは『おくのほそ道』の旅を終えた直後ですから、死ぬ五年ほど前のことです。とても住みやすかった。感じがよかったので、それ以降、関西旅行をしたときは必ずそこへ行って泊まっていました。だから、死んだらここへ帰ってきたい、と遺言をしたわけです。

弟子たちは先生の遺骸《いがい》を載せた小舟で淀川から京都の伏見に出て、宇治川をさかのぼって義仲寺まで行って、そこに遺骸を葬《ほうむ》りました。木曾義仲は侍のなかでも梟雄《きょうゆう》であって、荒々しくて決してまともな死に方をしなかった人ですから、その人が葬られている義仲寺の墓にオレも行きたいと言うことじたい、かなりすごいことです。おとなしく死んだ人ではありません。そういう意味では、死そのものにも非常に意味があるということになります。

もっと意味があるのは死後のことです。芭蕉という人はこういう人だったということがはっきりしてきます。たとえば芭蕉が死ぬときにお兄さんの半左衛門さんに残した遺言があります。そこには「御先に立《たち》候段、残念可被思召候（残念に思召《おぼしめ》さるべく候）」と書いてあります。お兄さん、私はあなたよりお先に死にます。残念にお思い下さることでしょう、ということです。そのあと続けて、すごいことを言っているのです。「如何様共《いかやうとも》又右衛門便《たより》に被成（なされ）、御年被寄（御年寄られ）、御心静《しづか》に御臨終可被成（なさるべく）候。至爰申上る事無御座候（ここに至り申し上ぐること御座なく候）」というのです。又右衛門はお兄さんの息子です。ここが兄さん宛《あ》ての遺書の一番大事なところです。その後は、なつかしい伊賀の故郷の人々や身内など、世話になった人々の名前が書いてあるだけです。それらの人々に呼びかけて、それでこの遺書はおしまいになっています。お兄さんに対する遺言は私は初めて読んだときびっくりしました。これを書くためにあの男は五十年間、生きたんだな、ということがよくわかったからで、そのくらい感動的なことでした。「御年被寄、御心静に御臨終可被成候」。——ほかのことを書こうと思っても書けなかったのでしょう。支考に代筆させた二通の遺言状とは別に、この遺言だけは自筆で書いたということになっています。

彼は死んでからも人々の心を何らかの意味で打つということをした人でした。それが俳諧師の真面目《しんめんもく》だったのだと思います。記録が残っているということも含めて、こういう点がほかの俳人と大きく違うところだと思うのです。

正岡子規の頭脳

平成十三年（二〇〇一年）のことしは正岡子規の没後百年だそうです。子規は明治三十五年（一九〇二年）に亡《な》くなっています。

子規はいろいろと話題の豊かな人だから、一年間を通じてさまざまな子規に関する催しがあると思います。ぼくは正岡子規についての本も出しているし、その他いろいろと、しゃべったものや書いたものが分散して載っているものがあるので、それらの繰り返しになるようなことはなるべく話したくないのですが……。

この新連載を始めるにあたって、編集部と打ち合わせをしたとき、新年号の話題は富士山だというのですね。一年の最初は富士山ということですから、まことに日本的な発想の編集方針ですね、「俳句研究」編集部は……。

正岡子規は富士山についての本も作るつもりだっただろうけれど、彼が生きている間は出ませんでした。いまは講談社の『子規全集』第二十巻の「研究編著」編に《富士のよせ書き》というおもしろい題の章がありまして、そこには彼が収集したいろいろな人が書いた富士山についての文章も収められていて、それで見ることができます。日本の文字文化が始まったと同時にすでに富士山についての文献的な言及はあるのですが、それらの本を子規はせっせといろいろな人から借りて、「富士」が出てくれば必ずそれを写すというかたちで、膨大な富士山アンソロジーを作っているのです。五百木飄亭《いおきひょうてい》という松山出身の弟分ら、手伝った人ももちろんいますが、富士山についての文章をいろいろな本から集めてくるだけでもたいへんなのに、それをいちいちきちんと写しているのです。いまだったらコピーすればすむことを、手間ヒマかけて写したんですね。写すことによって彼は、富士山なら富士山についての知識を固めていったのだということが、はっきりわかります。

内容も、漢文調の文章もあれば、狂歌、狂句のようなものまで丹念に拾っています。和歌、俳諧《はいかい》、物語、エッセイはむろん、こと富士山のことが書かれているものであれば、すぐにそれを集めてきて抜き書きをしたのです。それが《ふしのよせ書》《富士のよせかき》《富士のよせ書》という題の、彼の死後、枕許《まくらもと》に遺《のこ》された膨大なものの一つなのです。

新潮社の〝とんぼの本〟シリーズに『富士山』という題の本がありますが、そのメインの文章はぼくが書きました。そのとき、この《富士のよせ書き》に多大の恩恵をこうむった記憶があります。非常に感心しました。子規は手当たりしだい写しているけれど、詩は詩、歌謡は歌謡、散文は散文、物語は物語というふうに、はじめから分類して写してあるのです。そういう分類癖は子規の一生を通じてはっきりあるものです。

子規はほかにも《日本の諺《ことわざ》》《かさねこと葉》――「かさねこと」というのは「かえすがえす」とか「折々」「まめまめしい」「ことごとしい」のように、ひとつの言葉を重ねることによって形容語あるいは副詞句を収集したもので、また《たね本》《日本人物過去帳》《飲食考《おんじきこう》》なども書き残しています。

《韻《いん》さぐり》も、その一つです。同じ韻のもの、たとえば二字、三字、四字と逆に引いていくと韻が同じようになる字、逆引きして二文字が一緒になるもの、三文字が一緒になるものというかたちで、かなり集めたわけです。ただしそれはアイウエオ順にきちんと分類されているわけではなくて、あるところは完全に空白になっている。つまり調べがまだ行き届いていなかったからそうなったのですが、そういうやり方をみても、分類上手であることがよくわかります。その助手を務めたのが新聞「日本」の校正係をしていた愛弟子《まなでし》の一人、寒川鼠骨《さむかわそこつ》です。

そのお蔭《かげ》で、たとえば韻を踏むためにことばを反対側から写していくというやり方、近ごろは「逆引き辞典」というかたちでいろいろな出版社から出ていますが、どうもその発想の根本は正岡子規にあるようです。子規は「逆引き辞典」のようなものも作ろうと志しました。短歌、俳句、漢詩を書くときには韻の踏み方というものがあって、そのためには文字を逆引きすることが必要です。その逆引きを自分の参考書として作っておこうと思って作り始めたのが、子規の発想の根本にあるわけです。

＊

いずれにしても子規の頭脳には、雑然と知識を積み重ねていくというやり方ははじめからないのです。明治二十三年の彼の手紙には、富士についての収集を始めた記載がありますから、本当に若いころから、分類に適したやり方でものごとを分け、分けたものを一つ一つきちんと押さえていったわけです。そうやってあるところまで調べると、少し行き詰まる……、そうすると、すぐに頭を切り替えて、別のところのやるべきことをやる……。そこでも分類癖を発揮して、ある分類法に基づいてきちんきちんと進めていく。それも行き詰まるとまた別のところに行く、というふうにしていったのだと思います。

それは人間の頭脳のあり方というものを考えるうえで非常におもしろい……。自分について言うと、ぼくにはそういう分類癖はまったくない。それは非常に明瞭《めいりよう》です。ぼくは、一つのことをやりだすとずーっとそれをやってしまう。あるところまでは完全に、ほかのことを忘れて、そのことばかりやっている。ある程度、結論が出ないと気が済まないので、どうしてもそうなってしまうのです。

ところが子規はそうではなくて、あることを調べはじめ、ある程度まで調べたら、このへんで止めておこう、と思うことのできる人でした。だから幅広いいろんな分野を相手にしながら、見事に分類癖にしたがって仕事をシステマティックに進めることができたのだと思います。

明治時代の文学者では、ほかに幸田露伴がいます。露伴も膨大な知識をもっていたのでいろいろなことをやりましたが、その根本には分類癖があると思うのです。彼の分類癖は考証的な分野にも働くし、創作にも働くし、俳諧の研究を始めたらそれもきちんと進めていって、たとえば『芭蕉七部集』の評釈が全部できあがるというように、子規同様、はじめから考えているところがあったのです。

子規が《月の都》という小説を書き、何とかものにならないかと思って幸田露伴のところにもっていって見せたら、露伴に冷たくあしらわれて一気に小説熱が冷めてしまい、小説家になる希望を断念したという有名な話がありますが、これなど、似たもの同士がぶつかってうまくいかなかった例かもしれません。

夏目漱石はどうかというと、分類癖があったというよりは、一つのことを突っ込んでいくというタイプではなかったかと思います。ただし明治の文学者その他、軍人さんでもそうだと思いますが、共通して分類ということを基本に会得《えとく》している感じがします。軍人でいえば戦略戦術、そういうもののプランを立てる参謀になるような人のなかには文学者的な人もいたと思うけれど、こういう人たちは頭脳明晰《めいせき》ということが大事だったのです。

子規という人は、その典型で、さまざまな腑分《ふわ》けをしたものが頭の中にあって、それらで部屋部屋を作っているわけです。そして、一つの部屋にある程度モノが詰まったら、さっと抜け出して別の部屋に行き、またモノを詰めるというやり方をしている。だから、さきほど言った《富士のよせ書き》なども雑多な文章ばかり集めてあるように見えて、突っ込んでよくよく見てみると、子規という人の頭脳の成り立ち方が非常によくわかり、すごくおもしろいのです。

ことしは子規の没後百年です。子規についてお調べになる人もたくさんいらっしゃるでしょうが、どうせ調べるのなら、子規という人の頭脳がどのような発生のしかたをし、どのように成長し、そしてどのようにその枝が分岐していったか、ということを突きとめてくれる人が一人でも多く出てほしいと思うのです。

＊

正岡子規の頭脳の問題について考えるときに重要なことは、彼の晩年は、脊椎《せきつい》カリエスのためにまとまった大きな仕事をするにはとても体力がなかったということです。

彼にいちばん適していたのは毎日毎日短い文章を書くことで、それがだんだんたまっていく喜びに彼は励まされていました。その典型が、最後の著作に近い『墨汁一滴《ぼくじゆういってき》』や『仰臥漫録《ぎようがまんろく》』『病牀六尺《びようしようろくしやく》』です。『墨汁一滴』と『病牀六尺』は新聞「日本」に連載され、『仰臥漫録』はその連載の空白期に書かれました。これらは毎日思いついたことを、そのますっと書いたものです。長いときには四百字詰めの原稿用紙で十枚くらい、短いときには二、三行で終わっている日もありますが、これは彼の体力の問題と関係がありました。

これら三冊のおもしろさは、思いつきをそのまま糸口にして、そこからものごとの系統図のようなものを作っていくところにあります。たとえば美術品について言い出すと、そこから次々に糸口を見つけて、ほかのほうへ話題を広げていくのです。

その典型が、子規が寒川鼠骨に宛《あ》てた、明治三十四年のお正月の手紙に見られます。子規はそのなかで「僕ハ処《ところ》ヲ択《えら》バヌ。欄外デモヨイ。寧《むし》ロ欄外ガ善イカト思フ」と記しています。彼は自分の生きている証《あか》しを翌日になると見ることのできるというかたちで新聞を一所懸命利用していましたが、ときどき、ほかの記事がはみ出すくらい多い日には、自分の書いたものが飛ばされてしまうのです。朝、配達されてきた新聞を見て自分の文章が載っていないときには非常にがっかりし、それで、「欄外でもいいから載せてくれないか。欄外文学も洒落《しゃれ》ているよ」と言い、さらにはそこから「広告文学ナドモ面白イダロー。コレハ毎日広告料ヲ払ツテ自分ノ文ヲ広告欄ニ出スノサ。面白イヂヤナイカ」というところへ話が動いていくのです。

あるものがどのように展開していくかを見るとき、一種の系統図を書くことがありますが、そういう頭の働きが彼にはあるのです。これはおもしろい。だから、これでおしまいということがなくて、おしまいになる前に別のことを思いついて、そこからまた枝分かれしていって、どんどん枝が伸びていき、また二つ三つに枝分かれしていく……。そうすると一種の脳神経の分布図のようになるのです。

子規はまた、彼の頭の神経の分岐していく姿が次々に見えてくるような文章を書きました。一応文語体ではありましたが、基本的には話しことばの文章なのです。語りかけるような調子で、前へ向かってどんどん人を引きずっていく力があるんですね。そこも非常に魅力的です。そのような頭脳はいつの時代にもありうるわけですが、子規という人は教養のあり方からしてもそうだったろうなという気がするのです。

それは子規だけのことではなくて、明治時代の教養のあり方そのものともかかわっていると思うのですが、現代の人は、専門の分野に入ると、その分野を追究することは非常に熱心にやるけれども、明治の人は自分のいま書いていることから急にほかのことが浮かんでくると、それがおもしろいというので、どんどんそちらに入っていく……。元をたどれば全部同じところに戻るというかたちで広がっていく……。それでいて、大筋で間違えない、と言うか、本質を鷲《わし》づかみにする……。そこが明治人の頭のおもしろいところではないかと思うのです。エネルギーの使い方が現代人より明治の人のほうが、ずっと経済的にうまいという気がするのです。現代人はある一つのことを追究していって、そこで専門家になる、ということが普通のあり方としても推奨されていると思います。ですから、限られた範囲では無類に強い。しかし全体はおろか、すぐ横の脇道《わきみち》さえつかめない……。

そういう点からすると、子規に代表される明治の人たちの頭脳は、あまりにもいろいろなところに分岐しすぎていって、まとまりがないと批判されるかもしれません。が、その頭脳は、ものを創造する喜びの根本にいつでも触れているということなのです。現代人的な、専門分野尊重ということは、ものを生み出す喜びというよりは、ものを創《つく》り出すことの苦しみのほうにむしろいってしまうところが多いのではないでしょうか。そういう苦しみがあるからまた、専門家はたいへんに尊重されるのでしょうが、私はそういう専門家にはなりたくありません。

＊

正岡子規が自殺を図った有名な話がありまして、『仰臥漫録』に出ています。明治三十四年十月十三日のことですが、同居していたお母さんと妹さんの二人ともがいなかったとき、自分のさまざまな苦痛があまりに激しいので、すっかり衰弱して、本当に苦しいと思い、とうとう自殺を図るわけです。

それまでの状態を引用しておくと、「五日ハ衰弱ヲ覚エシガ午後フト精神激昂《げきかう》夜ニ入リテ俄《にはか》ニ烈《はげ》シク乱叫乱罵《らんば》スル程ニ頭イヨ〳〵苦シク狂セントシテ狂スル能《あた》ハズ独《ひと》リモガキテ益《ますます》苦《くるし》ム（中略）六日（日曜）朝雨戸ヲアケシムルヨリ又激昂ス　叫ビモガキ泣キイヨ〳〵異状ヲ呈ス（後略）」です。

こういうふうな状態でずっと病床にいるわけです。それでいながらあれだけの仕事をしているのだから、ものすごいヤツです、子規は。

そういう状態で問題の十月十三日になると、お母さんの八重さんと妹さんの律さんが用事で外へ出た。目の前の机の上に小刀と千枚通しの錐《きり》があった。それで自殺を図ろうとするのです。

「此《この》鈍刀ヤ錐デハマサカニ死ネヌ」

たしかに鈍刀や錐を刺したって、すぐには死ねない。

「次ノ間へ行ケバ剃刀《かみそり》ガアルコトハ分ツテ居ル　ソノ剃刀サヘアレバ咽喉《のど》ヲ掻《か》ク位《くらゐ》ハワケハナイガ悲シイコトニハ今ハ匍匐《はらば》フコトモ出来ヌ　已《や》ムナクンバ此小刀デモノド笛ヲ切断出来ヌコトハアルマイ　錐デ心臓ニ穴ヲアケテモ死ヌルニ違ヒナイガ長ク苦シンデハ困ルカラ穴ヲ三ツカ四ツカアケタラ直《す》ニ死ヌルデアラウカト色々ニ考ヘテ見ルガ実ハ恐ロシサガ勝ツノデソレト決心スルコトモ出来ヌ　死ハ恐ロシクハナイノデアルガ苦ガ恐ロシイノダ　病苦デサヘ堪《た》ヘキレヌニ此上死ニソコナフテハト思フノガ恐ロシイ（中略）」

そして、死のうか死ぬまいか、そのことを思って逆上してきて、「シヤクリアゲテ泣キ出シタ」と書いてあります。このときは結局、自殺を図らなかったのです。

十月十五日になると、遺言めいた文章を書きます。

「自然石の石碑はいやな事に候」「柩《ひつぎ》の前にて空涙《そらなみだ》は無用に候　談笑平生《へいぜい》の如《ごと》くあるべく候」などのことばと並んで、次のような感想があります。明治時代の自由民権思想家である中江兆民《なかえちょうみん》の随想集『一年有半』が当時、非常に評判になっていて、それについて突然、すごいケチをつけているのです。

「兆民居士《こじ》の一年有半といふ書物世に出候よし新聞の評にて材料も大方《おほかた》分り申候　居士は咽喉に穴一ツあき候由吾等《われら》は腹背中臀《しり》ともいはず蜂《はち》の巣の如く穴あき申候　一年有半の期限も大概は似より候ことと存候　乍併（しかしながら）居士はまだ美といふ事少しも分らずそれだけ吾等に劣り可申（申すべく）候　理が分ればあきらめつき可申美が分れば楽み出来可申候　杏《あんず》を買ふて来て細君と共に食ふは楽みに相違なけれどもどこかに一点の理がひそみ居候　焼くが如き昼の暑さ去りて夕顔の花の白きに夕風そよぐ処何の理窟《りくつ》か候べき」

中江兆民が杏を買ってきて奥さんと一緒に楽しみながら食べたと『一年有半』に書いていたんでしょうね。中江兆民の本が評判になったから、正岡子規としては多少あるいはそうとうに焼き餅《もち》を焼いている感じがあります。しかし悪口を言いながら、最後に「兆民は美がわからない。わかればそんなことは問題ではない」と言っているんですね。つまり、このへんで正岡子規の頭脳の働き方が最終的に〝美〟というものに収斂《しゅうれん》していくということがはっきりわかってくるのです。最後まで彼はそういう信念をもっていたとぼくは思います。美だけが究極の救済でありうる、と……。子規が中江兆民のことを「理屈ばかり言っていて」と言っているのは、そういうところにあるのです。美というものは理屈をこえているんです。

さきに、彼の頭の働き方がシステマティックで枝分かれしながらどんどん広がっていくと言いましたが、それが最終的には美というものに結びついていくところに正岡子規の独自性があるのです。

＊

正岡子規は病気で苦悩するのですが、宗教には行かずに美に行きました。日本人にとって美がもう一つの宗教であったということの顕著な例の一つが正岡子規ではないかと思えます。

結局のところ、正岡子規はさまざまな努力をしているけれど、究極において美というものを感じ、美を一日ごとに定着することに努力したのです。それによって毎日、生きているという充実感があった。子規について多少とも知っている人は、彼の三十五年という生涯は決して短いものではなかったという感じがすると思うのです。生涯を完全に生ききりましたから、三十五歳で死のうと九十歳で死のうとあまり変わらないというくらい、充実した生き方をしたのです。そして、その根本には、宗教には行かなかったけれど、宗教の代わりになるものとして美をもっていたということが大きいのではないか、と思うのです。

けれども子規の文章を見ると、彼は審美学とか哲学というものについてはほうぼうで嘲《あざけ》り笑っているのです。それは裏返していうと、自分のすべての感覚、感応の器官、そういうものを通じて本然的に美を獲得していたからにほかなりません。そして、自分がその過程を生きていることへの信頼感、つまり、自分の全感覚を開いて追究していけば美は見出せるという信念が子規にはあった、と思うのです。

それが彼の生涯を安定した充足感で満たしていたので、日常生活では、うめいたり、怒鳴ったり、朝毎《ごと》の、膿《うみ》を抜くという苦痛な行事があるにもかかわらず、友達がやってくると上機嫌で彼らと話をしながら、彼らから聞いた話でおもしろいものがあればすぐに『仰臥漫録』や『病牀六尺』、あるいはその他の文章に書いた。それによって自分はその日一日、ちゃんと生き延びたという実感をもって生きていた。——これは哲学でも美学でも何でもないけれど、〝宗教に代わる美〟というものの所在を、子規が自分自身の感じとして受け止めていたからできたことなのではないでしょうか。

＊

彼の晩年は、実際の、生きている姿としては悲惨です。ほとんど泣き叫んでいる晩年ですが、彼の文章を見ると、命《いのち》というものが充溢《じゅういつ》しているのです。一方では生命の悲惨というものがあって、その悲惨の極致にいるわけですが、同時に生命の充溢の極致にもいて、悲惨と充溢というものがぴったりくっついているというところが、正岡子規という人のすばらしい、珍しいくらいの生き方ではないかという気がするのです。だから、正岡子規は『病牀六尺』でも、「愉快でたまらない」ということを書く。――これは重要なことです。子規が本質的に快活な人だったということ、子規の一つの生命のかたちとして快活さがある証拠だと思います。

そのことは山口誓子《せいし》が書いた『子規諸文』という本の《愉快でたまらぬ》という文章にも見られます。正岡子規の文章の「愉快でたまらぬ」という一節をとってきて、誓子がそのまま題にしたものです。誓子は、始終、「愉快でたまらぬ」ということを書き続けていることが晩年の子規を知る上では大切だと思うと書いていますが、私も、そのとおりだと思うのです。

子規はいろいろなことを見て、それを記録しましたが、それはそのまま自分の命がそこに記されているということです。それによって最後に書かれていったものは何か、というと、「愉快でたまらない」とか「おもしろい」ということばに表された〝快活〟さでした。あれほどの苦しみに耐えている人だからこそ、話のもっていき具合、展開のしかたが実によく納得できるのです。

二〇〇一年は正岡子規という人の死後百周年になるという記念的な年だそうです。子規が死んでから百年たつということに、ぼくはこれまで気がつきませんでしたが、子規を再考してみることには意味があるのではないかという気がします。

アンソロジストの系譜《けいふ》

今回も正岡子規を中心にお話ししてみます。話そうと思うことの一つは、子規が俳句だけでなく、いろいろなことについて、広い意味でアンソロジー（詞華集）といわれているものを作ることに非常な興味と関心をもち、実際にたくさんやったということについてです。

これは正岡子規だけではありません。俳人で大成した人はみな、何らかの意味で自分自身の考えにしたがったアンソロジーを作っていて、松尾芭蕉という人も、アンソロジーの作者として優れていたのではないかと思います。『芭蕉七部集』（『冬の日』『春の日』『曠野《あらの》』『ひさご』『猿蓑《さるみの》』『炭俵《すみだわら》』『続猿蓑』）は後世になって編まれたものですが、あれに収められた連句集は、芭蕉個人の句集ではありません。何人かの弟子を連衆《れんじゅ》にして一座を組み、五七五と七七をつなげていく、いわゆる連句のかたちをとった連句集でした。それには何人かの人が必ず参加してくるのですから、連句をやるということは、言ってみればアンソロジーを作るということになります。それを芭蕉は非常に神経をつかって編纂《へんさん》したのです。

三十六句の歌仙（連句の一形式）を巻くということは、その場に集まった全員が、散漫にならずに、集中して一つの仕事をみんなでやるということです。昔の人たちは連句を巻くのがものすごく速かったけれど、現代人は三、四時間かけても、できるのは半歌仙くらい……。その意味では、歌仙を巻く場に集まった人たちの気分を集中させることができるかどうかが、いちばん重要な条件の一つとなりますが、そういう条件を満たすことのできるような人を集め、同時に指導し、場合によっては冷やかしたり、あるいは逆にほめあげるということを絶えずやりながら、作品一つ一つを作っていくわけですから、そこでは当然、中心になる人物の実力はむろんのこと、人間的な牽引《けんいん》力、魅力、そういうものが重要になります。個人でひきこもって、ウンウンうなりながら、作品集を作っていくというのとは違うやり方なのです。

連句では、指導者が、ここはこうしたほうがいいよと忠告すると、それに対して、いや、自分の考え方のほうが正しいと思う、という反論もありえました。ですが、最終的には一人の指導者が全体をまとめあげることになります。ですから、指導者という人の存在が大変重要だった。しかし、実際に活字になった段階、本になった状態では、その場での具体的なやりとりまでは見えませんから、平板になって、やがてはそういう個人（指導者）の影響力というものが見えなくなってくる……。――これが、近代、現代の大きな特徴だと思います。

近年は、いまの人が好きな標語でいえば「個人の自己主張」というものを重んじるようになりましたから、指導者というものの意味が変わってきたのではないかと思うのです。その意味では正岡子規と、そのもう一人あとに高浜虚子《きよし》がいますが、二人は、指導者としては虚子以後の人たちとははっきり違っていて、古い時代の指導者の面影を濃厚に残した人だと思います。

指導者の貫禄《かんろく》が表れる場面があります。たとえば句集を作るということについてもそうです。指導者らしい指導者は自分の句集を急いで何冊も出すということはしませんでした。芭蕉という人は自作の意味を重視していたから、絶えず自分自身を見つめていたということはあるけれども、それだからといって「松尾芭蕉句集」を彼自身が作ろうなんて思ったことはほとんどなかったと思うのです。それよりは、自分が指導者になって連衆たちと一緒に作ってきた作品を集としてまとめていくことに力を注ぎました。『猿蓑』などに彼の指導力が集中的に表れています。彼は『芭蕉七部集』以外にも、たくさんの連句集を作っていたわけで、それらを集めればずいぶんな量になりますが、そのなかで、これらがいちばん蕉門の代表的な句集だと、芭蕉の没後に江戸俳壇で活躍した佐久間柳居《りゅうきょ》が考え、七部の集を撰定《せんてい》した、それが広く人々に承認され、『芭蕉七部集』という通称でそのまま通ってきたのが、芭蕉とその一門の代表作として定着しただけです。

芭蕉という人は一門の優れた作品集をいくつかまとめていくことを生涯をかけた自分の使命だと考えていたと思います。彼の使命感はそういうところに表れています。これは彼自身の個人的な句集を作ろうなんて気持ちとは次元が違うと思うのです。

*

芭蕉のあと、時代的には蕪村《ぶそん》、一茶《いっさ》など有名な人々がいたわけですが、その流れの後端に正岡子規がいました。正岡子規も、個人的な句集を熱心に作る気はあまりなかったようです。晩年に彼の句集（『獺祭書屋俳句帖抄《だっさいしょおくはいくちょうしょう》』）の上巻が編まれますが、下巻はとうとう出ませんでした。死んでしまったからですが、それだけではなくて、彼自身にその気がなかったということが大きいと思います。

ぼくは最近、子規の俳句を全句、通読してみたのです。二万二千句あまりあります。

三十代半ばで死んでしまった人としては異常なくらいたくさんの句を作っていて、現在の俳人たちにくらべるとずっと量が多いはずです。しかも、最初の時期を除けば、その句はだいたい粒ぞろいで、駄作があまりないのです。なぜかといえば、彼は猛烈な勉強家で、古来の俳句のいろいろな型を知っていたからだと思います。そういうものに準じながらさっさと作れたということがあるのです。それも、場合に応じていろいろと工夫しながら彼自身の個性を出すということをしているのです。

この、「型を知っていた」ということが大きい……。俳句というものはただ一人の人の独特な考え方、感じ方を表現するものだというだけでなく、それより以前に、俳句という「様式」があり、伝承されてきたものがいっぱいあるということ、——その型を子規はよく身につけることができたということです。こういうものを前にしたときには、こういうふうに作れば絶対に踏み外《はず》しはしないということを知っていて、作ったと思えるのです。ですから、彼の俳句はとにもかくにも粒がそろっていて、あまりデコボコがありませんから、ずっと読んでいると、こちらがくたびれてくる。——そういう句を作ったということは逆に、ある意味では退屈な作業に耐えられた人だということです。

現代俳句の人々からすれば、同じようなシチュエーションで同じような素材を使いながら、少しずつ場面を変え、その場その場に応じて、それに見合った句の作り方をすることがなぜできたのか、逆に不思議に思えるくらいでしょうが、子規という人は古い時代の俳人の作ったものをよく知っていて、そういうものの上に立って多面的・多角的に明治という新時代のものを意欲的に作ろうとしたのです。

そういう点で、彼には明らかにアンソロジーというものを作る資格があったのです。アンソロジストはたくさんのものを知らないとできません。ものをたくさん知っている人なら、十なら十ある作品の中から一つだけパッと選んでくるときの視点のおき方も、おのずと深みをもち、「筋」のとおった構成のものができますが、そうではなく、ちょっとおもしろいと思っただけで、パッと入れてしまうと、アンソロジー全体はガタガタになるのです。ですから、アンソロジーを作るのは重要な文学的な仕事ということになります。

日本の詩歌《しいか》の場合には一つ一つの作品が短いですね。とくに俳句は五七五しかないから、どれがいいか悪いかわからない場合もありうるのですが、一句見ただけで、その作者の実力の深さを一瞬にして見分けられるかどうか。――これが、アンソロジーを作る上での重要な資格（条件）となります。

その点、正岡子規という人は、作品を見たときに、これはいい、これはだめだという判断が非常に速くできた人です。それができるためには、単に個人的な勘のよさの範囲では測れない力が要求されます。つまり、過去のいろいろな作品をたくさん読んでいて、しかもそれが体の中に層をなして積み上げられて残っていて、それを時に応じて参照しながら判断していくことが重要です。それができるかできないかが、アンソロジストとして優秀であったかどうかの大きな分かれ目となります。逆に言うと、アンソロジーを作るということは、それを作る人の個人的な意味での能力がはっきりとさらけ出されてしまうんですね。その膨大とも無限とも言える力量に応《こた》えうるかどうかが、アンソロジーを作る上での大きな条件となるわけです。

正岡子規、あるいは次の高浜虚子は、その点を非常にはっきりとわかっていました。実際、虚子は「ホトトギス」の雑詠八万句くらいを並べた全集のようなもの（『ホトトギス雑詠選集』）を作っていますが、それを作る能力を虚子自身、誇りにしていたのです。「雑詠で選んだ作品はすべて私自身の創作だと思っている」といった意味のことを書いています。その自信がなければ、膨大な数の雑詠の選などできなかったと思うのです。

それが、正岡子規から虚子に受け継がれた指導的な立場にある俳人としての重要な資格だったと思います。個人としての感覚やセンスがいいとか、あの人の作る句にはキラリと光るすばらしいものがあるといった眼力だとか、そんな程度のことでは全然なくて、おしなべてたくさんのものを見て、それらのなかからどれがいいか、どれは悪いかをさっと見分ける力……。それには背景に選者の指導者としての実力と教養の深さのあることが絶対に必要なのです。そういうことができる人でなければ選集のようなものを作る資格はない、とさえ考えられます。そして、それは昔からずっとそうだったと思うのです。

＊

もう一つはっきりしているのは、時代が変わると、全体として感受性の質も変わり、水準が変わるということが起きていることです。とくに日本の場合、奇妙なことだけれど、その時代の天皇の治世の始まり、あるいは終わり、そういう時期に時代がガラッと動くということが、明治以後でいえばはっきりあったという気がします。

文学史的にいえば、明治の末、明治四十二、三年（一九〇九年、一〇年）から大正時代の初めにかけての、時代的な事件、たとえば大逆事件とか第一次世界大戦の勃発《ぼっぱつ》などに刺激された文学者たちが書いたものは、それ以前と以後とではっきり違ってきています。

大正の末から昭和のはじめも、男子についての普通選挙法が可決されたり金融恐慌《きょうこう》、軍事的な膨脹《ぼうちょう》などがあって、感受性がかなり変わりました。社会思想史的にいえば「右翼」や「左翼」が生まれ、アナーキズム、コミュニズムとか、そういうものがからんできて、集団的なものの考え方がはっきり出てきます。個人的なものの考え方だけではなく、集団としてのものの考え方、感じ方が重要なものとなり、文学もその時代にガラッと変わったわけです。

そしてそれが、単に俳句や短歌の世界だけではなくて、小説や近代詩までをも巻き込んだ大きな変化となっていったのです。

そういう時期にはっきりと認められるのは、その時代時代を代表するアンソロジーが必ず作られているということです。小説などもあるけれど、顕著なのが、短歌や俳句などの短詩型文学の世界で、たくさんのアンソロジーが集中的に生まれました。

たとえば、大正のはじめには日本古典文学の叢書《そうしょ》がたくさん作られました。博文館《はくぶんかん》といって、いまでは日記帳の出版社として有名だけれど、この会社が昔、国文学の関係では大きな力をもっていたころ、「校註国文叢書」「校註和歌叢書」「俳諧《はいかい》叢書」「文芸叢書」、その他のものを出しています。有朋堂《ゆうほうどう》書店の有朋堂文庫は日本古典のハンディーな文庫本全集でした。もう一つは日本名著全集刊行会の「日本名著全集」です。

第一期が《江戸文芸》でして、ここのところでたくさんに俳諧文学と和歌文学の全集が出ました。それからまた、日本古典全集刊行会から出た「日本古典全集」があります。赤い表紙の文庫本です。いま古本屋で探すときの楽しみの一つになっているような全集です。

そういうところに大正時代の底力がはっきりと表れていますね。新しいものの発掘も大切だが、むしろ古いものをもう一度見直し、整理して、そのなかから揺るぎない価値を見つけようという意欲があって作られたアンソロジーでしょうけれど、そういうものがたくさん出たということは、大正時代という時代は、明治と昭和に挟まれた短い時代で、小さく霞《かす》んでいるような印象だけれど、文化的にいうと強い実力を蓄えていた時代だったとわかるのです。また児童文学に対する強い関心が生じたのもその時代で、アンソロジーも出ました。

昭和のはじめには岩波文庫が出ました。これにはいろいろな出版社の国文学関係の叢書あるいは全集の総決算といった意味がありました。明治から大正、そして昭和のはじめの時代を一つに絞り上げたわけで、岩波文庫の意味合いはたいへんに大きいのです。享保《きょうほう》の終わりごろには、『芭蕉七部集』といった、芭蕉らが作り続けてきた連句や連歌のようなものを絞り上げた連句集のようなものがあったのですが、岩波文庫の刊行は、ちょうどそれと同じような意味をもっております。岩波文庫はそういう伝統を受け継ぎ、世界文学の古典をも含め、そうとう広い範囲内のアンソロジーを絞り上げてきて、もう一回、それを新しい時代に解き放ったということで意味があったのです。

しかし、それ以後、岩波文庫がもっていたような文化的な衝撃力を人々に知らしめるようなアンソロジーが作られたという印象は、どうも薄い。昭和時代は六十年以上続きました。その間、第二次大戦の敗戦を挟み、戦後文学が生まれ、その戦後文学は、明らかに新しい豊かなものをたくさんもっていました。そしてその豊かさは、新しさのなかに古さもいっぱいもっているという豊かさで、それが戦後文学の大きな意味合いでしたが、それも時代がたつにつれて、みんなばらばらになっていっているという気がするのです。

実際には昭和時代を三つぐらいに割って、二十年ごとに新しい時代のアンソロジーが生まれてもよかったかもしれない。しかし、そうはならなかった。しかも平成時代に入っても、いまだにゴムが伸び切ったような状態で推移している気がするのです。新しい才能はいっぱい出てきているけれど、それらの人に関して共通して言えることは、根っこがどのくらい深いかということについてはどうもよくわからないということです。たしかに時代の変化は激しいけれど、目の前の新しいことばかり追いかける傾向が強すぎるのではないか、という気がするのです。

さりとて、古いものばかりを振り返って、そのなかにいいものがいっぱいあるということを一所懸命に言う人には、どことなく胡散臭《うさん》いものも感じます。それよりは闇雲《やみくも》であれ、新しいものを追求していく人のほうが、まだしも純朴だという気はするのですが、日本の文化そのものが全体としてたるみがたまってきているのではないでしょうか。

*

そういう背景から、正岡子規をもう一回見直してみると、この人は三十代半ばで死んでしまいましたから、形式的にいって完結している仕事は少ないのですが、にもかかわらず、彼自身の生涯はみごとに完結しているのではないでしょうか。仕事そのものは、やり残したものがいっぱいあるにもかかわらず、その生涯を考えると、三十五歳くらいで完全に一つの起承転結を作っているという気がするのです。

それは、彼が多岐にわたる仕事をしながらも、それを一つ一つ、彼自身のやり方でまとめていって、未完結な部分もあるけれども、根本的なところで全部押さえているからだ、と思うのです。そして、その都度、新たに出発しているというところが大きいのです。ですから、あの人は二十世紀の始まりにすでに一つの出発点としてのまとまりをもっていたという気がするのです。それがいま、子規を顧《かえり》みる場合に、とくに強い印象として残ってくるのです。

あの人は明らかに革新家であったけれど、にもかかわらず、古典的な世界からいっぱい栄養を奪い取ってきています。したがって、彼の仕事は全部、アンソロジーを作るという方向に向いているのです。古典的なものを吸い上げてくる力と、新しいものを作り出していこう、革新していこうという力とが、彼の体の中でうまく一致して、それを束ねていたという気がします。

前項でもちょっとふれましたが、講談社版『子規全集』の第二十巻「研究編著」編には、そういう種類のものへの彼の関心によって作られた本、あるいはまだ完結しなかった研究、そういうものがいっぱい集められています。

たとえば、《えりぬき》。自分が関心をもつもののなかからえり抜いたものです。しかもえり抜かれただけではなくて、原理的にまとめられているのです。《かさねこと葉》。日本語は「ちょこちょこ」とか「とんとん」とか、二つのことばを重ねることが多いですね。子規はそういうものに異常な関心をもって集め、イロハ順に並べ、まとめていきました。《たね本》はいろいろなものごとの種になるようなものばかりを集めてきて、それを書き抜いたものです。《日本人物過去帳》は歴史の中に出てくる有名な人物を一人一人取り上げては、その過去帳を作ったものです。この人はいつどこで生まれ、どういうときに死んだか、克明に書いています。《韻《いん》さぐり》は、韻を踏む必要がある詩歌《しいか》作品を詠《よ》む場合、その韻を簡単に探り当てるにはたいへん便利な参考書です。《飲食考《おんじき》》は食い物についてのアンソロジーです。また、なかでも《富士のよせ書き》は、四百字詰めの原稿用紙で二百枚前後はあったと思いますが、川柳、和歌から、小説、物語の類に至るまでの文章、あるいは伝承や事実からも、富士山に関する文章を極力集めています。そういうものが、この「研究編著」編に収められているのですから、たいへん貴重な本です。

正岡子規という人は晩年にはベッド（寝床）に縛り付けられているような状態でしたから、出歩くこともできなかったけれど、代わりに無数の本のなかからいろいろなものを探し出してきて、それをうまくまとめて、一つ一つのアンソロジーにしていったのです。彼は異常なくらいに力を注いでアンソロジーを作ったということになると思います。

それは時代の転換期に生まれた文学者のやったこととしては非常に重要ではないで

しょうか。個人的な、自分自身の資質を生かして、詩を作り、小説を作り、あるいは短歌や俳句を作ったというだけではなくて、大勢の人々が作ったものを全部、引き受けて、取捨選択して、その意味合いも全部わかるようにしてくれている……。筋道がいつでもはっきりしているというやり方で積み上げていく文化的な仕事というものが、正岡子規の場合にははっきりとあるのです。

*

高浜虚子という人も、子規ほどに好奇心が分裂的にどこにでも向いていた人ではないようですが、小説よりは俳諧文学に熱中し出してからは、俳句文学におけるアンソロジストとしてもたいへんに重要な仕事をしました。『ホトトギス雑詠選集』というものを作っただけでも、たいへんなアンソロジストだと言えます。「ホトトギス」の雑詠で虚子が上位で選んだ人々はだいたいそのまま、間違いなく新しい時代の俳句を作り出す中心人物となった人たちでした。ということは、虚子には取捨選択する、批評の基準がはっきりあったということです。その点では、虚子亡《な》きあと、虚子ほどの人はまだ生まれていないという感じがするのです。

現代俳人のなかには高浜虚子に訣別《けつべつ》して出発した人々がたくさんいました。けれども、その人々の成果がアンソロジーのかたちでうまくまとめられているかというと、そうは思えません。それは、全体をまとめるだけの能力のある人――自分が好きな相手の作品だけではなくて、自分とはうまが合わないという人の作品であっても、いいところはちゃんと認めて、そういうものまでアンソロジーに含めることができるだけのふところの深い人――が少ない、ということを意味しているのではないでしょうか。

現代俳句なり現代短歌なり、作者の数からいえば、未曾有《みぞう》の盛況が三十年も五十年も続いている感じがするけれども、それをまとめ上げる力技をふるえるだけの貫禄《かんろく》のある人がいないのは残念です。たとえば、こういうふうではなかった昭和のはじめの時代にまでさかのぼっていけば、その出発点には優れた人たちもいたのです。

その意味では、昭和五年（一九三〇年）に『葛飾《かつしか》』という愛された句集を作った水原秋桜子《しゆうおうし》の〝虚子との訣別〟というものは、集団で人々がいっせいに力を尽くして大きな岩を押し続けてきた明治、大正の時代がいちおう途切れてしまって、いよいよ個人的な自己主張の時代に入ったということを示す一つの事実なのかもしれません。『葛飾』を出したころの秋桜子は、一方では高浜虚子の高弟でした。虚子に可愛《かわい》がられた時代があったのです。ところが、そこに高野素十《すじゆう》が出てきた……。彼が出てきてからの虚子は、秋桜子と比べると素十のほうをより重んじたということがはっきりあると思うのです。秋桜子はそれを敏感に感じ取っていたのでしょう。その結果、たとえば『葛飾』という句集には虚子の序文がないのです。虚子ほどの人が弟子の出す句集に序文をつけなかったのは、『葛飾』が初めてではないでしょうか。それは秋桜子のほうに、敏感に違和感を感じる理由があったからだろうと思われます。

その結果、序文には、一般名称としての、「師友」にいろいろと助けられたとか、感謝のことばもあるのですが、「虚子先生」という個人名は一度も出てきません。その時代の俳人たちはみな、これを読んですぐに、秋桜子に調子を合わせるのは難しいなという感じがしたであろうほどの、たいへんな出来事だったのではないかと思います。先生というものから、ある隔たりを置いて、自分自身の文学精神を新しく主張するという意味での個人句集が、初めてここに登場したのです。秋桜子は秋桜子で、はっきりとそのことの自覚、決意があったうえで、個人句集を出したと思うのです。

師弟間の緊張感があるがゆえに俳句を刷新する意欲も強く示されるといった句集は、秋桜子の時代に比べると、いまはほとんどないのではないでしょうか。逆に、弟子が個人句集を出したいと言えば、先生はホイホイと喜んで序文まで書いてくれるというケースがふえたように思います。昭和のはじめのころの水原秋桜子と高浜虚子との間の、緊張感に満ちた、一種の敵対関係があった上で、相変わらずの師弟関係を保ち得た行き方と、いまはだいぶ違ってきました。それがよくないというのではありませんけれども、緊張感がないという意味では、いまの「なあなあ」「まあまあ」主義には、大きな問題があるのではないかと思っているのです。時代が変化したということは、そういう点にはっきり表れています。

それに、時代が変化したからといって、たとえば個人句集がどんどん出れば万々歳ということになってしまうのも、問題なのではないでしょうか。

正岡子規は、アンソロジーを作れるということに象徴されるような、さまざまな個性の人々のものを一つに集約してまとめていくという優れた感受性と豊かな教養を示し得ましたが、いまはそういうものをやれる人がなくなったということ、それは同時に、いま詩歌の世界ではほとんど問題にもなってないのではないかと思うくらい、人と人との間の緊張関係がなくなっているということからきているのかもしれません。焼き餅《もち》をやいたり、蔭口《かげぐち》をきくといったレベルでの緊張関係はいっぱいあるのかもしれないけれど、そうではなくて、これだけのことをまとめあげるのはすごいことだと、だれでもが認め、時代が変わったということを実感させられるような感じ方、考え方が、いまは少なくなっているような気がするのです。しかし、だからといって、だれかが一人、それじゃあと言ってできるようなことではありませんし、そこには時代の必然性や傑出した個人の資質や才能というものがどうしても必要になってくるわけで、むずかしい課題だとは思いますが……。

正岡子規と高浜虚子のことを考えると、彼ら自身の個人的な作品の一つ一つのよしあしということよりは、より重要な意味でアンソロジーを作り得たという事実があるのです。彼らは一つの時代の大事な部分を絞り上げて、次の時代へそれらをもう一度投げ出してくれた……。それが同時に時代が変わるということの意味だったのです。その後、そういうものが生まれていないのではないかという気がするのです。

ですから正岡子規の仕事を、没後百年という区切りのこの時期にもう一度見直してみることは、必要ではないかという気がしているのです。

子規と漱石の友情

　ぼくは旧《ふる》い学校制度の最後の卒業生です。ですから一高の寮では、旧制高校の学生として入寮していたぼくらと、新制大学の教養課程に入った学生とが一緒に出入りしていた時期があるのです。

　そういうざわざわした時期に、ぼくは旧制高校を終わって、東京大学へ入ったけれど、できれば外国文学をやりたかったのに、なぜか国文学科へ回されました。このときは入学試験の成績が悪かったから移されたという意識がありました。実際には、国文学科へ志願して入ったのと同じですから、表面上は何の変化もありませんでしたが、できれば外国文学をやりたいと思っていたのです。一方で、父親の大岡博《ひろし》は歌人ですから、ぼくが国文学科へ入ったことを内心喜んでいたらしい。ぼく自身は、志望がはっきり決まっていない段階から国文学科へ回されたという意識があったから、そのためにあまりまじめに国文学の勉強はしなかったのです。

大学へもほとんど行きませんでした。大学とは同人雑誌を作る場所だと思っていたくらいです。文芸雑誌を一緒にやった仲間には後に小説家になった日野啓三《けいぞう》、佐野洋《よう》たちがいました。佐野洋は、一高・東大時代には本名の丸山一郎でした。佐野洋というペンネームは「社の用」という意味らしい。読売新聞社にぼくと一緒に入って、ぼくは外報部に行き、丸山は社の用で地方部に行ったのです。そんなわけで、大学のときは文学青年が数人いて、一緒に同人雑誌をやっていましたから、そのために大学へ行って、銀杏《いちょう》並木の下で集まるという感じでした。

いまの受験に向かって「一瀉千里《いっしゃせんり》」といった学校制度とは違って、そのころの旧制高校の三年間は、ある程度の時間的な余裕がありましたから、図書館に行って『森鷗《おう》外《がい》全集』をずっと読むとか、そういう一般教養的なことはやりましたけれど、東京大学へ入ってからは、そんなわけであまり学校へも行かなかった……。そういう体験があるものですから、大学生活の中で何かを系統的にやるなんてことはまったく考えもしなかったのです。

＊

しかし、大学には卒業論文がありますから、大学二年生の夏くらいからは書かないとたいへんだということになってきた。何にしようかと考えたが、だいたい「夏目漱石論」を書こうということに早い時期から決めていたのです。『行人《こうじん》』を読んでひどくうたれた経験からでした。それに漱石はそのころ、現在のような国民作家ではまったくなかったからでもあります。当時の学生からすれば、漱石はとても縁遠い作家で、ライバルも少なかろうと……。

いちばん縁が近い感じがしたのは、当然、戦後派の作家です。ぼくが大学を卒業したのは昭和二十八年（一九五三年）三月ですが、昭和二十年代の半ばごろまでは戦後文学の最盛期で、殊《こと》に「第一次戦後派」と称された野間宏《ひろし》や椎名《しいな》麟三《りんぞう》、埴谷《はにや》雄高《ゆたか》、武田《たけだ》泰淳《たいじゅん》、堀田《ほった》善衞《よしえ》のほか、大岡昇平、三島由紀夫といった作家たちのほうがはるかにおもしろいという感じでした。

だけどぼくは正直にいえば、彼らの文学をほとんどまともには読んでいない人間で、むしろ好きだったのは英、米、フランスの二十世紀文学です。たとえばD・H・ロレンスのものとか、あるいはオールダス・ハクスレーのものとか、アメリカのテネシー・ウィリアムズという劇作家、フランスのポール・エリュアールなどのシュールレアリスムの詩に興味があり、そういうものを読み、それらについての批評、評論もずいぶん読みました。

とくにのちになって評論を書くうえで最も影響を受けたと思うのは、フランスのポール・ヴァレリー、イギリスのT・S・エリオットです。この二人はそれぞれ詩人だけれど、詩人の散文がいかに正確で透明で美しくて、同時に率直であるかということを骨の髄まで知らされました。それがぼくの文章にも文学観にも非常に影響したと思います。

詩人だからといって、朦朧《もうろう》とした夢のごときものを書くなどということは、ぼくの最も軽蔑《けいべつ》するところだったのです。最近の短詩型文学は、どちらかと言えば、何となく周辺をぼんやりと美しく飾り立てるような雰囲気で作っている人のほうが、そのものズバリで率直に言う作者よりは優勢だと思うのですが、ぼくはそういうものはどうも昔から好きではないのです。

しかし、現代とはそういうものだと思えば、それはそれで興味があるから見ていきますが、言ってみれば、ぼくの場合は、患者を診断する医者のつもりになっているようなところがあるのかもしれません。こういうことを言うと《折々のうた》の読者はきっと怒るでしょう。でも、文学を選び、論じる観点からすれば、そのようにしないと対象のよさはわかりません。ましてや、悪さはわかりません。臨床医の正確な判断というものが文章でも非常に大事で、医者と文学者は何も変わらないと思うくらいです。

実は、そういうことを本当によく教えてくれたのが、日本の作家では夏目漱石なのです。夏目漱石という人は、ものごとの核心をズバッとつくということが文章の最も大事なことである、と考えていました。文章が平らかで、いっさい飾らない。わざと難しいことを言ったりするのは唾棄《だき》すべきことであって、いわゆるレトリック（RHETORIC）は、ランクとしては最低で、イデー（IDEE）、つまりアイディアが最高だということが、彼の正岡子規宛《あ》ての最初の時期の手紙にはっきりと何回も何回も書かれています。漱石は、レトリック一辺倒の正岡子規が、このままでは文章を書くうえでだめな道を歩んでしまう、という危惧《きぐ》をはっきり考えていたのです。それなのに二人はあれだけの親友だったのですから、おもしろいですね。

＊

漱石が正岡子規に宛てた手紙は六十通くらいあるのですが、そのうちのかなりの部分は、漱石にこてんぱんにやられている正岡子規が、自分で筆写し、いまでは『筆まかせ』という当時は未刊の随筆集の中に残されているくらいですから、正岡子規の最も初期の文業の非常に重要な部分を占めているわけです。自分をこてんぱんにやっつけている夏目漱石の文章を大事に一字一句間違えずに写してくれた……。それが『漱石全集』書簡集の「一」から始まって、最初の部分、明治二十二年（一八八九年）から二十五年くらいまでをずっと占めているのです。『漱石全集』の書簡集の読みどころの一つはこれです。

一高の前身だった第一高等中学校で同級生だった漱石と子規は、たいへんな親友になるわけですが、二十歳前後の最も感じやすい時期の文章を読むと、夏目漱石という青年と正岡子規という青年がガツーンとぶつかり合っている姿が実によくあらわれています。稀有《けう》な友情といってもいい。

とくに最近のような、友情なんてかけらもないように思える友人関係が一方にあるということからすると、明治二十年代（十九世紀末）の青年たちのなかには、相手の欠点をズバッと指摘し、何とかしてこれをあらためなければだめだと、きつく言い合うという友情関係があったということを、あらためて考えさせられますね。

漱石は、どちらかというと神経質で弱々しい感じの人だったのではないかと思われます。一方の子規は、小さいときは泣き虫でしたが、ある時期からいばり屋になってきて、中学生のころには文章において自分に勝るやつはいないと思うくらいの自信家になっていました。しかし漱石は、その男に向かって「おまえの文章はなってない。なぜならば、おまえの文章にはレトリックしかなくて、アイディアというものがないから」ということを痛烈に言ったんです。そのことはひるがえって、漱石の文学の質というものを非常によく示していると思うのです。つまり漱石という人は、レトリックなんて文学の作品を評価する上では二番目、三番目、四番目くらいにやっと来るものであって、いちばん最初にあるのは絶対にアイディアである……、アイディアがなかったら、レトリックでどれほど小ぎれいなことを言っても文章としてはだめだ、ということを考え続けた人なのです。

それに対する子規の返事を漱石はとっておかなかったので不明ですが、子規のところに残された漱石からの手紙によると、「おまえさん、だいぶ怒ったようだけれど、やはりおれの意見は変えないよ」とありますから、子規はけっこう怒った返事を出しているはずです。だけど、二人は決して仲たがいをしなかった。そこのところに友達というもののたいへん深い意味があると思うのです。

それが現代においてはまるでなくなったということは、どういうことでしょう。やはり「勉強」というもの、あるいは「学ぶ」ということを頭脳の皮膜のほうだけでやる〝ちゃんちゃんばらばら〟だ、と考えているためだと思うのです。もっと大切な生き死にの認識というか、ともに高め合いながら生きてゆくための根本のところをおさえておけば、あとは何をやっても大丈夫だという考え方が、失われてきたからではないかと思うのです。

＊

のちに詳しく触れますが、俳人としての夏目漱石について見てみます。

初めて漱石が子規に手紙を書いたのは明治二十二年五月十三日、月曜日です。本郷真砂町《まさごちょう》の常盤会《ときわ》の寄宿舎にいた正岡常規《つねのり》（子規）宛てに、牛込《うしごめ》の喜久井町《きくい》一番地の夏目金之助（漱石）から送られた手紙です。どんな手紙かといえば、子規が喀血《かっけつ》して、かつぎ込まれた病院に漱石も何人かと一緒にお見舞いに行き、そのお見舞いから帰ってから出した手紙です。

子規は山崎という病院に入っていたらしいのですが、漱石は、あんなインチキな病院はやめてしまえ、第一医院のほうがずっといいと思うから、そちらに行きなさい、とすすめています。そして、そういうときでも漱石には、医師をやっつけることばがちゃんとあるのです。

「山崎の如《ごと》き不注意不親切なる医師は断然廃し幸ひ第一医院も近傍に有之候得（これ

ありさうらへ）ば一応同院に申込み医師の診断を受け入院の御用意有之度（これありたく）……」

いちばん肝心なことをズバッと言う漱石の資質が手紙にも非常にはっきりと出ていますね。友人の病気を心配して、見舞いに行ったが、容体からして、ゆくゆくは必ずひどい結核になってしまうということを知ったうえで、山崎という医師が「存外の軽症にて別段入院等にも及ぶ間鋪《まじき》」と言ったのを聞いた瞬間、「この野郎、インチキだ」と思った。そして、すぐに「あんなインチキ病院は早くやめろ」と言った。そういう判断は非常に正確だったと思います。

夏目金之助も正岡常規も、お互いにしゃれのめした手紙をずっと書いていますが、しゃれのめしながら本質的に大事だと思うところについては、漱石の手紙を見ると、ズバッと相手をつかんで離さないところがある……。いまはこういう手紙を書ける人もいなくなってきたと思います。

漱石の手紙は形容もうまい。「雨フラザルニ牖戸《いうこ》を綢繆《ちうびう》ストハ古人ノ名言に候へば平生《へいぜい》の客気《かくき》を一掃して御分別有之度（これありたく）此段願上候」とあります。「平生、おまえさんは偉そうな、豪傑ふうなことばかり言っているけれど、この場合はちゃんと病気を治すために専念してくれ」と第一便で言っているのです。それが、子規の死に至るまでずっと続く二人の友情をつなぐ最初のきっかけでした。

その手紙に二句、俳句があります。

帰ろふと泣かずに笑へ時鳥《ほととぎす》

聞かふとて誰も待たぬに時鳥

最初の句はよくわかりません。「帰ろふと」は、松山にでも帰ろうかと子規が漱石にこぼしたのでしょうか。それに対して、帰ろうなんて言って鳴くことをしないで、笑ってくれ、時鳥よ、ということでしょうか。……二句目は、時鳥が鳴くのを待っているのだが、聞こうと思ってだれも待っているわけではないにもかかわらず、おまえさんは時鳥になってしまった……、ということです。「時鳥」には「血を吐くほど鳴く」ということが素地にあるわけですが、おまえさんの時鳥の声なんか聞きたくないよ、それなのに時鳥になどなって、ということで、漱石の気持ちがよく出ています。

二つとも俳句として意図はわかるのですが、まったくうまくない。これが実は、漱石の公表されている俳句の第一作なのです。

＊

それからあと、俳句がたくさん出てくる漱石の手紙があります。これが有名な、漱石の兄嫁が死んだときの子規に宛てた手紙です。明治二十四年八月三日、月曜日ですから、子規宛ての最初の手紙からすると二年後です。喜久井町一番地の漱石から「松山市湊町《みなとまち》四丁目十六番戸正岡常規へ」となっていて、この手紙で、漱石の兄嫁の死が子規に知らされるのですが、これについて、実は漱石の恋していたのは兄嫁だった、という名説がございますね。――これが正しいかどうかはわかりません。でも、「自分に不幸があった。ほかでもない、自分の兄嫁が死んだ。こんな女性は近ごろいない。すばらしい女性だ。それが死んでしまった」と兄嫁のことを絶讃《ぜっさん》しているのです。こんなふうに、自分の兄と一緒になって間もなく、二十五歳で死んでしまった兄嫁のことをたいへん長々と書いてありまして、そのなかには彼女を悼《いた》んだ俳句がたくさん見られるのです。

漱石の俳句修業の初期のものですが、けっこういい句があります。『漱石全集』をごらんになる人もあまりいないでしょうから、いくつか引いてみます。

朝貌《あさがほ》や咲《さい》た許《ばか》りの命《いのち》哉《かな》
君逝《ゆ》きて浮世に花はなかりけり

二句目には、句の下に〈容姿秀麗〉という付記があります。兄嫁は美人だったらしいですね。それから、葬式のときの遺骨をあげるときの句が、〈骸骨《がいこつ》や是《これ》も美人のなれの果《はて》〉です。

漱石は、レトリックに凝《こ》るということを一切しなかった人です。だから俳人としてもすばらしかった。俳句はレトリックとは関係のないものです。これはこうだということを非常に正確にズバリと言うのが俳句だと思います。近ごろはレトリックを弄《ろう》する人がふえたので、その分だけ俳句がだめになった、と私は思っているのです。

漱石は「御批判被下（くだされ）候はゞ幸甚《かうじん》」とも記していますが、やがて、俳句作りの上では兄貴分の正岡子規も俳句をだんだん熱中してやるようになり、漱石も余計、のめり込んでいくのです。いずれにせよ、漱石が、レトリックを二の次にして、アイディアを尊重する、という散文についての考え方とまったく同じ基盤において、俳句を作っているということは明らかです。

もしも俳句はレトリックだと感じていたら、「お勉強」しなくてはならないことがあるでしょうし、学ぶ相手が子規でなかったら、漱石は続けなかったかもしれません……。

漱石のアイディアとレトリック

夏目漱石がレトリックというものについて正岡子規に延々と書いた手紙もあります。しかも英語をたくさんまじえて書いていますので、大事だと思いますので、読んでおきます。明治二十二年(一八八九年)、漱石が最初に子規に手紙を書いた年ですが、その十二月三十一日、大晦日《おおみそか》に「子規御前《ごぜん》」に宛《あ》てた手紙です。

「ほかはがたがたと忙しくしているけれど、おれは暇《ひま》でしょうがねえ」というのが始まりにあって、「つらつら考えるに」と続き、「近ごろ、あなたの文章は饗庭篁村《あえばこうそん》ふうになってきて、けっこうなことだ」と子規の文章について、それまでもたびたび言ったのに、また、同じようなことを言っているのです。

漱石にいわせると、饗庭篁村は、きどった文章が多くなっている明治の小説家のなかでは、ズバッとものを言う文章を書く人でした。子規の文章もそれにだんだん近づいてきているからたいへんけっこうだと思うけれども、と言い、その後、かなり立ち入ったことを言いながら、「思想中に熟し腹に満ちたる上は直に筆を揮《ふる》つて其《その》思ふ所を叙し沛然驟雨《はいぜんしゆう》の如《ごと》く勃然《ぼつぜん》大河の海に瀉《そそ》ぐの勢なかるべからず」と言うのです。レトリックなど弄《ろう》している暇はないはずだ、アイディアがすべてだと思うよ、ということです。

手紙は続きます。長いけれど、句読点を補いながら引用します。

「文字の美、章句の法抔《など》は次の次の其次に考ふべき事にて Idea itself の価値を増減スル程の事は無之様（これなきやう）に被存（ぞんぜられ）候。御前も多分此《この》点に御気がつかれ居るなるべけれど、去《さ》りとて御前の如く朝から晩まで書き続けにては此 Idea を養ふ余地なからんかと掛念《けねんつかまつ》仕る也《なり》。勿論《もちろん》書くのが楽《たのしみ》なら無理によせと申訳《まうすわけ》にはあらねど毎日毎晩書て〳〵《かい》書き続けたりとて小供の手習《てならひ》と同じことにて、此 original idea が草紙の内から霊現する訳にもあるまじ。此 Idea を得るの楽《たのしみ》は手習にまさること万々《ばんばん》なること小生の保証仕る処《ところ》なり（余りあてにならねど）。伏して願はくは（雑談にあらず）御前少しく手習をやめて余暇を以《もつ》て読書に力を費《つひや》し給《たま》へよ。御前は病人也。病人に責むるに病人の好まぬことを以てするは苛酷《かこく》の様《やう》なりといへども手習をして生きて居ても別段馨《かんば》しきことはなし。Knowledge を得て死ぬ方がましならずや。塵《ちり》の世にはかなき命《いのち》ながらへて今日と過ぎ昨日と暮すも人世にhappinessあるが為《ため》也。されど十倍のhappinessをすて、十分の一のhappinessを貪《むさぼ》り夫《それ》にて事足り給ふと思ひ給ふや。併《しか》し此Ideaを得るより手習するが面白しと御意遊ばさば夫迄《まで》なり。一言の御答もなし。只《ただ》一片の赤心《せきしん》を吐露《とろ》して歳暮年始の礼に代る事しかり。穴《あな》賢《かしこ》。

御前此書を読み冷笑しながら『馬鹿な奴《やつ》だ』と云《い》はんかね。兎《と》角《かく》御前のcoldnessには恐入りやす。

十二月卅一日　　漱石

子規御前」

と結んであります。

では、一方の正岡子規はどうかといえば、漱石が一所懸命言っていたことに、はじめのうちは冷淡だったのです。レトリックのほうが大事だと思っていたからです。ところが漱石は、はじめからレトリックなんてどうでもいい、根本の本質のところを衝《つ》かなければ意味がない、ということを言い続けました。この漱石の情熱が、だんだん子規を動かしていくのです。

時期が前後しますが、漱石から初めて子規に手紙が送られた、この明治二十二年には、子規を驚倒させる出来事も起こっています。一つは子規の《七艸集《ななくさしゅう》》と題された文集についてです。これは漢文、漢詩、和歌、俳句、謡曲、論文、擬古文《ぎこぶん》小説など七種類の文体を書き分けて綴《つづ》った七篇の作品から成るものですが、子規は、読んだ人が寸評を書くための紙まで付け、それを友人たちに回覧させたのです。そのメンバーのなかに漱石もいました。漱石はそれに対する返事を書いた……。漢文による評語と、それに九篇の七言絶句《しちごんぜつく》を付けたのです。

＊

ところが、これで子規は完全に鼻っ柱を折られるのです。

子規は六、七歳前後から自分の母方の祖父・大原観山《かんざん》に漢学をさんざんにたたき込まれていたので、漢文には自信がありました。子規は、夏目は横文字ばかりやっていて、西洋学問の秀才ではあろうけれど、日本のことは何もできなかろう、東洋のことはわからんだろう、と思っていた。ところが、あに図らんや、自分の《七艸集》という文集に対する評で、ほかの連中はみな当たり障《さわ》りのないことを言ってほめるだけなのに、漱石だけがズバッと漢文で批評したあげくに九篇も七言絶句を付け加えてきたではないか……。漱石はあとで、手紙には「恥ずかしいことをした」と書いていますが、実際はどんな気持ちだったでしょうか。

そして、この年の九月、さらに子規を驚かす出来事が起こります。漱石が友人らと房総に遊んだ《木屑録《ぼくせつろく》》という漢文の紀行文集を《七艸集》のお返しのようなかたちで子規にもたらしたのです。漱石はのちにイギリスに派遣されたときも、「しまった。英文学なんかやっても、こっちの一流の学者に比べればオレなんかまったく赤ん坊みたいなものだ。楽にできるのは漢文だ」と思った瞬間に、胃が悪くなり、結局、それがもとで彼は死ぬほどの苦しみをその後、ずっと味わうわけですが、日本に帰ってからも、これから一所懸命やろうと思ったのは、和文でも英文でもない、漢文でした。それほど漢文が好きでしたし、晩年、『明暗』を書いたころの漢詩も有名ですね。それくらい中国文学の素養もあった。ですから、彼が「レトリックだけではだめだよ」と言うのは、意味が深いと思うのです。

概していえば、日本人の漢文でとりわけ配慮されているのはレトリックです。それをよく示しているのが五山《ござん》文学です。五山のお坊さんで同時に詩人だった人がたくさんいますが、彼らの詩は、漱石も多少は覗《のぞ》いたことがあると思いますが、全体として言うと、思ったことそのものをズバリと言うのではなくて、上《うわ》っ面《つら》のきれいな言い方で、大したアイディアでもないことをきれいに装《よそお》って表現する、というかたちのものが多く、それらに対して漱石には、飽き足らない気持ちがあっただろうと思うのです。漱石が「レトリックはつまらん。アイディアがいちばん大事」といった背景には、中国の漢詩漢文を一方でやったからでしょうし、レトリックだらけの日本人が作ったいわゆる〝漢詩のための漢詩〟を読んだからではないでしょうか。

ですから、子規のように自分は漢文は非常に得意だと思っていて、鼻高々だった人の文章を見て、これは危ない、こんなことをやっていると、昔からの、江戸時代以前の日本のたくさんの漢詩漢文のなかに子規のそれも埋没してしまうに違いない、というくらいのことを考えたのではないかと思うのです。それで、ズケズケと指摘し、ある種の手紙では、わざわざレトリックとアイディアの区別がどういうふうなものか、ということまで事細かに書いたのでしょう。

そういうことまでやったということは、二人の間にたいへんな友情があったからです。夏目漱石はほかにも友人がたくさんいましたが、とくに正岡子規には頻繁に手紙を書いて送りました。三日にあげず長い手紙を書いている時期もあります。それだけの友情を感じたということは並大抵のことではないですね。

漱石という人の俳句は、初期のものは、前項で紹介した〈帰ろふと鳴かずに笑へ時鳥《ほととぎす》〉の句のように、意余ってことば足らずの典型的なものでした。「意」はあるのです。レトリックがない。しかし、レトリックなんてどうせ「意」のほう、つまりアイディアのほうについてくるんだということがわかってからは、漱石はズバズバと平気で俳句を作れたのです。

＊

漱石は大学を出てから、東京で師範学校の英語の先生をしていましたが、しばらくして、松山の尋常中学校（松山東高校）へ行き、それから熊本の五高（熊本大学）へ転じます。その松山と熊本の時期が漱石の句作は最も密度が濃いのです。残された全二千四百余句の実に七割弱にあたる千六百五十数句が、そのほぼ五年間に作られました。

それは一つには退屈だったからだと思います。漱石は中学でも旧制高校でも英語の先生をやっていますが、彼の英語の実力からしたら、特別に勉強をする必要がないくらいだったはずですから、下宿に戻ってわざわざ勉強するなんてことはまったくしなかったと思います。それは当然です。うちへ帰ってまで勉強する先生なんて怪しいですね。

漱石が愛媛県尋常中学校に赴任したのは明治二十八年四月のこと。漱石は松山の上野家に下宿します。一階に主人が住み、二階に漱石が住んでいました。そこへ転がり込んできたのが正岡子規でした。子規は、日清《にっしん》戦争に記者として従軍しましたが、向こうに着いてみたら戦争は終わっていて、しかも、日本に帰ってくる途中、船の中で大喀血《かっけつ》をして、神戸、須磨《すま》経由で故郷の松山まで一時、帰ってきたのです。八月のことでした。

松山へ帰ってくると、子規は漱石のすすめで、漱石の下宿先である上野家へ真っすぐに行ったのです。そこへ松山の子規の知り合い連中も「のぼさん、のぼさん（子規の幼名・升《のぼる》）」と言って集まってきて、以降、毎日毎日、大騒ぎをしながらの句会が行なわれました。二階にいる漱石は「うるさいなあ」と思いながらも、「覗いてみようか」ということで、下へ降りてきて、そのうち俳句を一緒に作りあうようになっていったのです。いわば梁山泊《りょうざんぱく》みたいだったのですが、それは漱石にとって楽しいことでもあったと思うのです。

秋も深まってきて、子規が東京へ帰ることになりました。そのとき、お別れの句を漱石が贈っています。

御立ちやるか御立ちやれ新酒菊の花

いよいよ、あなたもお発《た》ちですか、お元気でお発ちください、新酒もあるし、あたりに菊の花も咲いていますよ、ということです。

この句など、アイディアだけでできている句です。何もレトリックの意識はない。しかし、「御立ち」という二つのことばがそのままみごとなレトリックになっているのです。「御立ちやるか御立ちやれ」、いよいよご出発ですか、それならご出発なさいという言い方が、アイディアとしては別れを惜しむ気持ちをそのまま表していますし、同時にレトリックとしても洒落《しやれ》ています。そして、折から新酒の季節で、菊の花盛りであるというのです。これは上手な惜別の句だと思います。この句のように、レトリックがアイディアについてきているというところが、漱石の句のたいへんにいいところです。このことは、いい句ができる最大の条件ではないかと思います。

そして、その松山の時期に続いて、翌二十九年に熊本の五高に移ってからの漱石は、ものすごくたくさんの俳句を作りました。

なぜかというと、正岡子規の病気がだんだん悪くなってきて、しまいには寝床から起き上がることもできなくなり、子規は子規で退屈というか、気が晴れないでずっといたからです。彼はそれで、気をまぎらす意味もあって、ますます仕事を多くしたのですが、その一つが、夏目漱石から送られてくる俳句の添削《てんさく》でした。子規はそのことに強い喜びをもっていたのではないかと思われます。

漱石もそれを心得ていました。漱石は「正岡のやつ、オレがこうやって月に百句ぐらい送ると、それを見て、夏目のやろう、この俳句は本当にだめだなあ、と言いながら直すのが喜びなのに違いない」と思っていたと、私は想像するのです。実際、漱石は毎月、定期便のように、手紙の中にそのときまでに作った句をたくさん書いて送っているのです。

いわば病床《びょうしょう》にある子規のつれづれを慰める俳句を作るためもあって、漱石にしては珍しく、熊本時代にはいろいろ出歩いてもいます。火の山である阿蘇《あそ》へ行ったり、太宰府《だざいふ》を訪ねたり、大分県の耶馬渓《やばけい》や日田《ひた》あたりまでも足を延ばしています。そういうところでも俳句を作るということをやっていました。

子規は漱石から俳句が送られてくると、一つ一つ朱を入れて、これはこうしたらいいと書き送りました。それは子規の楽しみであったでしょう。今ではそういう友情関係は非常に稀有《けう》なものになったということを思うのです。

子規はさまざまな分野に挑戦し、現に幅の広い作品を作っている人です。一方で漱石は、英文学のたいへんな秀才だったけれど、余技として俳句を作って送っているだけですから、がっちりと仕事をしている子規のほうから見れば、そんな余技のものなんかどうだっていいやという気がしないでもなかったかと思うのですが、子規はていねいにそれを取っておいて、朱も入れていた。そこにはやはり、それぞれが相手を尊重しあっていて、場合によってはかなり手厳しい批判をし合いながらも、決してそれに反発して袂《たもと》を分かったりしないだけの友情関係というものがあったことを示していると思うのです。

子規に対する漱石の態度ですが、漱石にしてみれば、子規はかなりひよわな精神構造の人だ、という思いがあったと思います。子規はレトリックが大事だということを言い張っていて、アイディアがきちんとあることが本当は大事なのに、それはのけておいてレトリックに凝《こ》るということは、精神的にひよわなところがあるということになると思うからです。ぼくはそう思うし、漱石も明らかにそう思っていたのに違いありません。

ですから、子規に対してときどき、彼はきついことを言っているのです。これは本当の意味での友情の発露であったと思います。『書簡集』の中では子規宛《あ》ての手紙がそんなに残っていない時期もありますが、気持ちのうえでは子規が死ぬまでずっとつながっていたということはたいしたものだという気がするのです。

＊

正岡子規に添削をしてくれといって送った定期便のような句稿のなかから、一つ。

ふるひ寄せて白魚崩れん許《ばか》りなり

春、網にかかった白魚がじつに可憐《かれん》で透き通っている……。その可憐さは、からだまで崩れんばかりであるという感じで、全体としては春先に網にとれた白魚の可憐さ、美しさを表現しています。これもまったくレトリックなどは気にもしないで作っていますが、いいですね。

次も同じく熊本時代の句で、明治三十年の晩春に作ったもの。いまの「白魚」の句のちょっとあとです。

溜《ため》池《いけ》に蛙《かはず》闘ふ卯《う》月《づき》かな

そのころは溜め池がほうぼうにありました。その溜め池に、ちょうど春、いろいろな蛙が出てきた。互いにメスを争ってオスが闘うという時期です。卯月は四月です。この句も洒落ています。漱石が俳句をどんどん作って、そのまま子規に書き送るということをしたおかげで、ことばが習練されてきていることは明らかです。その結果、レトリックも非常にあって、溜め池で蛙が闘っていると言ったうえで、「卯月かな」を据える……。「蛙闘ふ」ということばがスッと出てきているところがいいですね。しかも溜め池で闘っているのであって、情景が一目瞭然《りようぜん》、パッとわかるのです。漱石はそういう句を作ったのです。

次回はさらに詳しく漱石の俳句について見ていきます。

俳人・漱石の魅力

玉蘭《ぎょくらん》と大雅《たいが》と語る梅の花　夏目漱石

熊本時代の有名な句です。明治三十二年（一八九九年）二月作。

この月には、梅の花を詠《よ》んだ百五句を並べて正岡子規に送ってもいます。ひと月の間に梅の花を詠んだ句をそんなに多く作れたというのは、彼のアイディアが先行していたことを示しています。レトリックに凝《こ》る人ならば、こんなふうに軽々と百五句も作れないでしょう。そういう意味で、夏目漱石は根っからのアイディア先行の俳人だったと思います。

俳人というと、ことば選びがとてもうまい人、言い回しがとても洒落《しゃれ》た人と思う人が多いと思うけれど、ぼくの俳人についての考えは、そのものズバリ、読んだ瞬間に作者のアイディアがパッとわかって、そのあとで、「そういえばレトリックも、うまいな」ということもわかるのが最高だ、と思うのです。

たとえば松尾芭蕉がそうです。与謝蕪村《よさぶそん》もそうです。彼らは句をたくさん作れたということがあると思います。レトリックに凝る人は、俳句はたくさん作れません。

現代詩や短歌や俳句が、後生大事に抱え込むほどのものかということになると、ぼくはそうではないかもしれないと思っているのです。たとえば歌でいえば、西行みたいな人もそうで、彼も、どんどんうたい捨てていますね。俳句でいえば、句を作り捨てて、どんどん先へ進むというのが、いい作品を作る最高の方針ではないかと思うのです。

〈玉蘭と大雅と語る梅の花〉については、子規という人はさすがにできるな、と思わせるエピソードがあります。

というのも、漱石が子規のところに送った《梅花百五句》では〈玉蘭と大雅と住んで梅の花〉でした。正岡子規が「住んで」を「語る」に変えたんです。それだけで、この句がよくなっているのです。

なぜなら、玉瀾と大雅の〝おしどり夫婦〟ぶりは有名で、彼らが仲むつまじく暮らしたのは、いわば「言わずもがな」のことだからです。二人が一緒にご飯を食べているのかもしれないし、おしゃべりしているのかもしれない……、あるいは絵をかいているのかもしれないけれど、そういういろいろな解釈を許すのではなくて、〈玉蘭と大雅と語る梅の花〉というと、梅の花が咲いていて、その花の前で二人がのんびりとしゃべりあっているということがよくわかるわけです。子規が情景を絞って添削《てんさく》をしてくれたんですね。これはやはり子規に「一日の長」があったということがいえるでしょう。

こういうものを見ると、漱石は子規のところに句をドサッと送っていますが、自分で事細かに添削や推敲《すいこう》などしないで送ったに違いないと考えられます。言い換えると、病床《びょうしょう》の子規に添削をする喜びを与えるためにわざわざ、できたばかりの句をそのまま書き送った可能性が高いと思うのです。これは私の推測で、間違っているかもしれないけれど。とにかく、漱石という人は俳句を作るのにあまりことばに凝ったりしなかったということは明らかなようです。私はそういう俳人のほうが好きです。

ことばに凝ることで代表的な人はもちろん芥川龍之介です。芥川の場合は、ことばに凝る性質《たち》の人だった。凝らなければ句を作った気がしなかったのでしょう。ことばに凝って、いわゆる珠玉《しゅぎょく》の名作みたいなものを作ることに賭《か》けたわけで、実際にその努力の甲斐《かい》があったような句をかなり作っています。

だから、いちがいには言えないけれど、俳人の心構えとしてはアイディアが続々と生まれて、アイディアを追いかけるだけでも精一杯というくらい句をどんどん作る人のほうが、将来は必ず、見どころのある句を作ると思うのです。

＊

珍しい句があります。漱石は文部省から派遣されてロンドンへ留学します。そのころ子規は病床にありました。正岡のやつ、どうしているかなと思いながら、漱石はロンドンで神経衰弱にかかります。そんなころの、明治三十四年二月に作った句です。

漱石は前年の九月に日本を出発し、ロンドンに着きましたが、着いてみたらロンドンはもう冬でした。すっかり意気消沈してしまいます。髭《ひげ》を剃《そ》ったり、洋服をきちんと着たりすることも、彼はいちいち憂鬱《ゆううつ》だった。なんでこんな筒袖《つつそで》（洋服）をいつも着て歩かなきゃならないのかと思った……。

そのころの日本人の留学生はとくにそうだったでしょうが、国の威信を背負っていて、一流になることを義務づけられていましたから、常としてきちんとしなければいけないという気持ちの人が大半でした。しかし漱石は着くやほどなく、「自分は英文学ではモノにならない。自分がいちばん楽にできるのは漢文だ」と悟った人でした。おまけに当時は胃もこわしていて、頑丈で肉体を誇れるようなからだではまったくない。イギリスにはデカイやつばかりいて、ぞろぞろ歩いていたから、そういう意味でも意気消沈するところがあったのでしょう。

高浜虚子《きよし》宛《あ》ての書簡に「もう英国も厭《いや》になり候」と書いてあります。それは着いてまだ数か月のことですから、漱石にはイギリスが肌に合わなかったのかもしれません。その「もう英国も厭になり候」という文句がそのまま前書《まえがき》として使われた、次の句があるのです。

吾妹子《わぎもこ》を夢みる春の夜となりぬ

待ち焦《こ》がれていた春がやってきた。「春の夜」といえば日本の古典文学では色っぽいイメージがありますが、これもそういうイメージを踏まえたうえで詠《よ》まれた句です。夢の中に吾妹子、つまり奥さんが出てきた、そういう妻恋いの春の夜になってきたということです。

漱石の妻・鏡子《きょうこ》さんは文学史上、有名な悪妻ということになっています。実際に悪妻だったと言う人がけっこういますから、そうだったのかもしれませんが、私はどうもそれだけではあるまいと思っているので、卒業論文も、あの人は悪妻ではなかったという立場から書きました。

そのときは、この句のことは知らなかったのです。その後、この句のことを知って、定評とは違うものですから、珍しいことだなと思いました。というのも、漱石には女性へ宛てた恋文が一つも残っていないのです、書簡類では。ラブレターなどというものが出てくれば、たいへんな事件でしょうけれど、だいたい女性に手紙を書いた形跡すらないのです。

しかし、子供もずいぶん生まれていますし、そういう仲なんだから、触りたくもないというような仲の悪い夫婦であったとは絶対に考えられない。ですから〝悪妻説〟は違うぞ、という気が私はしたのです。

そう言ったら、夏目漱石の最後のお弟子さんである岡田耕三さん、俳号林原耒井《はやしばららいせい》さんに叱《しか》られました。私は明治大学の教授として二十年くらい勤めましたが、初めのころ、林原さんも明治大学の法学部の英語の先生としておられ、つまり同じ学部の先生同士だったから、よくお会いしました。会えば必ず、「やあ、大岡君」と言ってぼくを呼んで、いろいろと話をするのが楽しそうでした。

あるとき岡田さんに、「漱石の奥さんについては悪妻説がありますけれど、ぼくにはは必ずしもそう思えないのですが、どうですか?」と訊《き》いたら、言下に「とんでもないッ。あれは悪妻です」と言われて、ギャフンとしました。なぜかといったら、「漱石先生に定量の三倍ものたくさんの睡眠薬を飲ませてしまうような人が、いい妻であるわけないでしょ」と言われて、ああ、そうでしたかと言ったんだけれど……。

漱石は確かにほとんど狂態といってもいいくらいのときもあったわけです。家族がみな脅《おび》えきっていたくらい、漱石は恐ろしく横暴な一家の主人で、そういう時期には、鏡子さんはきっと、漱石に睡眠薬を飲ませて、おとなしくしていてもらいたいという気持ちになった可能性はあります。

しかし、漱石の気持ちとしては、そういう妻であっても、それとは別に、妻を立てていたということがずっとあったと思うのです。木曜日には木曜会といって、お弟子さんたちがみんな集まってきましたが、鏡子さんはときどき、そういう連中を引き連れて落語を聴きにいったり、「お御馳走《ごちそう》」を食べに連れていったりもしているわけです。そういう意味では気の利《き》いた、さばけた、親分肌の女性であっただろうと思います。

そういうところは漱石にはないわけですから、その点では、漱石は女房に一目も二目もおいていた可能性があるのです。

ですから、ロンドンの寂しい下宿にいて、待望の春がやってきたというとき、さすがに〈吾妹子を夢みる春の夜となりぬ〉のような句を作った……。それも、作っただけで捨ててしまうのではなくて、ちゃんと高浜虚子宛ての手紙に書いているのです、「もう英国も厭になり候」という前書をつけて……。この句を書いて送るということは、前書と本体の句との間の気持ちを慮《おもんぱか》ってくれ、ということを虚子に言っているわけでしょうね。

本当にうんざりしてしまって、女房が恋しいよという気持ちがあるわけですから。そういう句を作って、それをそのまま隠さずに虚子宛ての手紙に書いて送るということは、漱石という人は決してレトリックに憂《う》き身をやつすような人ではなかった。気持ちをそのままパッと言うことが俳句というものだと考えていて、それを実際に実行したと思わざるをえないのです。

＊

明治三十五年九月十九日未明、子規が死んだときに、漱石は五句、追悼の句を作っています。

霧黄《き》なる市《いち》に動くや影法師

「倫敦《ロンドン》にて子規の訃《ふ》を聞きて」という前書のある五句のうちの一句です。ロンドンの濃い霧のなかを影絵のように歩く人々のなかに、親友の動く幻を見たのでしょうね。

次の二句も同じときの作品です。

手向《たむ》くべき線香もなくて暮の秋
筒袖や秋の柩《ひつぎ》にしたがはず

〈筒袖や……〉は、私はいま、異国にいて、子規の柩について歩けない。おまけに筒袖姿で暮らしている。喪服としての着物もないんだということを言っていて、〈手向くべき……〉からすれば、線香すらないんだ、と……。

これらの句は十二月一日の高浜虚子宛ての手紙にあります。

漱石は英国へ出発するときからすでに、子規とはもう会えないだろうと覚悟していたと思います。それが、とうとう死んだという知らせが来た。それも、子規が死んで三か月くらいたってから、虚子からの手紙で知ったのです。もうこちらは冬です。友達の死を異国で知るということは、いろいろな思いがあるはずです。とくに漱石から子規に送られた手紙をいま『全集』で見ることのできるわれわれにとっては、あんなに激しい友情のあらわれ方をしたことがわかっていますから、漱石の気持ちとしては何とも言いようのないものだったろうな、と感慨深いものがありますね。

子規が死んでからあとの漱石の句をいくつか、引用しておきます。

明治四十三年八月、胃潰瘍《いかいよう》の診断を受けた漱石は転地療養のため伊豆の修善寺《しゅぜんじ》へ行きましたが、そこで大吐血をし、三十分くらい、仮死状態に陥ったことがあります。付き添いの医師二人がカンフル注射をガンガン打ったので、やっとかすかに命《いのち》が戻ってきて、それからしばらくの間、その修善寺の菊屋という旅館で療養します。句は吐血から十日ほどのちのものです。

秋の江に打ち込む杭《くひ》の響《ひびき》かな

病床にいて、秋の入り江にコンコンと杭を打ち込む響きが聞こえる……。何の気なしに読めばそれだけの句ですが、実際をいえば修善寺温泉は、海からははるかに遠く、どこからも入り江など見えません。川はありますが、それも、菊屋のあたりは細い山川が流れているだけです。でも、あそこらへんは水がきれいだから、いいワサビができるところです。その修善寺温泉でずっと寝ているのですから、入り江に打ち込む杭の音とは、明らかに幻聴です。杭を打ち込む音は頭に響くような音です。蘇生《そせい》してからあとの句ですから、心臓の鼓動なども気になって、いろいろ聞こえたのでしょう。そんなふうな、からだの何かの音が聞こえたのだと思います。

広い入り江があって、そこに杭を打ち込んでいるという、幻聴そのものがゆったりしていて、そこに蘇生したあとの澄んだ秋空のような漱石の心持ちも反映しています。漱石という人は気持ちの広がりをスッととらえる技術が実にうまい。レトリックではありません。そうでなくて、アイディアです。パッと浮かんだ幻聴の響き、それだけで秋の入り江を思い浮かべ、自分の心境に照らし、それだけでパッと句ができてしまう。いい句です。

あるいはまた、『修善寺日記』に見える、静養中の次のような句もあります。

秋風や唐《から》紅《くれなゐ》の咽《の》喉《ど》仏《ぼとけ》

これもレトリックを全然気にせずに作っています。句だけ見るとカラフルなのが印象的ですが、「唐紅の咽喉仏」とは、自分の咽喉仏が唐紅の色をしている、――喀血《かっけつ》して、血で咽喉仏が真っ赤に染まっている――という状態をそのまま詠んだもので、それは、そのとき自分の心のなかに漱石が見た自分自身の修羅の像でした。その後の、いわゆる専門俳人たちでも、こういう句をスッと作れた人はあまりいないのではないかと思うのです。漱石は心の中に自分というものを絶えず見ていた人だったのです。漱石には、アイディアが浮かんだ瞬間に、あ、これはいい、と判断できるだけの力があったんですね。なぜかといえば、たくさんものを読んでいたから……。だから、こういう句がスッとできたのです。

では、何を読んだかといえば、俳句を読んだわけではありません。英文学の本や漢文の本です。そういうものをたくさん読んでいたから、スッとこれが出てきたということであって、俳句を一所懸命読んでいるだけでこういう句ができるなんて、まったく幻想にすぎません。

次の句は大正年間（一九一二年〜二六年）に作ったものです。漱石はもう間もなく死ぬというところです。大正三年（一九一四年）十月下旬に夏目家のヘクトウという飼い犬が姿を消し、三十一日に近所の家で死んでいたのが見つかった。そのときに墓標を買いにやって、それに「わが犬のために」という前書を付し、

秋風の聞えぬ土に埋《う》めてやりぬ

という句を記しました。漱石はきっと、スッと書いて、そのままそれを墓標にしたのでしょうね。実に無造作です。しかし、その無造作が本当にいい。私の好きな句です。

「秋風の聞えぬ土に」に哀感がこもっていて、この句を弔いに詠まれ、その墓標の下で眠っている犬は幸せものだなあという気がするのです。

私も家の猫が死んだとき、これにならって句を作り、知り合いの方々に葉書でお配りしました。

「　　倣漱石

雪解《ゆきどけ》の地蔵のわきに埋めてやりぬ

（拙宅の小庭に小さな地蔵あり）」

ほかにも漱石の句はいろいろあるけれど、読んでいるととめどもなくなるのでやめておきましょう。

＊

夏目漱石という人もたいへん多才な人でした。小説はもちろん、漢詩も超一級ですし、俳句も、みてきたとおりで、いろいろな文学形式を試みることのできた人です。実際、試みたわけですが、その一つとして、はじめのうちは小説というよりは一種の身辺雑記のようなつもりで書き出したのが、非常にユーモラスだったのでたいへん評判になって、あっという間に洛陽《らくよう》の紙価を高からしめる作品になったものがあります。その作品とは、いうまでもなく『吾輩《わがはい》は猫である』です。これは夏目家の猫をモデルにして、猫に人間世界を批評させるというかたちの文章で、「ホトトギス」に連載されました。それで「ホトトギス」がどんどん売れ始めたという経緯《けいい》があります。

しかし、「ホトトギス」の編集長の高浜虚子は複雑な気持ちだったろうと思います。虚子自身、小説家になろうと思っていたのですが、横合いから出てきた先輩筋で親しい漱石に一歩先をこされたかたちになった……。虚子はやがて小説をあきらめて、俳壇に戻ってきます。

漱石は散文作家としてのイメージが非常に強いわけですが、漱石がなぜ散文を書けたかといえば、彼が俳句を作っていたからです。それもレトリック以前にアイディアで勝負するということを、小説を作るずっと前から考えていたから書けたのだと言っていい。

それはとくに正岡子規とのかかわりにおいて明らかです。正岡子規の存在が非常に大事なのは、夏目漱石という人物をいわば誕生させたからです。

誕生させるにあたっては、まず最初に漱石の俳句を実際に、ある意味では添削することによって指導したわけです。それに漱石が応《こた》えて、作っただけの句をポンポンと送ることができたのは、漱石に俳人としての素質が非常にあったということを意味しています。

漱石が後年、小説家としてあれだけの力量を発揮することができた根本のところには、俳句をたくさん作れたということがあったと私は考えているのです。

愉快な虚子《きよし》(1)

高浜虚子が生まれたのは明治七年（一八七四年）二月です。公式には二月二十二日になっていますが、臍の緒では二十日です。伊予《いよ》尋常中学校（松山東高校）のころから薫陶《くんとう》を受けていた正岡子規よりは、七歳ほど歳下《としした》になるわけです。

虚子はその後、明治二十五年九月、京都の三高（京都大学）予科に入学。同二十七年一月、退学届を出して上京。同年五月に復学します。しかし同年七月、学制改革で三高が解散となり、そのため、一歳年長でしたが、三高で同級生だった河東碧梧桐《かわひがしへきごとう》と一緒に仙台の二高（東北大学）に行くことになります。けれども虚子は、二高の学風がいやだというので、すぐにやめて帰ってきてしまいます。

虚子がやめると言ったのは、文学がやりたかったからです。そのため、兄貴分の子規はたいへん心配するのです。というのも、これはぼくの推測ですが、碧梧桐と虚子の両者を彼らが中学生のころから見ていた子規としては、自分の後継者にしたかったのは虚子のほうであったから……。碧梧桐はその候補者でなかった。——これが不思議です。碧梧桐は虚子よりも早くに子規の指導を受けていて、早くから俳句のかたちもできており、俳人としては若いころから頭角を現している感じがするのに対して、虚子の場合は、いつもどこか芒洋《ぼうよう》としていてはみ出ている……。ですから、俳人としての出発としては碧梧桐よりむしろ遅かったという気がするのですが、子規は虚子を自分の後継者にしたかったのではないか、と私は見ているのです。

しかし、その虚子は、はじめから子規のあとを継いで俳人になろうという気はさらさらなく、もう少し大きいことを目標としていました。それは、俳句ではありません。俳句ももちろんやっていましたが、何をいちばんやりたかったかというと、小説です。以前から小説をたくさん書いては東大にいた子規に送り、批評を求めたけれど、子規は酷評して返すのです。虚子は子規に自分の書いた小説を酷評されるものですから、鼻っ柱を折られた感じになって、どうしようかと迷った。その「どうしようか」時代がそうとう長かった。その時期に子規の結核が重くなり、最後は脊椎《せきつい》カリエスになって、わりと早くに亡《な》くなってしまうのです（子規の没年は明治三十五年）。

その前、明治二十八年三月、すでに大学を中退していた子規は、陸羯南《くがかつなん》の紹介で入社していた「日本」という新聞の記者として日清《につしん》戦争に従軍することになり、勇んで東京を出発します。ところが、向こうに着いてみたら戦争は終わっていた。しかたなしに帰ってきますが、神戸まで帰る途中の船上で大喀血《かつけつ》をするのです。

子規は明治二十二年、第一高等中学校（のちの一高）在学中にも喀血しています。そのとき病院に見舞いに行った一人が夏目漱石で、漱石と子規の友情はそこから始まるのですが、このことは、すでに述べた通りです。

明治二十八年七月、須磨《すま》の保養院にいた子規を見舞いに、そのころ京都に滞在していた虚子がやってきます。子規は、この男しか自分の後継ぎになってくれるやつはいないとかねてから目をつけていたので、「おまえはオレのあとを継いで、学問を一緒にやるようなかたちで俳句もやらないか」と打診をするのです。要するに自分の後継者になれ、ということです。虚子は、正岡子規という自分を文学的に目覚めさせてくれた、先生とはいえないけれどとても親しくて信頼している先輩に「オレの後継者になれ」と言われて、かなり気が重くなった。勉強嫌いの虚子としては「のぼさん（子規の幼名・升《のぼる》）、とてもだめだ。のぼさんのように学問と詩を両立させるような芸当は私にはできないよ」ということで、降りてしまいます。

帰京後、虚子は虚子で、坪内逍遥《つぼうちしようよう》のシェイクスピアの講義が聴きたくて、わざわざ東京専門学校、いまの早稲田大学にいったん入ります。しかし、予想に反してワーズワースの詩を講義されるものだから、つまらなくて、すぐにやめてしまいます。

とにかく虚子という人は学風が気に入らないとすぐにやめてしまうのです。虚子の生き方を象徴的に示している気がします。つまり、ざっくばらんに言えば、わがままなのです。自分が気に入らなければさっさとやめて顧《かえり》みないというところがあるのです。三高でうまくいかないから二高に移ってみたが、学風が気に入らないというので、そこもまたやめてしまう……。愉快です。

子規は須磨で療養したあと、自分のふるさとの松山に帰り、八月、漱石のすすめで漱石の下宿に同居します。しかし、そこでは療養どころか、毎日毎日、柳原極堂《やなぎはらきょくどう》や新《にい》海非風《のみひふう》たちが遊びに来るので、いい気になって俳諧《はいかい》などをせっせとやるのです。そして、ろくに療養しないうちに、また東京へ舞い戻ることになります。明治二十八年の秋、十月下旬のことです。漱石の〈御立ちやるか御立ちやれ新酒菊の花〉はそのときの送別句です。

松山から東京に戻ってきた子規は、その明治二十八年の冬（十二月）に、もう一度、上野の道灌山《どうかんやま》で虚子と二人、とっくりと話し合います。「学問をやって、オレのあとを継いでくれ」と子規が懇願したわけです。それに対して虚子は、必死になって、また断るのです。子規は本当にがっくりきます。

しかし虚子は、やっと子規から逃げられたという思いで気が楽になったのか、それからは俳句も何もどんどん作るようになってゆくのです。ですから、「気が楽になる」というのは何ごとによらずいいことで、ぼくは好きですね。

*

虚子は子規からの後継者になってくれという申し入れを丁重に断ったあと、数か月もしないうちに国許《くにもと》の長兄が病気になり、その病気見舞いで松山に帰ります。そこで、松山の愛媛県尋常中学校（松山東高校）の先生になって来ていた漱石と旧交を温めるのです。虚子と漱石とはすでに明治二十五年の夏、漱石と子規が連れ立って京都や堺、岡山、松山へと旅行した折、松山の子規の家で紹介され、知り合いになっていました。

明治二十九年三月、松山に帰ったとき、虚子は次のような句を作ります。

明治二十九年春・紅緑子《こうろくし》の笠《かさ》に題す

陽炎《かげろふ》がかたまりかけてこんなもの

この句を作ったのは虚子が数え年で二十二歳か三歳のときです。ぼくの推測では、松山に帰っていた虚子のところに、お遍路さんに出る佐藤紅緑がやってきたのでしょう。そのとき紅緑は当然、笠を被《かぶ》っていて、その笠にふわっと気楽に書かれた句としてこの句を考えてみると、実にうまい。春の日射《ひざ》しが照りつけて、笠の上から陽炎がゆらゆらと立ちのぼっているような感じが目に見えるようです。陽炎がかたまってきて、ちょうどこんなものになった、という笠をお遍路さんたちはたえず被って歩いていく……。笠という一つの物質を、あれは陽炎のかたまりだと言い換えた。――その言い換えが、実にうまいですね。

そうした〝機転〟というものは、俳人がもつべき最も基本的な力量で、それが、その人の俳句の善《よ》し悪《あ》しを決定的にしてしまうくらい大事なものです。英語でいえばウイット（WIT）です。そこには当然、ユーモア（HUMOR）というものもついてきます。俳句というものがもつべき最も基本的な要素がはっきりとここに出ていると思うのです。虚子のこの機転はすごい。こういううまさは時代を超えていますね。一句だけでは不足でしょうけれど、どんなときでも絶えずこのような機転をきかせた句が時に応じて詠《よ》める。――現在ただいまの用を足すものとしてそういうものができるということは、いつの時代になっても必ず通用するということなのです。

たとえば現在、帽子を被っている人に向かって〈陽炎がかたまりかけてこんなもの〉という句をあげれば、その人は突然、自分の頭の上に陽炎が乗っかっているという感じになるから、軽やかないい気持ちになるに違いない。それが贈答句の極意なのです。

贈答句というものは、相手に贈るだけではなくて、贈られた人が気持ちよくならないといけない、と思うのです。それは言い換えると、どこかに温かな笑いがこもっているということ。〈陽炎がかたまりかけてこんなもの〉という全体の句の運び方そのもののなかに、上品な笑いがあるのです。笑いというものを含んでいながら、上品、はにかみさえもそこに漂っているからいいのです。

しかし、そういう俳句を作ることが、いまの人たちはあまりうまくできなくなっているのではないかという気がします。原因のひとつは、ことばの用意が足りないということ。たとえば「陽炎がかたまりかけて」とはいえても、そのあとの「こんなもの」は俗です。けれども軽やかで、どこかゴムまりがぽんぽんとはねるような下五《しも》がここにある……。決して何かはっきりとしたモノを突き出すのではなくて、「こんなものですよ」というだけで、逆にそれが「笠」という物質をみごとに俳諧《はいかい》的にしているのです。

加藤楸邨《しゅうそん》さんの有名な句に〈おぼろ夜のかたまりとしてものおもふ〉がありますね。これは、柔らかな春の朧夜《おぼろよ》の底にうずくまる自分自身のことを言っているのですが、全体は霞《かす》んでいるのに、ズシリと重い存在感があります。こういう句を一流俳人はときどきは作れるのです。だけど、それがやれない人もいます。「陽炎がかたまりかけて」まではいえても、そのあとに必ずズバリと編み笠そのものを表現してしまったりするから、それだけで陽炎も何もみんなつまらない存在になってしまうんですね。そうではなくて、「こんなもの」といわれた瞬間に、その示されているもの自体は何なのかよくわからないけれど、それは陽炎がかたまりかけているものだということで、ある種の軽やかな物質感がちゃんとあるのです。

そして虚子は、そういうものを計算して、あるいは考え抜いて作ったということではないはずです。むしろ、口をついて出たことばそのままをサッと書いてみただけでしょうが、あとで考えてみると、あれはなかなかよかったと思えたので大事に記録しておいた……。それがずっとのちに『贈答句集』という句集の中に収められることになるのです。

＊

明治二十八年には、虚子はこんな句も作っています。

ほこらの図に題す
留守かやい封じこめたる狐《きつね》ども

祠《ほこら》に狐のいる絵がある。その狐は祠に、つまり絵の中に封じ込められているというわけです。

その約一年前、明治二十六年十二月には、子規の門下の一人、五百木飄亭《いおきひょうてい》が京都吉田に住んでいた虚子を訪ね、その下宿に一晩、泊まっています。そのときに詠んだ句が次のものです。

飄亭を吉田の庵にとゞめて
京に寝よ一夜《ひとよ》ばかりは時雨《しぐれ》せん

この句は当然、芭蕉という人を念頭に浮かべています。芭蕉と時雨はつきものです。芭蕉が死んだときは時雨の時期だったから、その忌日《きにち》を時雨忌ともいうのです。

初冬の時雨は京都の名物です。それも、時雨といっていちばんにピンとくるのは京都の北側です。北山のほうに降る時雨は、俳諧師にとっては一度は濡《ぬ》れてみたいと思うようなものなのでしょう。それで虚子は、五百木飄亭が来たときに「今晩は泊まっていけよ」というわけで、この句を作ったのです。

これはわずか二十歳のころに作った句ですが、〈留守かやい封じこめたる狐ども〉という句にしても、俗にくだけていながら軽やかで、飄々《ひょうひょう》としたおもしろさがありますね。そこが高浜虚子という人のしたたかなところです。これらは当時の俳句の水準、俳風からはおよそ掛け離れていました。老人趣味といわれるような俳句ばかりがあった時代に、こういうけったいなものを平然と作っていた虚子がいたわけで、その自負《じふ》心たるや、たいしたものだったはずです。

いまあげた三つは全部、挨拶《あいさつ》句です。だれかに呼びかけている……。そのうちの一つは狐への呼びかけで、狐に対する挨拶ですね。

これらの句は昭和二十一年（一九四六年）に出た『贈答句集』に出ています。虚子の最初期の句集である昭和十二年に出た『五百句』には出ていないと思います。というのも、これらは挨拶の句であって、本格的に俳句を作るつもりで作ったものとはちょっと違うよ、という気持ちがあったと思うからです。しかし、のちに『贈答句集』

という一冊の本をまとめようとしたとき、まっさきにこれらの句が念頭にのぼってきたのだと思われます。

虚子は、二十代のはじめから二十二、三歳のころまでに贈答句をたくさん作っています。それらは非常におもしろい。句そのものがおもしろいというだけではなくて、こういう句をフッと作れる虚子自体のおもしろさ、大きい存在としての虚子、そういうものがあるということです。

＊

こういうおもしろさは、その当時よりはむしろ、いろいろ見てきたあげくにもう一回見直してみたら、虚子はこういう句を若いころにいっぱい作っていたんだと再発見され、それから有名になるであろう句の、一群だと思います。

こういうものは、一所懸命勉強すればできるというものではありませんから、どうしようもないのです。詠む人の心の中に絶えずふにゃふにゃと、かたちはなしていないけれど、絶えず何か動いているものがあって、それが必要なときにパッと一つのかたまり、俳句というものになって出てくる性質のものなのです。実をいえば、ことばとはそういうものなのです。だから、はじめにこういうものを作ってやろうと思ってできるものでは絶対にありません。そんなことをやっても、わざとらしい三流の句しかできないに違いないのです。

もっとも、いまはわりとそういうことがわからなくなっている。なぜかというと、現在ただいまの隣近所、周辺の人たちが作る句ばかりが、読む対象になっているところがあるからです。五十年も百年も前の句は、自分とは関係ないと思っている人が多すぎるのではないでしょうか。虚子の『贈答句集』を見ると、句が実際に作られたのは十九世紀の終わりですから、いまから一世紀以上前……。しかし、いまでも〈陽炎がかたまりかけてこんなもの〉といえば、どんな情景にも合うようにできている……。つまり、時間を超えているのです。

ものが開いたり閉じたりする情景を考えてみると、開かれていて同時に閉ざされている状態を詠めるという融通のきくところが虚子にはあって、それがきちんと時間を指示する作品ではなく、時間を超えた作品になっている理由ではないでしょうか。だから、いつの時代でもこれらの句が通用するのです。虚子という人の恐ろしさがあるとすれば、このあたりでしょう。

そういう句ができるということは、別の言い方をすれば、この人の全身が絶えず流動することばの状態になっているということです。流動することばが呼吸をし、動き、歩いているのです。どこかで何かにぶつかると、その流動していたことばが、そのときだけパッとあるかたまりになる。それも、実にしゃれたことばなのです。それが終わればスーッと全部溶けてしまって、また流動するのです。ことばの流動体みたいなものですね。この人のからだのなかではことばが絶えず流動していたのだと思います。

多くの人の場合、適切なことばはどこにあるかわからないということで、外側に探しにいくのです。あそこにすばらしい作品がある、それを一所懸命に読めば勉強になるからといって、自分のなかではなくて外側にそれを求めにいく……。しかしそれでは、あ、これがあったと見つけても、それは自分の外側にある一つのかたまりに過ぎないのです。

虚子の場合には、ことばの塊が自分の内側にあるのです。しかし、それは虚子自身にも何だかわからない、もやもやしたものとか、そんなものとしてあるだけです。ところが、彼が興味をもったものが目の前にフワッと出てくると、そのときその瞬間に、ことばがスーッと飛び出てきて、俳句というかたちをなすのです。それがいったん終われば、またスッと忘れて離れていく。ことばの達人とは、そういうことのできる人なのだと思います。

愉快な虚子(2)

虚子という人は戦後、それも昭和三十年代まではまるで評判になりませんでした。それどころか、気鋭の俳人たちの間では、虚子という名前が出れば、必ず悪評でした。そういう時代をぼくは知っています。

その当時、ぼくが知っていた俳人たちの多くからは「高浜虚子という人は、どうしようもなく古い時代の、どうしようもなく古い理論の権化《ごんげ》」というとらえ方をされ、「高浜虚子、ふん、あんなもの」といわれるような存在だったのです。戦後十年あまりはそういう状態だったと思います。

その後、俳壇的にいえば森澄雄《すみお》とか飯田《いいだ》龍太《りゅうた》らがぬきんでてきたころから、前衛俳句一辺倒という感じではなくなり、高浜虚子という存在が見直され、花鳥諷詠《ふうえい》の先駆者ということで巨大な存在になっていきました。しかし、こういう成り行きはあまり興味がありませんね。

子規や虚子に続く人々が花鳥諷詠を崇《あが》め奉《たてまつ》るのは本末転倒ではないでしょうか。俳句にはまだほかの道もありましたでしょうに……。もちろん花鳥諷詠も重要ですが、もっと困難な行き方もありえたと思うのです。虚子自身がそれをよく知っていたと思います。そして、自分ではそれがやれたんだと思います。たしかに花鳥諷詠は一般大衆を導くには非常にわかりやすい、有効な方法でした。虚子は充分にその効果を知っていました。それで善男善女がみんなついていったから、平均点以上には取れる俳句を作れるようになったのでしょうが、逆に、そのために高峰がなかなか出てこなくなったのではないか、と私は思っているのです。

これは詩の非常な皮肉です。詩というものは普通の人には、わかりにくい難しいものだという奇妙な観念が昔からいまに至るまであります。そういう先入観があるから、もう少しわかりやすく近づきやすいようにするために何か決まった標語、あるいはこれを覚えればだれでもすぐにある水準までは作れますよという実例をあげて、便利な俳句入門ふうなものを教え込むんですね。だから、いまでも俳句入門書が次々に出るのは、当然です。

しかし、正岡子規や高浜虚子本人たちは俳句の大衆化のような政策論めいたことは考えていなくて、精神面での目標は、いつももっと高い、困難なところに置いていたのではないかと思うのです。その上で、ある種のことをルールとして知っていれば、そこから先、すぐにある格好のついたものができますよという、そこのところをとてもよく教えてくれた人たちだったのではないかと思うのです。

このことは、一方で尾崎紅葉みたいな人がいるから、比べてみればすぐにわかります。尾崎紅葉は、いわば俳句の前衛派というところを突っ走りました。うんうん唸《うな》りながら、五七五の短詩型をいじめ、そしていじめられつづけた。ところが紅葉と同年生まれの正岡子規は、そうではなく、だれでもついてこれる一つの路線を示した。それは何かというと、「写生」です。「写生」という、孫悟空の、例の如意棒《にょいぼう》みたいなものを発見したわけです。それで、だれでもが作れるもの、それが俳句だ、という観念がだんだん浸透していったのです。

虚子はそれを子規から受け継ぎましたが、この人は若い優秀な人材をつぎつぎに育てあげる絶大な能力と貫禄《かんろく》があり、自作がずば抜けてよかったから、「鬼に金棒」みたいなもので、しだいに浸透する影響力で俳句をさらに大衆のものにしてしまった。それ以前の尾崎紅葉のような、うんうんと唸って脂汗《あぶらあせ》を流しながら作る俳句ではなくて、写生をすればいいんだ、花鳥諷詠をすればいいんだ、という教えです。花鳥諷詠ということばを一つ言い当て得ただけで俳句の普及にたいへん役に立ったのです。それ以後、百年近くたちますが、その間、それに代わるものが発見されていないということは、虚子の歩んだ道が蜿蜒《えんえん》といまだに続いているものであることを証明しているわけです。

その後、前衛俳句、その前には造型俳句などいろいろありました。高柳重信《たかやなぎしげのぶ》は多行《たぎよう》俳句も試みました。けれども結局、一本の棒として表現される五七五の俳句が最高のものでありつづけているわけです。そして、理論としては花鳥諷詠がいちばん長生きしている。そういうものの根源に、高浜虚子がやったさまざまな試みが全部含まれていると思うのです。

＊

忘れてはいけないのは、高浜虚子という人は、こうすれば上手な俳句が作れるということをいっさい言わなかったということです。一般大衆向けにお経の文句みたいに決まり切ったことを標語のようにして言っただけであって、それ以上は知らん顔をして、本人は全然別のことをもやることができていたということです。その素地は、前項で挙げた〈陽炎がかたまりかけてこんなもの〉のような二十二、三歳前後に作った自在な俳句の作りかたにあったのです。

「こんなもの」という無造作なことばは、現代の俳人にはなかなか使えるものではないでしょう。十七文字以上の文字が使えないという制約が頭の中にあるものですから、大事な短い俳句の形式のなかで「こんなもの」などといういいかげんなことばなんて使えない、そんな冒険はできないよと、現代の一流と思われている俳人たちでも思うのではないでしょうか。

ところが実際は、こういう何でもないようなことばをポンと出して、それが五七五にぴたりとはまって、猛烈に強い存在感を表すということがあるんですね。そういうところは、いまの人でもやろうと思えばやれるのだと思ったほうがいい。ただし、そのためには虚子が当時考えていたであろうことと同じようなことを、現代俳人の考え方あるいは姿勢として、もつ必要があると思うのです。

その当時、虚子がどう考えていたかというと、俳句を唯一《ゆいいつ》絶対的な文学表現の形式だと思っていたわけではまったくない、ということです。彼は最初から小説に興味があったのです。正岡子規が生きていた時代から、写生文を作り、文章批評しあう目的で始まった山会《やまかい》――文章は茫漠《ぼうばく》としたようなものであったのでは決まりがつかないから、とりあえず写生をする。写生をすれば必ず山が必要である。だから「山会」――

に虚子も加わっていました。写生文は、子規や虚子たちが創《つく》り出した新しい文章の書き方の一形式だったのです。

その姿勢から、散文だけではなく、絵画も彫刻も俳句もこれと同じ方法、つまり「写実」や「写生」でできるということに気がつき、気持ちが動けば、五七五という短いもののなかにそれを書き込むということもできるようになっていったのです。その時期にまさに、『贈答句集』に見られるような初期の句が作られているのです。ですから、散文を作るという大きな希望があり、そのうえで同じことを俳句にも応用しようと考えていたのだと思います。

要するに、虚子は早い時期から文章を書こうと思っていた。だから、子規から「オレの後継ぎになってくれ」と言われたとき、それはちょっと困るなと思った。ところが、明治三十五年（一九〇二年）に子規が亡《な》くなると、虚子は自分が引き継ぐほかないと思い、子規が始めた「山会」と「ホトトギス」を引き受けます。が、皮肉なことに自分たちの友人である夏目漱石が「ホトトギス」に書いた一種の戯文《ぎぶん》である『吾輩《わがはい》は猫である』が大人気になり、自分がやろうとしたことだけれども、漱石ほど器用にはできないということがあって、そこからあらためて俳句というものを考えてみようと思ったのではないか……。

ですから、もともとをいえば虚子の俳句はより大きな形式である散文というものを一方で考えながら、そのなかで思いついてはパッと五七五で書きとめていくというやり方のものであったと思います。このことが、文学的な目覚めの問題としてはとても大事なことだという気がするのです。

＊

虚子の最初期の句集『五百句』（昭和十二年・一九三七年）からその後ずっと、最晩年の『六百五十句』（昭和三十年）、そして亡くなったあとで長男の高浜年尾《としお》さんと次女の星野立子《たつこ》さんが共同で編纂《へんさん》された虚子の最後の句集『七百五十句』まで含めて、ぼくは《折々のうた》の連載では二十句前後、取り上げているのではないかと思うのです。ですから、ここではどれを取り上げてもいいのですが、ぼくにとっての虚子の名句集ということで、いくつかご紹介してみましょう。

蝶々《てふてふ》のもの食ふ音の静かさよ

この『五百句』時代の明治三十年作の句は、ぼくが虚子の句を読んで最初にびっくりした俳句の一つです。「もの食ふ」といわれた瞬間に、まいった、と思いました。ふつう、ことばのうえでのしきたりとしては、蝶々はものを吸うのであって食うとは言いませんね。蝶々はいろいろな花の蜜《みつ》を吸っている。それは実際は食っているのですが、ことばとしては「吸う」とわれわれは覚えていますから、それから外《はず》れると、異様な気がするということがあるのです。

しかし、だからといって、この場合、「もの吸ふ音の静かさよ」では、まったくどうしようもなく平凡なことになってしまいます。それを、「もの食ふ音の静かさよ」だと、実際には聞こえるはずのない蝶々の蜜を吸う音が聞こえてくるようです。ことばの世界ではこういうことができる……。「もの食ふ音」といわれてみると、そこには何も音がしないということがもう一方の固定観念としてありますから、なるほど、すごいものだなと思えるわけです。

さらに言えば、これは蝶々だけではなく、いのちあるものなら何がものを食っていてもいいのです。人間であれ猫であれ何であれ、ものを食っている、その音全体が静かだということになれば、これはもう生き物全体の、象徴的な意味での「食う」ことの一つの表現になっていて、ありきたりの写実では達しえぬ生の実相までもを感じとることができます。そういうところからも、虚子という人の言語感覚が自由だったということがわかります。文法的な正しさみたいなもので縛られていないということが、大きなものとしてあるのではないかと思うのです。

虚子のいい句を見てみると、俳句だけでガチッと決まっている堅苦しいものではありません。

遠山《とほやま》に日の当りたる枯野《かれの》かな

これは『五百句』に載る有名な句です。明治三十三年十一月二十五日、鎌倉の虚子庵の例会で作られた句で、当時虚子は二十六歳。このときは何の気なしに作っているのですが、遠くの山を「遠山」ということばでつかまえてきて、そこにぼーっと日が当たっている、と……。決してカッと当たっているわけでもないし、一点だけにパッと当たっているわけでもない。ぼーっとやわらかな冬の日が当たっているだけの情景なんだけれど、「遠山」と言った瞬間に、山が遠くにあるということですから、その前に広がりのある枯れた野原があるということが言えている。「遠山」といっただけで、こちらに枯野が見えてくる……。虚子は構図の作り方も実にうまいのです。

同じことが次の句でも言えます。これも有名な句です。

桐《きり》一葉《ひとは》日当りながら落ちにけり

明治三十九年に作られた『五百句』の句です。桐の広い葉っぱが一枚、日を受けながらひらひらとゆっくりと落ちていく様《さま》がよく見えてきます。虚子はこのとき、三十二歳。現代風にいえば若造といってもいいような年齢ですが、すでにこの当時、こういう古典的な句を作っているのです。

「桐一葉」はもともと漢語からきています。「桐一葉落ちて天下の秋を知る」、すなわち、ものが凋落《ちょうらく》していくということを言っているのです。たとえば坪内逍遥《つぼうちしょうよう》が淀君《よどぎみ》と片桐且元《かつもと》の悲劇的な話を材料にして作った戯曲に『桐一葉』という題をつけた、――それと同じことです。凋落を示すことばであるその「桐一葉」を、虚子はフッと使った。しかし「凋落する」という観念的なことはいっさい言わないし、触れもしていない。それが逆に景を鮮明にさせ、自然の理《ことわり》も暗示していて、うまいのです。

〈遠山に……〉や〈桐一葉……〉の句からもわかるように、虚子は大きく自然界をとらえるのがうまい俳人でした。この人はあまりたくさんのことを言わない。一点、これがはっきり言えていると思えば、ほかのところはわざわざボーッとぼかすのです。

その上手さはみごとです。

＊

流れ行く大根の葉の早さかな

虚子の有名になった句の多くは、遠方の世界を一つの素材でパッととらえることによって、逆に大きなものをまわりに浮かび上がらせるという方法で詠《よ》んだ句です。〈流れ行く……〉は昭和三年に作られた句（『五百句』所収）。東京の西郊、世田谷の九品仏《くほんぶつ》を吟行《ぎんこう》していて、橋の上から小川をながめおろしたら、水の流れにのって大根の葉が流れていった。それが意外なくらいに、素早く流れた。ただそれだけのことです。余分な状況説明は何もない。虚子は、さっと流れていった自然界の一瞬の動きを大根の葉という具体的なものによって端的にすくいとることに力を入れたのでしょう。そのために「早さ」そのものをぐっと際立《きわだ》たせることができたのです。

こういう詠み方は、自分が詠んでいる目の前の景を頭に浮かべると同時に、その周辺にある、より大きな広い世界を絶えず頭においている人でないとなかなかできないのではないでしょうか。動いているものそのものに密着し過ぎてしまうと、余裕のない句になるでしょうし、そして、そのことによって、ある豊かな間隔、隙間《すきま》が表現できなくなるということがあると思うのです。

いまの句で言ったのと同じことが次の句にも言えます。

わだつみに物《もの》の命《いのち》のくらげかな

『五百句』の中の句です。「物」は、日本語でも働きの多い語の一つです。「物の命」とはちっぽけなものの命ということでもあります。ちっぽけな存在としてのクラゲが海のなかでゆらゆらと揺れている。そのクラゲのことを「物の命」といわれると、ことばそのものがある物質感をもってきます。「物の命」とは前回お話しした「こんなもの」同様、変な言い方で、理屈では説明できないことばの一つですが、それをうまく使っている。クラゲは触れれば毒を放射するような存在ですが、ふだんは海中にゆらゆら揺れていて、透明な、何でもないようなものです。そんな何とも言いようのない命のあり方をつかまえるために、「物の命」という微妙なことばを使った……。この場合はとてもうまくはまっています。

もののとらえ方が緩急自在なんですね。決まりきった固定観念ではとらえていません。固まるときはギュッと固まるけれど、その次にまたスーッと溶けてしまう。心の中ではことばが決まったかたちであるのではなくて、絶えず流動していて、必要があればスーッと固まったり四角になったり丸くなったり、そういうことができるんですね。ことばを発する心、――虚子はそれにそって自然に生きている、という感じがします。

蛇《へび》逃げて我を見し眼《め》の草に残る

大正六年（一九一七年）の句です（『五百句』所収）。言われてみればみごとと言うほかないのですが、この句にはある種の文学的な虚構がありますね。蛇が逃げていった、その蛇がパッと自分を見たということで、その蛇の目つきが自分の記憶として残る、という言い方ならできるし、そういうことを言っている人はいっぱいいるかもしれませんが、虚子は「草に残る」という言い方をした。――蛇が逃げていくときに自分を見たその目が、そのあたりの草むらに残っている、ということですから、完全なフィクションなのです。しかしじつに鮮やか。そういう世界を彼は詠むことができたのです。

俳句一本で考えていたのではこうはいかないでしょう……。こういう世界はほとんど幻想の世界です。散文でしたら、こういうことを書いた人もたくさんいるでしょうが、俳句のような短小な詩型ではなかなか書けないと思います。

しかし、実はこれは簡単なことなのです。それはなぜかというと、虚子という人が「写生」を重んじる一方で、「文学的であること」を大切にしたからなんです。この「見し眼の草に残る」は、完全に虚構であると同時に、ギョッとするほどリアリティーがある、ということが虚子の句の大きな特徴なのです。

愉快な虚子(3)

虚子の仕事全体についてはたくさんの虚子門の偉い人々が書かれていますから、おさらいみたいなことになるけれど、高浜虚子の〝個人の時代〟と〝近代俳句史全体〟とを引っくるめて、年代を追って眺めてみます。

虚子は明治二十七年(一八九四年)ころから俳句を作っていると思います。明治二十七年から正岡子規の没した明治三十五年まで、これがいわゆる「日本派」時代です。そして、明治三十六年から同じく四十五年(大正元年・一九一二年)までが虚子と碧《へき》梧桐《ごとう》の対立時代、すなわち「虚碧対立時代」ということになります。そして、大正二年から大正七年の中盤までが、虚子みずから進んで「守旧派《しゆきゆうは》」と言っていた時代です。さらに大正七年の夏ごろから大正の末までが、「客観写生」ということを虚子が力説していた時代です。そして昭和初年ごろから没年の昭和三十四年(一九五九年)までが「花鳥諷詠《ふうえい》時代」ということになると思います。ですから、三十年以上の長い間、花鳥諷詠時代だったといえますが、それ以前の客観写生時代だって、似たようなものです。一つは写生というものを絶対に重視するということであり、そのうえに立っての花鳥諷詠ということが俳句の最も大きな主題だということによって、いわば彼の理論的な立場がはっきりし、それ以後、死ぬまで動じなかったということになるのです。

虚子がいちばん動揺して苦しかったのは、いうまでもなく明治末年から大正二年にかけての、いわゆる彼の俳壇復帰と言われている時代のころです。そのころには一方では、以前にも触れましたが、彼は小説家になろうとしていて、山会《やまかい》という会をもち、写生文に力を入れていました。写生文とは言い換えれば散文のことですが、散文に彼は大きな重要性を置いていたわけです。ですから、虚子ははじめから俳人として一貫したとは言えないし、そう言うべきではないと思うのです。

ところで、散文において、わけても写生文と言われている文章は、明らかに正岡子規、高浜虚子によってはっきりと自覚された文章の書き方なのですが、これは、日本の近代文学全体の地図からいっても非常に重要です。その地図のいちばん中心にあるからです。

そして、そこから生まれた大小説家が、夏目漱石なのです。漱石と高浜虚子は非常に親しい盟友でした。夏目漱石が小説家になってしまう以前からの親しい仲間であって、そこでは正岡子規という人が両者の中心にいたわけです。その子規と、子規を受け継いだ虚子によって維持されてきた「ホトトギス」という雑誌が夏目漱石の出発点にあるわけですから、俳句の雑誌が一方では散文の揺籃《ようらん》そのものとなり、その「ホトトギス」から現在に続く日本の近代文学の新しい一つの考え方としての写生文というものが、はっきり出てきたんですね。私は、このところに重要な問題があると思っているわけです。ですから、「ホトトギス」という雑誌は、はじめから俳句そのものを追求した雑誌だ、ということはできないのです。

＊

私は、子規の俳句をこのあいだから、ずっと読んでいるのです。というのも、近く出るはずの新しい『子規選集』（増進会出版社刊）の俳句の巻、その他の巻、いくつかを再編集するために必要だったからですが、子規の俳句は全部で二万句あります。それですから、三十五歳で死んだ人としては驚くべき量のものを詠《よ》んでいるのです。それらの句を読んでみると、この人は俳句を作るということを心得た人ではありますが、意外性というものは、あまりないんです。しかしほとほと感心するのは、すべてが粒ぞろいで、これだけ同じ質を保ちながら詠みつづけることができた、――その力量のことです。どんな対象でも俳句にできるというくらいの技術をもっていた、ということですね。あらためて、恐るべき修業をしているなという気がしました。それは彼の場合、明治の二十年代以前から始まったものですが、逆にいうと、二十年代の半ばから指導を受けた高浜虚子が、そんな子規によって鍛えられたということがよく思い合わされました。

とにかく「ホトトギス」の初期の時期は、現代の普通の俳人には想像もできないくらいの密度の数量で俳句というものを作っているし、貪欲《どんよく》に作っているんですね。それらを現代の俳句と並べてみると、あまりにもみごとにかたちができているものばかりですから、かえって人々の耳をそばだたせるようなことはないという感じはするけれども、これだけのたくさんな量をほぼ同じ質を保ちながらあの短い生涯に書けたということから、正岡子規、そしてその薫陶《くんとう》を受けた虚子という人々の時代を思うときに、彼らは驚くべき力量を当たり前のものとして育てていたということが、よくわかるわけです。

そういうことを考えながら虚子のことを思うと、虚子という人が正岡子規に鍛えられたということは非常に意味があったという気がするのです。前にもお話ししましたが、子規という人は、早く死んだからやり残した仕事がいっぱいあったはずなのに、事実、やりかけの仕事もいっぱいありますが、にもかかわらずやり残した感じがしない。――これは不思議な感じがします。子規という人は三十五年の生涯の間にやるべきこと、大事なものは全部さらけだして死んだという気がするけれど、そういう人のあとを継いだ虚子はそうやって死んでいった子規を見ていたから、文章を書くということについても俳句を作るということについても、徹底して何かをやらなければだめだということだけは、はっきり知っていた人だと思うのです。

河東碧梧桐に『子規の回想』という本があります。そのなかに、子規を中心に、若いころの碧梧桐や虚子がやった「競吟《せりぎん》」の催しにふれた箇所があるのですが、それは「成るべく拙速《せっそく》を尊ぶ句作法で」、一題につき十ないし二十句ほどの句を七、八時間の会合の間に十題ぐらい片づけるペースのものです。

碧梧桐が「少し苦吟してゐたりすると、落伍者《らくご》になつてしまふ」と記しているとおり、気の抜けない、恐るべき速さのもので、彼らに確かな「写生の眼」と、いわゆる「教養」ということばに象徴される文学的蓄積や雑学の知識がなければ、とても叶《かな》わなかった、と思います。

ということは、集中してことに当たることで、彼らはそれに耐えられるだけの実力の素地を身につけていた、あるいは身につける大切さを知っていた、ということです。いまでは死語に近い「教養」ですが、馬鹿《ばか》にするなんて、とんでもないことですね。

＊

その子規の死後、虚子と碧梧桐が対立する時代がやってきます。明治三十六年ごろから、言い換えると正岡子規が死んで一年するかしないかのころから、二人はもう対立しはじめています。とくに碧梧桐の《温泉百句》という、当時、有名な連作が発表されるのだけれど、これについて同じ「ホトトギス」の誌上で親友の虚子が徹底的に批判するのです。虚子は《温泉百句》を、技巧を弄《ろう》し、ただ単に新しい材料や語法をひけらかしただけの失敗作だ、と断じています。その断じ方も徹底していて、馴《な》れ合いのような感じはまったくありません。明治時代の文学者は子規と漱石にしてもそうですが、虚子と碧梧桐の対立も典型的で、ある意味では模範的な対立のしかたをした上で、二人は袂《たもと》を分かっていくのです。

それに対して虚子自身はどんなものを作りたかったかというと、「単純なる事《こと》棒の如《ごと》き句」こそ俳句において尊重すべきものだ、というのです。そしてそのあと、「ボーッとした句、ヌーッとした句、ふぬけた句、まぬけた句」などこそ作られねばならない、と書いています。これはびっくりするくらいはっきりした宣言です。

現代俳句の世界で、たとえば「ボーッとした句、ヌーッとした句」というものが自分の目標だなんてことを堂々と言えるほどの人は、あまりいないでしょう。そういうことを言うと、何を間の抜けたことを言っているんだ、と言われかねないですからね。しかし虚子は真っ向からそうした句を目標に掲げたのです。そして、そういう人が「私は守旧派だ」と言っているのですから、守旧派というもの自体がそうとうしたたかな力をもっていたことがわかります。新しい技巧、新しい材料とか、そういうものだけを求めつづけるのがいかにくだらないことか、――正岡子規が死んだ直後の明治時代に、虚子ははっきり言っているんですね。そのころすでに、近代、そして現代俳句全体を見直す上で非常に重要なことが言われていたのだということを、あらためて思わざるをえません。

そのことは、河東碧梧桐のその後の行き方、つまり新傾向の俳句の行き方についても、はじめから断定的に、その方向に行ってもだめだということを言ったに等しいわけです。

一方、碧梧桐としても、虚子と俳句観が相違するということがはっきりしてくれば、当然、自分の行き方のほうに固執《こしゅう》することになります。その行き先がどうなるか……。

彼はある意味では明敏な人だったから、自分でもわかっていたのではないかと思うのです。

つまり、すでに明治三十六年の時点で、虚子と碧梧桐の対立の行く末までもわかるようなかたちで、虚子が碧梧桐の《温泉百句》に対する激烈な批評を書いたということになるわけですから、虚子という人は生半可《なまはんか》なことでは測れないところがあるのです。

もちろん、本人たちはその当時、いちいち全部そんなことを思ってやっていたわけではないのですが、「ヌーッとしたもの、ボーッとしたもの」を求める人と、「真実探究」などを旗印に、スパッと歯切れのいいものを求める人と、本能的にその両方に分かれていく……。これが詩人とか俳人とかのひとつの運命的な生き方の問題にもかかわっていくわけです。

明治の終盤、燎原《りようげん》の火のごとくに碧梧桐の新傾向俳句が日本全国の若い俳人たちに影響力を発揮しはじめていたこの時期に、虚子はいま言ったようなことを言っていたわけですから、当然、自分の立場は受けが悪いということもよく知っていたでしょう。けれども、いよいよこれは放っておけないと思うようになったとき、大正二年についに俳壇に復帰します。そのとき〈春風や闘志いだきて丘に立つ〉という有名な句を作っています。これなどは、はっきりと碧梧桐との対立を念頭に置いた上での句作です。

これに対して、碧梧桐の下にも大勢の俊秀が集まったはずですが、虚子のところにも村上鬼城《きじよう》のように虚子よりもずっと歳上《としうえ》の人のほかにも、渡辺水巴《すいは》、飯田蛇笏《いいだだこつ》、前田普羅《ふら》、原石鼎《せきてい》、長谷川零余子《はせがわれいよし》ら、大勢の若手の俳人たちが集まってきました。こういう人々が大正の初めから虚子の下にいっせいに集まってきて、あっという間に「ホトトギス」の黄金時代を作ってしまうのです。

そして、碧梧桐のような優れた才能をもった人が、あれほどにもみじめなかたちで矛《ほこ》をおさめてしまい、碧梧桐のそれから以降の俳句作品で人口に膾炙《かいしや》するものはほとんどないということは、虚子の考えと指導のしかたが、若手の俳人たちにたいへんな影響力を及ぼしたということを意味しているわけです。単なる勢力争いではないのです。高浜虚子の下に集まった連中がものすごい情熱でいっせいに力を発揮したということのなかには、虚子の行き方が、俳句の行き方として、ある種の本質的なものをついていたということなのです。

虚子は《進むべき俳句の道》という文章で、ひとりひとりの若手の俳人たちのことも論じています。これは大正四年から六年のころ、「ホトトギス」に二十四回にわたって連載され、それがのちに本になって愛読されることになったわけですが、そのなかで彼は、これが自分たちの行くべき道だということも言っていて、それがことごとに当たってしまうのです。つまり、そこで批評家としての高浜虚子が恐るべき力を発揮するのです。彼はひとりひとりの進路をだいたい見抜いていました。その眼力が感じられるから、論じられた人はますます奮い立つし、ほかの人々にとっては、なるほど、たしかにこの新しい俳人にはこういう長所があるということがすぐわかる……。すなわち、対象になっている俳人の長所をみごとに見抜いて、ほめるということが虚子という人は実にうまかった。これはその後、「ホトトギス」の外のいろいろな人からも、「ホトトギス」の内部の人からも、虚子以後にはあまり出なかった、牽引者《けんいんしゃ》としてのすぐれた才能ではないかと思うくらい、批評家としての虚子の卓越性《たくえつせい》というものがはっきりと感じられる事例でしょう。ですから、大正時代はそういうかたちで、虚子の進むべき方向が決まった時代なわけです。

＊

『進むべき俳句の道』は、連載が終わった翌年の大正七年七月に実業之日本社から単行本の初版が出ました。虚子は同じ年の四月に『俳句は斯《か》く解し斯く味ふ』という別の本を新潮社から出しています。わずか三か月の違いです。ですから大正七年という年は、「ホトトギス」だけではなくて、日本全体の俳句の歴史からしても非常に重要な年でした。この時代に虚子の代表的な俳論の本が二冊、別々の出版社から出たわけですから。

そして、今度はその『俳句は斯く解し斯く味ふ』によって、「芭蕉の文学としての俳句」というものを主張した虚子の考え方が、大勢の人にアッというまに浸透したのです。それはたいへん重要なことだったと思います。なぜならば、「芭蕉の文学」であるというふうに俳句を規定することは、一方では芭蕉よりも蕪村《ぶそん》のほうが好きだった正岡子規という人を、受け入れながらも、ある意味では否定しているからです。子規は蕪村という人が非常に好きでした。芭蕉も尊敬していたけれど、好きという観点でいえば蕪村のほうだったと思います。それを、そうではない、正岡子規はそう言っているけれど、本当に大事なのは芭蕉のほうである、ということを虚子が言ったということです。

さらには、碧梧桐が掲げた新傾向の俳句は、当然「芭蕉の文学」に対して反対意見をもって始まったものですから、虚子の行き方は、その新傾向の俳句を否定するということにはっきりつながってもいました。芭蕉より蕪村に肩入れする俳句の考え方が、そこでスッパリと否定されたということが言えると思うのです。

虚子は「俳句というものを解釈する上で何がいちばん重要かといえば芭蕉である」とズバッと言ったのです。虚子以前の人々によってそれほどはっきりと言われたことはないと思います。正岡子規は当然、そういう意味のことは言いませんでした。ですから、俳句というのは何だと言われたら、「芭蕉の文学だ」と言い切れたということは、高浜虚子の非常に大事なポイントなのです。

そのために松尾芭蕉という人のイメージがはっきりと日本の読書人のなかに行き渡ったのです。芭蕉がこれほど大きな存在としてみんなに奉《たてまつ》られるようになってしまった、その理由の重要な部分に、高浜虚子のこういう考え方があったわけで、これは、その後の俳諧《はいかい》の歴史を思う時、きわめて大切だったと思うのです。

俳句を考える場合に、芭蕉の存在をまず筆頭に置くというのは、いまでは当たり前ですけれど、そうなるまでには、かなり揺れがあったはずです。そして実際そうでした。ですから、虚子が「『芭蕉の文学』こそが俳句である」、と言い切ったことは、非常に意味があったのです。

愉快な虚子(4)

昭和に入って、勃興《ぼっこう》した新興俳句の運動も、一口でいうと、高浜虚子が唱導《しょうどう》した花鳥諷詠《ふうえい》を否定しようとする運動でした。水原秋桜子《しゅうおうし》、山口誓子《せいし》、日野草城《そうじょう》その他の人々によって新興俳句運動が燎原《りょうげん》の火のごとくに行き渡るわけですが、それに熱中した人々の、いちばん否定しようとした観念の一つは、芭蕉の「わび・さび」、そして「かるみ」、——そういうものだったのではないでしょうか。ぼくの印象では、そういうものに重点を置かなかった運動が新興俳句運動だったのではないか、と思うのです。

新興俳句運動は、現代の都市生活を小市民の立場で詠《よ》むこと、これが肝心かなめの目標でした。面と向かって「目標」とは言わないまでも、実態としてはそのとおりだったと思います。その立場で、たとえば従来の俳句では触れようとしなかった戦争を詠む、あるいは実際には戦場に行かなかったけれど、戦場の、たとえば弾丸がどのように飛び交うかなどということを想像して俳句を作る人が出てきたのです。そのような人々のなかに、たとえば三橋敏雄《みつはしとしお》のように、十代の少年でいながら戦場を想像して俳句を作った俊秀もいたわけです。

こういう新興俳句の人々は、「かるみ」はそれほどではないにしろ、芭蕉の「わび・さび」というものはまったく否定すべきものとしてあったと思います。それは新興俳句の運動の中心に現代の都市生活を詠むということがまずあったからです。彼らはそれを、小市民としての自分の立場に立って詠んだのですが、そういう立場からすると、「わび・さび」は、最も遠方にある観念だったはずです。そして、そういう俳句を主張する人々にとって、虚子がとくに『俳句は斯《か》く解し斯く味ふ』という大正七年（一九一八年）に出した本などでしばしば使っていたことばである「趣味」「趣向」、あるいは「閑寂趣味」というものを重んじる姿勢も、およそぴったりこなかったはずです。

新しい俳句を主張し、貫こうとした人々にとっては、「趣味、趣向、閑寂趣味」とは反対の道をわれわれは切り開くのだという目的意識がはっきりありました。実際に意欲的な仕事もたくさん生まれています。たとえば西東三鬼《さいとうさんき》は、その渦中《かちゅう》から躍り出てきた一人ですが、昭和十年（一九三五年）前後に登場する意欲的な短詩型詩人としての俳人にとっては、嫌悪《けんお》すべきものとして「趣味、趣向、閑寂趣味」があったと思うのです。その代表者として高浜虚子が君臨していたわけですから、高浜虚子はそういう意味では、まず打倒すべき敵だったということが言えましょう。

しかし、新興俳句にとって非常に不幸だったことは、昭和十五年に官憲による「弾圧事件」が起こったこともありますが、日本が戦争に突入し、敗戦を経験し、生活条件も生活環境もすっかり変わってしまったために、自分たちの運動を維持していくべき理念というもの自体、はっきりしなくなり、やがて崩壊していったということです。

戦後は、まもないころから、社会性俳句、造型俳句、前衛俳句など、さまざまな主張がなされ、戦後の十数年間は俳句の世界もまた激しく揺れ動きました。その分だけ高浜虚子のような不動の立場を貫いてきた人々の、影が薄くなるのは当然です。もちろん、一方で高浜虚子先生を信じて従って来た人たちもいますが、もう一方で、若手の元気のいい意欲的な人たちからすると、保守的で古めかしいものはそれだけでも叩《たた》きつぶすべきものだという考えが、当然ありました。そのために一九四五年の敗戦以後、一九五〇年代、そして六〇年代にかけての時期は、最終的には、新興俳句運動およびそれ以外の新しいさまざまな動き全部を総合したところの前衛俳句運動花盛りの時代となったのです。

しかし、その動きはその後、どうなったか？　簡単に総括できることではないと思いますが、結果論でいえば、いまは前衛俳句の旗を威勢よく振り回していけるという時代ではなくなってしまい、考えてみたら、大勢《たいせい》は高浜虚子の示した方向に戻っているのです。俳句革新運動の中心的動機というものがあったとすれば、花鳥諷詠に対する反対、言い換えると虚子に対する反対ということで一致していたにもかかわらず、一九六〇年代が終わったあたりから、結局、生き残っているのは虚子だけという感じになってしまっています。

＊

俳句界全体の動きからしても、たとえばその後の新しい俳人たちのなかで輝かしい名前になった二人をあげれば森澄雄《すみお》と飯田《いいだ》龍太《りゅうた》ですが、同時代のいろいろな流れとともにじっくり仕事をしてきて、一九七〇年代からは俳壇の大半が認めざるをえないくらいに大きな存在になった二人が、実際にいろいろな動揺を経たあとで行き着いたところは、虚子そのものをそのまま受け継ぐのではなく、にもかかわらず虚子の影響力を率直に認めたうえで、花鳥諷詠ではない立場——こういう言い方がありうるとすれば「新しき守旧派《しゅきゅうは》」——をはっきりと自分の姿勢として固めた人たちだったと思うのです。

ですから、「俳句は『芭蕉の文学』である」ということを言った虚子を否定しようとして、さまざまな人々が挑みかかったけれども、それは逆に、虚子にとってはわが意を得ていた事柄で、虚子には、やがて彼らは「芭蕉の文学こそが俳句だ」ということを認めざるを得ないであろう、という見通しがあったのではないでしょうか。

虚子は大正の半ばごろから客観写生、花鳥諷詠ということをずっと唱えつづけました。その立場をいわば墨守《ぼくしゅ》しました。その態度について見れば、新しいものに憧《あこが》れをいだく俳人たちのほとんどにとって、新たに論ずべきものなど何もない、と見える俳人だったわけです。しかし、現代の俳句の世界で優れた仕事を残してきている人々、数は多くないけれど、そういう人々は、客観写生とか花鳥諷詠ということを虚子が唱えたことについて決して反対はしていません。もちろん彼らそれぞれは、虚子の権威に対して従順に従うのではなく、従いながらも何か別のところを一所懸命に探すことを自らに課して、いまに至っているわけで、虚子の姿勢を別のかたちで生かそうとする彼らが、その努力の過程で何か大きな仕事をする可能性は大いにある、とは思っています。しかし、ただ単に虚子に従順に従うだけの場合、俳句作家として新しい未来を開くということは、よほど天才的な人でないと難しいように思います。そういう意味では、虚子はもうとっくに死んでしまった人ですけれど、いまに至るまで俳人たちの偉大な敵だということが言えるのではないでしょうか。偉大な敵は、卑小な味方よりは十倍も百倍も新しさを保つことができるという意味では、常に人を育てることのできる存在だということも言えると思うのです。

繰り返しになりますが、芭蕉の仕事の重要さを見抜いたところに虚子の力量がすでにあったわけです。そしてその大きな太い線をずっと貫き通したところに虚子という人の大きさもあります。虚子が客観写生、花鳥諷詠の方針を唱えたことに対して、自分はどういう立場をとるか——反発するか、賛成するか——この問題を真剣に実践的に処理しないと、これを超えた新しい俳句もなかなか生まれてこないのではないかという気がするのです。

虚子の軌跡をたどってみると、ぴかぴかしたような新しさに対するたいへん厳しい拒否というものがあります。それは一面では古くさいものに見えます。しかし、いろいろな波がどんどん起こっては消え、消えては起こりして、最後に波が静かにおさまってみると、虚子の言ったことが重要な方針として、現代俳句の前に元通り、横たわっている、——そのことの意味は大きいと思います。それは五七五という短いことばのなかですべてを言わなければならないという俳句の宿命です。それをよくよく考えるということと、虚子の生き方を考えるということは、二つにして一つのものではないかと思うのです。

＊

虚子の晩年はどんなだったでしょうか？　昭和二十年代に入ってまもなく出たのが『六百句』です。虚子はこのとき七十代に入っていました。そのあと『六百五十句』が出て、虚子の逝去後《せいきょご》に『七百五十句』が出るわけですが、『七百五十句』に至るまでの俳句を眺めることは、晩年の虚子の力量がどんなものであったかを見るにはいいですね。このころの作品は、充実しているとしか言いようのない作品が多いのです。日本が敗戦を経験した昭和二十年前後の句が『六百句』『六百五十句』にはそうとうありますが、それを見ると、虚子はたいへん意欲的で、充実しています。ぼくは現代詩というものを書いていて、現代詩の作者にも優れた詩人たちはもちろんたくさんいるわけですが、そういう人々が老年期に入ってやった仕事と、虚子の老年期の、『六百句』『六百五十句』ごろの作品を比べてみると、それがとりわけよくわかります。

実際に晩年の虚子の仕事を見てみると、充実した力が蓄えられ、それが自在に発揮されています。たとえば昭和二十年の敗戦を境にした時期の作品を眺めてみます。昭和二十年、二十一年は虚子が奥さんと二人で小諸《こもろ》の小さな家に疎開《そかい》していた時代です。冬の小諸は本当に寒い。そんななかで縮こまって、じっと我慢して生きていた。しかし、そういう時代に詠んだ俳句を見ると、俳句形式は元気がいいなという感じがする句が多いのです。彼の晩年の時代の始まりのころの有名な句をあげてみましょう。句集は『六百句』と『六百五十句』です。

まず、『六百句』の昭和二十年の句では、

山国の蝶を荒《あら》しと思はずや
夏草に延びてからまる牛の舌
木々の霧柔《やはら》かに延びちゞみかな

『六百五十句』の昭和二十一年になると、

山の雪胡粉《ごふん》をたゝきつけしごと
雪解《ゆきどけ》の俄《にはか》に人のゆきゝかな
世の中を遊びごゝろや氷柱《つらら》折る

風花《かざはな》の土に近づき吸ひつきて
残雪の這《は》ひをる畑《はた》のしりへかな

などです。これらのどれをとっても特徴的なことは、虚子は句に、ある種の動き、動勢を導き入れるために、また自分を新鮮な感覚の状態に絶えずおいておくために、ことばにしきりに揺さぶりをかける工夫をしていることです。つまり、あるときには非常に大きな振幅を、あるときには鋭い、一点に集中するような状態を意識的に生み出しているのです。

虚子はこのために動詞の使い方を工夫するのです。一つの俳句を作るのに、ある動きをどこかでパッととめて定着するということだけしかやらない俳人とは違って、もののの動きをいったん、あるイメージに定着しておきながら、そのイメージそのものがさらに揺れ動くように作るという技法の冴《さ》えですね。

時代相を考えると、敗戦直後は世の中の動きが小さく固まっていた時期です。いま自分のいる小諸という土地も、縮こまってしまうほど寒く、外も出歩けないという生活を強《し》いられていたようです。しかし、そんななかで彼自身はむしろ、俳句という小さなことばのかたまりのなかで、しきりに動きを作っているのです。これは注目すべきことです。彼はこのとき、六十代の終わりから七十代のはじめですが、そろそろ老年期に入ったということを自覚的にとらえ、自分自身の気持ちをことばによって解放するということを絶えず工夫してやっていたのかもしれません。
これは俳人として、また一般に詩人としての心掛けとして、注目すべき点だと思います。一般に詩人の老年期の自覚としては、一つのものをぐっと動かないように押さえてとらえようとする気持ちが強いものだと思うのですが、虚子は逆に、自分の状態は動かないとしても、自分が使うことばのなかでは、絶えず動きを見いだしてゆくことに工夫をこらしているのです。この点、詩人の生き方として立派だと思います。

*

同じ戦後、昭和二十一年の春の句に、

初蝶《はつてふ》来何色と問ふ黄と答ふ

があります。
寒い小諸にもやっと春がやってきて、初蝶がフワッと飛んできた。それを見た虚子が「あ、蝶々が」と喜びの声を発したら、隣の部屋にいたんでしょうね、奥さんが「何色ですか?」と訊《き》いた。それに対して「黄色だったよ」と答える。何でもない句ですが、これも初案を見ると、虚子は、ことばを作るうえで非常に考えている……。というのは、昭和二十一年の秋に編んだ『小諸百句』では、この句は〈初蝶来何色と問はれ黄と答ふ〉と出ています。これは初出誌の「ホトトギス」昭和二十一年六月号と同じかたちです。しかし、昭和二十一年九月号の「玉藻《たまも》」に再び出したときは、「問はれ」が「問ふ」に修正されているのです。私はこれを知ったとき、びっくりしました。また同時にホッとしました。

なぜかというと、〈初蝶来何色と問ふ黄と答ふ〉には禅坊主《ぼうず》の問答みたいなところがあって、こういう句を初出からいきなり作るなんて、凡人にはとても及ばない、すごいことでしょう。ところが、「ホトトギス」の初出を見ると〈……問はれ黄と答ふ〉とあったから、ああ、虚子も普通の人だったなということで、ある意味でホッとしたからです。

〈初蝶来何色と問はれ黄と答ふ〉はだれでもできる句だといえば、言えます。この句のかたちですと、答えているのは虚子自身で、だれかほかの人が問うてきたに決まっている。この日は《句日記》によると二人の訪問客があったらしいのですが、訪問客が「何色ですか?」と訊くはずもありませんし、そして、当時は奥さんと二人暮らしだったのだから、問うてきたのは奥さんであろう。したがって、「何色と問はれ黄と答ふ」といえば、夫婦二人の閑寂な生活のなかでそうなっているということがわかるわけです。

それが、〈……問ふ黄と答ふ〉となった瞬間に、「いったいだれが?」という疑問が生じ、主客の別が簡単にはわからなくなる……。「だれが」を消すことによって、「問われ、答える」という日常的な問答の世界から「問う、答える」という、自他の区別を超えても、禅坊主の公案《こうあん》のようなかたちに句を一変させているのです。「何色と問ふ黄と答ふ」だと、何色かと問うた人が作者本人でもありうる……。初蝶がやってきた。「汝《なんじ》は何色なるや?」と作者が訊き、それに対して蝶々自身が「私は黄色である」と答えたとも解釈することができるわけです。

このように「問う、答う」と動詞の原形にしてしまったために、逆に日常的な問答の世界からいっぺんに飛び上がって、別の形而上《けいじじょう》的な世界に入っている、――そんなかたちになっているのです。まあ、ずいぶんうがった解釈でしょうが、そういう解釈さえできるくらい、虚子は俳句形式を自在にいじっているんですね。いじって悪くするのではなくて、別の次元にパッと俳句形式を移すことができた。――これは、「俳句はことばで作る」という原理の大切な応用のしかたを示しているように思います。虚子という人は隅には置けないことばの使い手であることがよくわかりますね。

虚子は、ことばの世界のさまざまな表現方法、つまりことばの表され方というものを、絶えず五七五の短い詩型の中で探っていたのです。これは普通の俳人たちの意識とは、ちょっと違うのではないかという気がするのです。ことばを揺さぶって、動かして、あげくにそのことばがもっている別の次元の力まで引きずり出してくるところがあるのです。現代詩の作者たちも、この点はよくよく学んでいいところだと思います。

愉快な虚子(5)

高浜虚子の没年は昭和三十四年(一九五九年)です。最晩年の九年間にまたがる句が、虚子の没後に未整理のまま残されました。それらを集めて、お子さんの高浜年尾《としお》・星野立子《たつこ》両氏が編み、講談社版「日本現代文学全集」の『高浜虚子・河東碧梧桐《かわひがしへきごとう》集』に収めたのが、仮に題名をつけて『七百五十句』となっているわけです。虚子の年齢でいうと七十七歳から八十五歳までの句です。

この時代の句にはどんなものがあるか? 老いぼれてきているかといえば、まったくそんなことはなく、虚子は生き生きしていて、若々しいのです。

たとえば、昭和三十二年の句を見てみましょう。死の直前に近い時期になります。

唯《ただ》今《いま》只《ただ》春《はる》日《ひ》爛《らん》干《かん》蝶も飛ばず　(四月二十一日)

草原に蛇《へび》ゐる風の吹きにけり　　　　（五月五日）
毛虫ゐる樹下と思ひて立ち止り　　　　（五月十三日）

虚子は絶えず《句日記》を発表しているので、作句の日までわかるのです。雑誌「ホトトギス」を見ると、最初から三ページくらいまでは虚子の《句日記》です。たとえば昭和三十二年の四月から五月にかけての句を見ると、「四月十七日　物芽会　英勝寺」「四月十九日　大崎会　英勝寺」「四月二十一日　新人会　草庵」「四月二十九日　兄、池内信嘉追善能　記念一句」「五月五日　銀行協会俳句会　建長寺」「五月十二日　草樹会　大仏殿」「五月十三日　句謡会　高木邸」「五月十五日　物芽会　英勝寺」「五月十九日　土筆会《つくし》　草庵」といった註《ちゅう》がずらずらと並んでいます。

これらから、句会がひんぱんに行なわれたことがわかります。四月だけで四回、五月も五回です。これら全部、場所は虚子の鎌倉の草庵であったり、どこか付近のお寺を借りたりで、そのたびに虚子は出ていって句を作るわけです。これは注目すべきことです。

虚子はもう八十歳を過ぎた老人でしたが、にもかかわらず、ときに出向いてまでして句を、それも、作らざるをえないからではなくて、積極的に作っているのです。最初から、発表するための日記としての句を作っているわけです。日記というのは、普通秘めておくのが自然ですが、彼の《句日記》は発表されることが前提になっています。そのため、他人が読むことを意識した句を作っているわけです。もちろん、作れば作るほど捨てるものもいっぱい出てきます……。彼はそのなかからときどき選んで発表するということをしたのでしょうけれど、実際には発表されない句もたくさん作っているはずです。それらが全部、捨てられているのです。

これは老年というものをいなしていく、いなし方としては非常に優れています。老年になれば、仕事をするのも物憂《ものう》いことがあるでしょう。虚子はそれを何とかしていなして、年齢からくるマイナス面をしのいでいくということを考えているのです。実際に外部の条件としても、「先生」と言って呼びに来られるから、「はいよ」と言って出ていき、そこで句を作る。その発表のしかたが《句日記》というかたちで「ホトトギス」に連載されたということが、いかに重要だったかをよく示していると思います。ここに、老年というものとどういうやり方で調子を合わせていくか、調子を合わせながら、どうやって表現を生活の中から絞り取ってくるかについての、みごとな実行例があるのです。

こうした場合の顕著な特徴は、おおぜいの人のいる場所で、句を作ったり発表したりするということです。その条件は、短歌作者たちの場合にもかなりありうるけれど、現代詩の場合にはほとんどありません。現代詩は個室でひとりで詩を書くということが基本です。それに対して虚子は、人々と一緒になって切磋《せっさ》琢磨《たくま》して句を作り、発表することが、まったく当たり前の条件として自分の仕事のなかに入っていた人なのです。――これが実は非常に重要です。

まず、恐るべき多産性というものが、そこから生まれてきます。しかも多産であるだけでなくて、人々が絶えず自分に注目しているという意識があった……。それでいて、知らん顔して、ひとりぼっちでいるようなかたちで俳句を作ることができた。そして、さらに、発表されるものを客観的な〝眼〟で見て行くという、もう一つの立場がある。――それは批評家としての自分です。制作の場所としては絶えず開かれていながら、同時に自分自身が絶えず緊張を保っていかなければならないということがあり、そこから出てくる複雑な自己というものも存在します。ですから、おおぜいの人が見守っている自分を、ただ意識するだけではなくて、その自分が発表することによ

*

って、おおぜいの人と一緒に何かを作っていくという、厳然たる事実があるのです。

それを簡単にいえば「連衆心《れんじゅ》」の維持ということになります。

虚子は連衆というものを絶えず意識していました。松尾芭蕉あるいは与謝蕪村《よさぶそん》もそうだったけれど、複数の作者たちが同時に集まって、自分が作ったものを人も見ているという立場で作った俳句、——これが芭蕉以後の俳句の作られ方の基本的な条件でした。それが連句などにもはっきりと反映されるわけですが、そういう精神状態を高浜虚子は死ぬまでずっと保っていたということが言えます。ですから、作られていく句は、「外から見られている自分というものを意識している自分が作ったもの」ということになります。これは近・現代の詩歌人《しいか》としては例外的な強さを持った人、絶対的なある立場を保つことができた人の、理由だと思えます。

昭和二十年代から三十年代にかけての虚子の句を見ると、他人から見られている自分、しかも見られながら同時に賞讃《しょうさん》もされている、そういう緊張感のある自分の保ち方が、みごとに表れている句がたくさんあるのです。

*

虚子の晩年の句で、あまり人々は取り上げないかもしれないけれど、『七百五十句』

からいくつか挙げてみます。
昭和二十六年の句では、

汝《なれ》に謝《しや》す我が眼明《あきら》かいぬふぐり
くちなしを艶《えん》なりといふ肯《うべな》はず
或る菊にある我が情人《なさけ》や知る

〈汝に謝す……〉は奇妙な句です。だいたいこのころの句はみな奇妙な見方があって、それが虚子という人の怪物性を示しているような気もします。〈くちなしを……〉は、だれかがクチナシの花を見て、とても艶な花ですねと言ったが、自分はそれに対して同意しなかったというのです。〈或る菊に……〉は、一本の菊の花に自分が特別な気持ちをもっている、だけど人はそんなことは知るまいという……。

あるいは昭和二十八年の句では、

悪《あく》なれば色悪《いろあく》よけれ老《おい》の春

歌舞伎《かぶき》でいう「色悪」――〈『歌舞伎の役柄の一。悪役でありながら外見は二枚目の役柄。色男の敵役《かたきやく》。『四谷怪談』の伊右衛門《いえもん》など」（『広辞苑』より）〉をちゃんと踏まえています。普通はこうは簡単に言えないですね。虚子はやはり怪物です。

そして、

や、酔ひし妹《いも》が弾初《ひきぞめ》いざ聴かん

「妹が弾初」とは色っぽい。このとき作者は八十歳に手が届こうとする年代ですから、ことばのうえでの艶なる世界ではありますが、現実にどうかということなど超越していますね。

昭和二十九年では、

蜘蛛《くも》の糸の顔にかゝらぬ日とてなし
明易《あけやす》や花鳥諷詠南無阿弥陀《なむあみだ》

〈明易や……〉は、虚子自身、意味を問われて、「ただ私の信仰です」と答えたといいますから、ふざけているといってもいいような世界ですが、こういうものも俳句の形式にすれば、ちゃんと一つの世界を形作ることができるという自信がなさせているのです。

地球一万余回転冬日にこ〱

地球が一万余回転するには約三十年かかります。こういう句をぺろりと作ってしまうのです。

昭和三十年は、

髪洗ふ女《をんな》百態その一つ

いろいろな人の百態は俳画にも描かれる主題ですが、女にも百態あって、その一つが「髪を洗う姿」だという……。彼の句にはどことなく色気が漂うところがありますね。

翌昭和三十一年から三十四年の句も挙げておきます。

蜘蛛《くも》に生れ網をかけねばならぬかな（昭和三十一年）
我れが行く天地万象凍《い》てし中《なか》（昭和三十二年）
草原に蛇《へび》ゐる風の吹きにけり（〃）
大夏木《おほなつき》打ち立てりけり我れ思惟《しゆい》（〃）
明《あけ》の春弓削道鏡《ゆげだうきやう》の書が好きで（昭和三十三年）
老梅の穢《きたな》き迄《まで》に花多し（昭和三十四年）

＊

そして、昭和三十四年三月三十日、句謡会で作られた句が、

春の山屍《かばね》をうめて空《むな》しかり

これは彼の絶吟にほとんど並んでいる句です。この句は、たまたま句謡会という句会の席にかかっていた額の、源頼朝《よりとも》を詠《よ》んだ漢文の詩句によって詠まれたものです。

「〈春の山……〉の句を辞世だとこじつけたら、先生は苦笑《にがわら》いすると思う」と富安風生《とみやすふうせい》がかつて語ったらしいのです。つまり、「頼朝のことをうたった詩句をたまたま目にして、それから発想して作った句だ。世間では絶吟のような感じで受け取り、これが辞世の句ではないかと思う人もいるらしいが、それは全然違う。虚子は死ぬ気など全然なかった」と風生は言いたかったわけです。

それと同じく、昭和十八年二月に六十八歳で亡《な》くなった大谷句仏《おおたにくぶつ》の十七回忌にちなんで詠んだ句が、昭和三十四年四月一日の消印のあるはがきに書かれていて、これが『七百五十句』では〈春の山……〉の次に位置しています。三月三十日の作か三十一日の作かはわかりません。というのは、虚子は四月一日の夜半に状態が急変し、それからは句は作れなかったからです。みんなで必死になって看護したけれど、再び立つことはできず、四月八日に逝去《せいきょ》しました。お釈迦様《しゃかさま》の誕生日と同じ日です。その句が、

独《ひと》り句の推敲《すいかう》をして遅き日を

です。これが本当の虚子の絶吟になるわけです。

しかし、いかにも虚子らしいのは、これが虚子自身の辞世の句ではまったくなくて、

大谷句仏の十七回忌のために作った句だ、ということです。「独り句の推敲をして」いたのは、虚子ではなくて、大谷句仏なのです。虚子は、春遅き日に独りで句の推敲をしている句仏の姿を思いながら作ったわけで、決して自分だけの独りぼっちの世界を詠んだのではないのです。言い換えると、この絶吟そのものが象徴的に示しているように、虚子は最後まで、句を自分独りだけの世界に閉じ込めたのではないのです。それでいて、春の日ののどかな感じがちゃんと漂ってくるような句にしています。

虚子という人は最晩年に至ってもはっきりと、俳句というものはたったひとりの世界を詠むものではない、いろいろな人の意志、あるいは力、あるいは声、あるいは思いというものが入り交じって漂っている、——そういう世界を考えなくてはいけない、という姿勢に基づいて句を作り続けたわけです。ですから、この絶吟も、それなりに意味があるという気がします。

高浜虚子という人は、近代俳人という呼び名で一括していえるような世界にいたわけですから、近代以前、近世の松尾芭蕉から始まる俳句の歴史というものの、いわばしんがりのほうにいたにもかかわらず、時代をはるかに飛びこえて先頭の芭蕉と同じところに行ってしまった人だ、ということも言えると思うのです。

現代俳句を作る人々にとっても、あるいはまた現代俳句を読む人々にとっても、虚子を考えるときには絶えず、そういうことを同時に頭におかないと、虚子という人はなかなかわかりにくいような気がするのです。虚子という人は将来においても俳句についての考え方の試金石《しきんせき》でありつづけるでしょう。ですから、この人をどう思うかということは、それぞれの俳人にとっても試金石だろうな、という気がするわけです。

僕の虚子についての話はこれでいったん終わりにします。

あとがき

世界文化社の編集者佐藤良和さんの編集による私のエッセイ集は、本書で九冊目に当たる。すなわち平成八年（一九九六年）一月刊の『ことのは草』を頭に、『ぐびじん草』『しのび草　わが師　わが友』『みち草』『しおり草』『おもひ草』の〝○○草〟シリーズ六冊と、『しおり草』と『おもひ草』の間には、私が東大国文学科に提出（昭和二十七年・一九五二年）した卒業論文を中心に、他の漱石論をも一冊に集成した『拝啓　漱石先生』、それに『おもひ草』の後の平成十四年十月には『日本語つむぎ』。

私は七年間に、いずれも三百ページ前後に及ぶA５判の本を八冊も刊行してきたことになる。これは文学書しか出す機会を持たない現代詩人としては、破格の幸運に恵まれたと言うほかないことで、この幸運のほとんどすべてが、編集者佐藤良和さんとの出会いに帰することは明らかである。

佐藤さんはある日とつぜん一通の手紙を送って来た。それがすべてのはじまりだった。自分で出したいエッセイ集の題名を自ら作って私に申し出て（これはその後毎回同じやり方だった）、収録したい文章すべての題、初出時の明細や年代まで、一覧表と共に提案して来た。今どきこんな編集者はいないだろうということが、一目瞭然《りょうぜん》だった。本の表題まで編集者が決めてくるというのは、人によっては越権行為だと腹を立てる場合もあるかもしれない。しかし私は、むしろそれを面白いと考えるほうなのである。今回も同じだった。

本書に収録されているのはすべて「俳句研究」誌に掲載されたもので、《芝生の上の木漏れ日》は同誌の平成十二年一月号〜十二月号に連載された。また《虹の橋はるかに……》は翌年の一月号よりの連載から抜粋し、順序は内容に応じて変えてある。刊行にあたっては、大幅に加筆もした。「俳句研究」連載時には、角川書店の石井隆司氏に大変お世話になった。

この本の中では、とくに高浜虚子《きょし》についての文章が量的に多くなっているが、「俳句」というものの生命力を考えようとすると、虚子の姿勢や考え方も含めて、今後もさまざまな角度から検討してゆくことが必要だろう、と思っているので、こうなった。

本書は、文章の発表場所が「俳句研究」だったことも多少影響して、俳句についての考察が多いが、私としてはその領域に話題を限ったつもりはない。いずれにせよ、主題は人生全般にかかわっている。ご愛読いただければ光栄です。

著者

平成十六年一月末

おもへば夢の一字かな

長谷川　櫂

1

先日も小田急線の電車のなかで向かい合わせ七人掛けの座席を見わたすと、合計十四人のうち四人が携帯電話を見ていた。本を読んでいるのは三人。そこで鞄《かばん》から『失われた時を求めて』第八巻をとりだして第五編六四六ページから読みはじめる。これで四対四の引き分け。きょうも本は健闘している。

本というものが誕生して以来、今ほど本が窮地に立たされている時代はないだろう。残念なことに心のかたすみで「本はもはや時代遅れの遺物」「インターネットがあれば十分」と思っている人は想像以上に多いのではないか。そんな空気が若い世代ばかりではなく、社会全体をたそがれの靄《もや》のようにおおっている。

詩歌の世界に絞ってみても、現代詩が戦後のある時期から人々の理解を拒絶した独りよがりなものとなり瀕死《ひんし》の状態に陥っている最大の原因は若い現代詩人たちが古典を読まなくなり、この国の昔の詩人たちの仕事に学ぶという姿勢を失ってしまったからだろう。俳句や短歌をする人々のなかにも古典に学ばなくても俳句や短歌はできると思っている人が大勢いる。

私は子どものころから本を読んできた一人だが、いくらか大げさにいえば生きているうちに、こんな時代が来ようとは思いもしなかった。しかし、そうやすやすと敗北を認めるわけにはゆかない。

人間は本から何を学んできたか。本の中味、ページごとに記された膨大な情報はいうまでもないが、もうひとつ忘れてならないことがある。それは本を読むという行為によって「世界という巨大な一冊の本」の読み方を学んできたということである。

世界は一冊の書物である。毎日、地球の上ではありとあらゆることが次から次に起こる。もし、その現象の洪水を眺めているだけだったならば、人類は殺伐としたつまらない生きものになっていただろう。活字をたどりページをめくるように現象のひとつひとつを「読む」ことができるようになったのは、それは本を読むという習慣のおかげだろう。

本を読むように世界を読むことによって、人類はただの知識の集積を知恵の大系に変えてきた。本によって人類はたしかに愚かだが多少は深みのある生きものになることができたということだろう。もし人類が本を読まなくなれば、それは「世界という一冊の本」を読む術《すべ》を失《な》くしてしまうことでもある。

大岡信《まこと》の『瑞穂《みずほ》の国うた』の解説の冒頭にこんなことを書いたのは、このような時代にこそ、この本を読んでもらいたいからである。この本で大岡は日本の古今の詩歌を読むことによって詩人たちの心の中を自由に歩きまわるだけでなく、詩人たちを生みだした日本人の感情や思想、さらに日本文化の創造の秘密を探り出そうとする。つまり、ここには詩歌を通じた「世界という一冊の本」の読み方が理想的な形で示されている。

2

この本の前半は一年の十二の月それぞれの詩歌（おもに俳句）をめぐるエッセイである。

「一月」をみると、

元日やくらきより人あらはる、　加藤暁台《きょうたい》

など江戸時代の正月の俳句を紹介しながら、そこにある「あらたまった」「めでたい」空気を感じとり、その空気がじつはすべての人が一月一日にいっせいに歳《とし》を一つとる旧暦時代の歳の数え方「数え歳」に培《つちか》われたものであることを指摘する。それにひきかえ、人々がそれぞれ自分の誕生日の満年齢で歳を数える現代の太陽暦のもとでは、もはや正月の「あらたまった」「めでたい」空気はなくなってしまった。

じつはこのことは正月だけにかぎらず太陽暦のもとですべての季語の抱える問題である。もともと季語というものは旧暦時代でも「正月になればみんな歳をとる」とか「八月初めの立秋がくれば、どんなに暑かろうと秋」というように「ある種のフィクション」のうえに成り立っていた。ところが太陽暦に変わって「季語の実感」が薄れてしまった現代さらに未来においては、いよいよ「フィクションの世界で遊ぶほかない」ということになる。

まさに、

花鳥もおもへば夢の一字かな　夏目成美

大岡がこの句について書いているように「花鳥風月なんていったって、最終的にはみんな夢」なのだ。

俳句や短歌の作者についていえば、現代の詩歌が直面している、現代的であるとともに日本の詩歌の本質的な、この危機的な事態を「おもしろい」と思える人にはそれなりの果実がもたらされるかもしれないが、「フィクションなんかつまらない」と思う人はそれまでのことである。

大岡のこの考え方はこの本にもあとで登場する室町時代の連歌師たち、たとえば二条良基《よしもと》が考えていたこととそっくりである。

どういうことかといえば、日本の詩歌にははるか昔から「詩歌はフィクションのうえに成り立つ」という考え方、少なくともフィクション抜きには詩歌は考えられないという思想が脈打っていて、歴史のおりおりに二条良基や大岡のような人が現れて、それを指摘するということだろう。

日本の詩歌の底流として脈々と流れるこの考え方は近代になって輸入されたリアリズム（写実主義、俳句や短歌でいう写生）とは真っ向から衝突するはずだ。それについて大岡はどう考えているか。

「八月」を開くと、

秋来ぬと目にはさやかに見えねども
風のおとにぞおどろかれぬる　　藤原敏行《としゆき》

この歌について大岡は「立秋には秋風が吹く、というのはフィクション」といい、そのような「フィクションを受け入れることによって現実をいっそうこまやかに見ることができるようになったという、一種の弁証法的な展開がそこに見られる」という。その延長上に語られる次の指摘はきわめて重要である。

それをばかばかしいと思うこともけっこうだけれど、そういうばかばかしさの上に立って、日本人のある意味では壮大な美意識の大系が作り上げられてきたという事実のほうが、もっと大切なのではないかと思うのです。現実のリアリズムだけではなくて、時代を超えて生き延びていく一種の規範があるのです。ですから、秋風の歌や句を作る場合にも、それだけの伝統を踏まえているということを念頭に置いておかないと、作られた歌や句が浅くなる、ということはありますね。

ここでいう「一種の規範」とは詩歌の土台としてのフィクションにほかならない。ここにはリアリズムの時代であった近代をたくましく乗り越えてゆく有効な指標がしめされているといっていい。

3

この本の後半は芭蕉《ばしょう》、正岡子規、夏目漱石《そうせき》、高浜虚子をめぐるエッセイである。そのなかで、ここでぜひ触れておきたいのは、漱石は「ものごとの核心をズバッとつくということが文章の最も大事なことである」と考えていたという指摘である。

文章が平らかで、いっさい飾らない。わざと難しいことを言ったりするのは唾棄《だき》すべきことであって、いわゆるレトリック（RHETORIC）は、ランクとしては最低で、イデー（IDEE）、つまりアイディアが最高だということが、彼の正岡子規宛《あ》ての最初の時期の手紙にははっきりと何回も何回も書かれています。

どう書くか（レトリック）よりも何を書くか（アイディア）がつねに大事だということである。それに対して学生時代の子規はレトリックに傾きがちだったのだが、アイディアに対する親友漱石の情熱が徐々に子規を目覚めさせてゆく。それが子規に豊《ほう》饒《じょう》な若い晩年をもたらすことになる。さらに、

漱石は、レトリックに凝るということを一切しなかった人です。だから俳人としてもすばらしかった。俳句はレトリックとは関係のないものです。これはこうだということを非常に正確にズバリと言うのが俳句だと思います。近ごろはレトリックを弄《ろう》する人がふえたので、その分だけ俳句がだめになった、と私は思っているのです。

ここで語られる「俳句はレトリックとは関係のないものです」「これはこうだということを非常に正確にズバリと言うのが俳句だ」という指摘は「俳句とは何か」という永遠の問いに対するみごとな回答である。短い俳句だからこそそうなのだ。短い俳句にはそれしかできない。大岡のこうした直言に出会うたびに私は心が洗われる喜びを感じる。

大岡はここで漱石の文章や俳句について語っているのだが、根源にあるのは言葉そのものがものごとの本質をズバッとえぐり出すためにあるという大岡自身の思想だろう。言葉は本来、今の政治家たちの言葉のように、ものごとの本質をぼかして玉虫色にしたり、国民を煙に巻いたり、相手を攻撃したりするためにあるのではない。

日本の近代文学は黎明《れいめい》期に漱石という健やかな考え方の大作家をもったということはじつに幸福なことだった。さらにいえば、停滞感ただならぬ今という時代のなかでレトリックに傾きがちな現代の文学は近代文学の原点を何度も嚙《か》みしめる必要がある。

この本は大岡信という古今東西の詩歌に通じた詩人にして初めて書くことのできた本である。それは大岡が単に博識であるというのではなく、無数の知識が大岡という人のなかでひとつの生命体のように有機的に結びつき、いきいきと働いている。この本の読者は当代随一の案内者とともに詩歌の野原のぜいたくな散歩が楽しめるだろう。

（平成二十四年十一月、俳人）

この作品は二〇〇四年三月世界文化社より刊行された。
文庫化にあたり副題を付した。

新潮文庫最新刊

大岡信著
瑞穂の国うた
―句歌で味わう十二か月―
お正月、桜、蜩の声。思わず口ずさみたくなる、日本の美を捉えた古今の名句、名歌。『折々のうた』の著者による至福の歳時記。

新潮文庫編集部編
いつも一緒に
―犬と作家のものがたり―
幸福な出会い、ともに過ごした日々、喪失の悲しみ――19名の作家たちが愛犬への思いをつづった、やさしく切ないエッセイ集。

関裕二著
古事記の禁忌《タブー》 天皇の正体
古事記の謎を解き明かす旅は、秦氏の存在、播磨の地へと連なり、やがて最大のタブー「天皇の正体」へたどり着く。渾身の書下ろし。

井形慶子著
老朽マンションの奇跡
500万円で購入したぼろマンションが、2000万円の格安リフォームで理想の部屋に蘇る！　知恵と工夫で成し遂げた住宅再生記。

堀井憲一郎著
ディズニーから勝手に学んだ51の教訓
早大漫研の後輩達を従え、TDR調査に奔走する著者が、客・キャスト・キャラクターに見た衝撃の光景を教訓と共に語る爆笑の51話。

T・クランシー
M・グリーニー
田村源二訳
ライアンの代価（3・4）
テロリストが20キロトン核爆弾二個を奪取。未だかつてない、最悪のシナリオの解決策とは。諜《インテリジェンス》略小説の巨匠が放つ超大作、完結。

瑞《みず》穂《ほ》の国《くに》うた

—句歌で味わう十二か月—

新潮文庫　お - 83 - 1

平成二十五年一月一日発行

著者　大《おお》岡《おか》信《まこと》

発行者　佐藤隆信

発行所　株式会社 新潮社

郵便番号　一六二—八七一一
東京都新宿区矢来町七一
電話 編集部(〇三)三二六六—五四四〇
　　 読者係(〇三)三二六六—五一一一
http://www.shinchosha.co.jp

価格はカバーに表示してあります。

乱丁・落丁本は、ご面倒ですが小社読者係宛ご送付ください。送料小社負担にてお取替えいたします。

印刷・株式会社光邦　製本・憲専堂製本株式会社

ISBN978-4-10-127331-0 C0195